KB118104

우리에게
우주가 필요한
이유

우리에게 우주가 필요한 이유: 아동문학과 소수자 재현

ⓒ 2022 송수연

초판인쇄 2022년 12월 23일
초판발행 2022년 12월 30일
지은이 송수연
책임편집 이채현
편집 원선화 이복희
디자인 장혜미
마케팅 정민호 이숙재 박치우 한민아 이민경 안남영 왕지경 김수현 정경주
브랜딩 함유지 함근아 김희숙 고보미 박민재 박진희 정승민
제작 강신은 김동욱 임현식
제작처 영신사
펴낸곳 (주)문학동네
펴낸이 김소영
출판등록 1993년 10월 22일 제2003-000045호
주소 10881 경기도 파주시 회동길 210
전자우편 kids@munhak.com
홈페이지 www.munhak.com
카페 cafe.naver.com/mhdn
북클럽 bookclubmunhak.com
트위터 @kidsmunhak
인스타그램 @kidsmunhak
대표전화 (031)955-8888
팩스 (031)955-8855
문의전화 (031)955-3578(마케팅) (02)3144-0870(편집)
ISBN 978-89-546-9050-8 03810

*이 도서는 한국문화예술위원회의 '2022 아르코문학창작기금 발간 지원 사업' 선정작입니다.

우리에게 우주가 필요한 이유

아동문학과 소수자 재현

송수연 평론집

문학동네

나는 어릴 때부터 이야기를 좋아했다. 초등학교 2~3학년 무렵 겨울, 아침에 눈을 뜨면 머리맡에 새 책이 한 권씩 있었다. 내복을 입은 채로 이불 속에서 읽는 새 책의 맛이라니! 나중에 알고 보니 엄마가 사둔 전집을 가게에서 사흘에 한 권씩 가져다주신 거였는데, 얼마나 감질나던지. 후딱 읽어치우고 또 없냐고 조르던 기억이 선하다. 나는 책도 좋아했지만 모든 종류의 이야기를 좋아했다. 드라마도 열심히 봤고, 중학교 2학년 때부터는 본격적으로 극장에 드나들었다. 다양한 매체를 통해 수많은 이야기를 만났고 이야기에 몰두하는 그 시간만큼은 온전히 행복했다. 주인공을 따라 울고 웃으면서 일찍감치 카타르시스를 맛봤다. 하지만 까맣게 몰랐다. 문학이 업이 될지는.

돌고 돌아 국문학과에 가고 또 뭔가에 홀린 듯 대학원에 진학했다. 아동문학을 전공해 보지 않겠냐는 권유를 여러 번 받았지만 귓등으로 흘렸다. 나는 '세계문학전집 키즈'였지 아동문학은 거의 접해보지 못한 채 어른이 되어 아동문학에는 문외한이었기 때문이다. 석사논문을 쓰다 지친 어느 여름날, 좋다는 아동문학책을 수십 권 사들였고 며칠을 밖에 나가지 않았다. 그해 여름 나는 쓰던 논문을 접고 진로를 바꿨다. 『한밤중

톰의 정원에서』(필리파 피어스, 김석희 옮김, 시공주니어, 1999)를 읽고 느낀 전율을 어떻게 말로 설명할 수 있을까. 톰과 해티가 계단참에서 만나는 장면은 아직도 내 모든 이야기들의 맨 앞에 서있다. 뒤늦게 찾아온 영원한 첫사랑이었다.

이후 현덕과 노마를, 방정환과 소년들을 만났다. 권정생과 몽실 언니, 강아지똥도 빼놓을 수 없다. 나는 아동문학 안에서 어린 시절 맛본 황홀경을 다시 만났다. 아동문학에는 어른들의 소설에서는 쉽게 찾을 수 없던 '별이 빛나는 하늘과 가야 할 길을 안내하는 지도'가 있었다. 사람을 향한 절대적인 신뢰. 세상과 선에 대한 근원적인 믿음. 반드시 희망으로 길을 낸 미래. 예민하고 뾰족했던 나는 아동문학 속에서 아주 조금씩 다듬어지고 수그러들었다. 평론은 내가 사랑하는 작품들을 사람들과 나누고 함께 이야기하고 싶은 욕망에서 시작됐다. 이 이야기를 좀 보세요. 이렇게 아름다워요……. 심장이 뛰고 눈물이 나요. 나에게 아동문학은 사랑이고 희망이다.

내가 사랑하는 이야기, 아름다운 이야기에 관해 쓰고 싶었고 그러기에도 시간과 능력이 모자랐지만, 어쩌다 보니 안타까운 점을 말한 평론을 많이 썼다. 하지만 고백건대, 나는 나를 거쳐 간 모든 이야기를 내 방식으로 사랑했다. 다만 그 사랑이 서툴러 누군가에게 상처가 되었다면 이 자리를 빌려 용서를 구하고 싶다. '제 말을 귓등으로 넘기세요. 그리고 용감하게 계속 쓰세요.' 무엇보다 애석한 것은 사랑했음에도 수많은 핑계로 아무 말도 하지 못하고 지나간 작품들이다. 지금도 종종 그 책들의 이름을 부르며, 뒤척이는 불면의 밤마다 미처 꺼내놓지 못한 사랑 고백을 홀로 웅얼거린다. 이 책은 동시대 아동문학을 향해 그렇게 중얼거린 내 서툰 사랑의 흔적이다.

1부는 장르문학에 관한 글들을 묶었다. 독자와 거리를 좁혀 독자를 문학의 세계로 끌어들이는 장르문학의 가치와 재미를 말하고 싶었다. 더불어 여성주의가 여러 각도로 기울어지고 일그러진 우리 아동청소년문학의 운동장을 다시 평평하게 고르는 데 유용한 도구이자 철학이 될 수 있음을 보여주려 했다. 거칠고 성글어 독자 여러분께 가닿지 못한다면 모두 내 부족이다. 장르문학과 페미니즘은 유령의 귀환이자 억압된 목소리의 발화라는 점에서 아동청소년문학과 궤를 같이하며, 우리 아동청소년문학이 개척할 미답지다. 2부는 아동문학과 소수자 그리고 재현에 관한 글들로 '소수자와 재현의 윤리'는 이 평론집 전체를 꿰뚫는 기본 관점이다. '소수자를 어떻게 재현할 것인가'는 '어른이 어린이처럼 말할 수 있는가'와 같은 뜻이다. 아동문학은 그 불가능을 향한 고투여야만 한다고 믿는다. 3부는 주로 서평을, 4부는 단행본에 수록된 해설들을 중심으로 묶었다. 아동문학이라는 우주, 그리고 우리에게 더 넓은 우주가 필요한 이 나름의 이유들이 당신의 우주에도 가닿기를 바란다.

나는 빚진 자이다. 문학이 아니었다면, 문학을 배우고 공부하지 않았다면 내가 어떤 사람이 되었을지 사실 좀 무섭다. 문학은 내가 최소한 사람의 탈을 쓰고 살 수 있게 해주었으니, 나는 문학에 크게 빚진 자이다. 무지한 나에게 문학으로 가는 길을 열어주신 최원식 선생님께 감사드린다. 뻣뻣하고 반죽이 없어 한 번도 마음을 표현하지 못해 늘 죄송했다. 학부와 석사 시절 선생님의 수업을 들으며 느낀 무한한 고양감이 없었다면 나는 감히 문학을 업으로 삼을 생각을 하지 못했을 것이다. 나에게 페미니즘을, 학자의 자세를 가르쳐주신 박혜숙 선생님께 감사드린다.

페미니즘은 내가 누구인지 알 수 있고 말할 수 있게 한 살아있는 공부였다. 페미니즘이 아니었으면 아동문학을 공부하지 않았을 테고 나는 지금과 다른 삶을 살았을 터이다. 학자의 자세를 몸소 보여주셨지만, 흉내조차 내보지 못하고 학교를 떠났으니 부끄럽고 죄송할 따름이다. 아동문학의 이론과 실제는 원종찬 선생님께 배웠다. 선생님을 떠올리면 늘 생각나는 장면이 있다. "어? 너는 공부가 재미없어?" "에? 선생님은 공부가 재미있으세요?" 선생님과 나는 이렇게 달랐지만, 선생님이 아니었다면 보잘것없는 지금의 나도 없었다. 감사드린다. 늘 마감을 넘긴 나를 참고 기다려준 잡지의 편집자들께도 죄송하고 고맙다고 말하고 싶다. 부족한 글을 모아 한 권의 책으로 만들어준 문학동네 편집부에도 고개 숙여 감사드린다. 어린이의 씩씩한 호기심이 느껴지는 멋진 그림을 표지에 사용하게 해준 방새미 작가에게도 감사하다. 양가 부모님께는 뭐라고 말해야 할지 모를 만큼 감사하다. 무지했을망정 내가 활개를 치고 살았던 시절을 가진 건 모두 내 어머니 덕분이었으니 나는 운이 좋은 사람이다. 마지막으로 사랑하는 남편에게 고맙다고 말하고 싶다. 병약하고 생활에 무능한 나를 오래 참고 보듬어준 그에게 이 조그만 책이 작은 기쁨이 되었으면 싶다.

이 책은 그간 나를 키워주신 모든 분들로부터 나왔다. 여기 실린 글이 작은 쓸모라도 있다면 모두 그분들 덕분이다. 언제까지라도 그 사랑을 잊지 않기를, 내가 빚진 자임을 기억하기를, 소망한다.

송수연

1부
장르문학과 여성주의,

아동청소년문학의 새로운 가능성

장르문학, 지금이 시작이다

1. 문학장의 지각변동, '주류가 된 장르'

『기획회의』가 뽑은 2019년 출판계 키워드는 '주류가 된 장르'다.[1] 『기획회의』를 비롯, 출판문화에 관한 각종 진단이 보여주듯 우리 문학의 지형도는 장르문학[2]을 중심으로 빠르게 재편되고 있다. 올 한 해, 종이책 시장에서 전체 소설 분야가 10퍼센트 이상의 판매 하락세를 보인 것과 달리 장르소설 판매량은 가파른 상승을 보였고, 이는 전자책 분야에서도 예외가 아니었다. 무엇보다 웹소설이 보여준 놀라운 시장 장악 능력은 다소 보수적인 일반문학계나 학계조차 장르물에 주목[3]하지 않을 수 없게 했다. 웹소설은 2013년 약 백억 원 규모에서 2018년 약 4천억 원으로 고속성장하며 출판계의 판도를 흔들고 있다.

---

1 이융희, 「주류가 된 장르」, 『기획회의』 499호
   한기호, "2019년 출판계 키워드가 '주류가 된 장르'인 이유", 한국출판마케팅연구소 블로그, 2019
2 대중문학과 장르문학은 용어를 사용하는 사람에 따라 그 함의가 달라질 수 있다. 이 글에서는 대중문학과 장르문학을 따로 구별하지 않고 동시적으로 사용하려 한다.
3 육준수, "이승우 소설가, '인터넷의 돌연변이, 웹소설' 우려스러워…", 뉴스페이퍼, 2017
   대중서사학회, "뉴미디어 시대, 장르의 재발견", 2019. 이 학술대회는 대중서사학회 주최로 '뉴미디어 시대와 대중 서사'라는 주제하에 기획된 세번째 학술대회이다.

문학계 안팎에서 '문학의 죽음'이 운위된 지는 이미 오래지만, 최근 가시적으로 확인되는 '독자의 죽음'이야말로 문학장의 지각변동과 관련, 문학의 존재 이유를 다시 묻는 키워드이다. 작가와 독자의 쌍방향적 관계가 인정되지 않았던 시대의 수동적인 독자는 더이상 존재하지 않는다. 웹소설로 대변되는 모바일 플랫폼 시장에서 독자의 위치는 가히 혁신적이다.[4] 이러한 시점에 독자와 관련해 한국 출판 시장의 문제가 무엇인지를 말하는 장은수의 지적은 새삼 곱씹을 가치가 있다. 그는 '처음부터 독자인 사람은 없으며, 이미 독자인 사람들이 줄어드는 것보다 새롭게 진입하는 독자가 줄어드는 것이 한국 출판 시장의 문제'라고 말한다. 독서의 진입 장벽을 낮추어 비독자를 간헐적 독자로, 간헐적 독자를 습관적 독자로 유입하는 단계가 필요한데 우리 출판 시장은 높은 진입 장벽의 문제를 여전히 해결하지 못하고 있다는 것[5]이다.

장르문학의 성장과 독자의 위상 변화로 요약되는 출판계의 상황은 아동청소년문학 분야에서도 예외가 아니다. 2000년대 후반 아동문학의 짧은 르네상스를 걱정했던 목소리들은 이후 교육정책의 변화와 더불어 책을 외면하는 독자의 문제로 현실화되었고, 이는 초판 부수의 감소와 출판 종수의 축소로 이어졌다. 위기는 기회라 했던가, 비룡소는 이즈음 '스토리킹'이라는 새로운 공모전을 시작했다. '어린이들을 위한 본격 엔터테이닝 작품'을 모집한다는 스토리킹은 '재미'를 우위에 두겠다는 명확한

---

4   웹소설은 보통 회당 10~15분의 독서 시간을 상정하고 있으며, 독자가 댓글을 달 수 있는 시스템을 갖추고 있다. 독자의 댓글은 작가·작품에 대한 응원, 개인적인 감상 등이 주를 이루지만 작품에 대한 불만이나 희망하는 전개 방향을 제시하는 등 창작에 관한 부분까지 적극적으로 전개된다. 회당 결제 시스템(전편 결제도 가능하다)을 갖춘 웹소설의 경우, 작품 창작 방향에 대한 독자의 요구를 완전히 무시하기 어렵다는 점에서 현재 독자의 위상은 웹소설 분야가 가장 높다고 말할 수 있다.
5   장은수, 「책 읽는 사회를 어떻게 만들까?」, 『한국의 논점 2017』, 북바이북, 2016

방향성을 제시했고, 허교범의 『스무고개 탐정과 마술사』(비룡소, 2013)라는 장르물을 첫 수상작으로 내놓았다. 당시 작품의 완성도를 두고 다양한 시각차가 존재했지만 『스무고개 탐정과 마술사』는 독자의 성원에 힘입어 2019년 현재 11권까지 시리즈를 이어오고 있다.

스토리킹 이후 장르물로 눈을 돌리는 출판사들의 각종 기획은 최근 들어 보다 구체화되고 있다. 비룡소는 2015년 'No.1 마시멜로 픽션'이라는 이름으로 '사춘기 소녀들을 위한' 공모를 시작해 2019년 현재, 4회까지 수상작을 냈다. 별숲과 위즈덤하우스도 올해 각각 '공포 책장'과 '검은 달'이라는 어린이 호러문학 시리즈를 내놓았고, 청소년 분야에서도 창비와 비룡소가 '영어덜트 장르문학상'과 '틴 스토리킹'을 공모 중이니, 아동청소년용 장르문학은 앞으로도 더 많아질 것으로 보인다.

출판사를 중심으로 한 장르문학 기획이 향후 우리 아동청소년문학에 어떤 영향을 미칠지는 아직 미지수다. 그러나 장르문학이 뚜렷한 약진을 보이는 지금과 같은 상황에서 '상업적'이라는 이유만으로 장르문학을 도외시하거나, 일반문학의 분석 틀을 그대로 적용하여 장르문학을 폄하하는 것은 자가당착이다. 소설은 태생부터 시정의 장르였으며, '고전'이나 '본격'이라는 수식어가 붙는 작품들이 전체 소설에서 차지하는 비중은 늘 얼마 되지 않았다. 그러므로 '주류가 된 장르'라는 현상을 우려의 눈으로 보기보다는 장르문학을 공론장으로 끌어내 활발한 토론을 벌이고, 이를 문학의 다변화와 자기 갱신의 한 계기로 만들어가는 것이 바람직하리라 본다.

2. 스토리킹과 대중문학, 그리고 새로운 질문들

당시에는 몰랐지만, 지금에 와서 보면 2012년에 시작된 비룡소의 스토리킹은 우리 아동문학이 대중문학으로 거듭나는 교두보 역할을 했다.

> 스토리킹이란 어린이책 전문 출판사 비룡소에서 새로 공모하는 <u>어린이 장르문학상</u>의 이름입니다. 이전의 수상작인 '스무고개 탐정' 시리즈나 '분홍 올빼미 가게' 시리즈, '건방이의 건방진 수련기' 시리즈를 비롯하여 (중략) <u>아이들이 직접 골라 읽을 재미있는 원고</u>를 찾습니다. 호러, 판타지, SF의 <u>장르 구별 없이 오로지 스토리텔링의 힘만으로</u> 아이들 앞에 우뚝 설 자신이 있는 작가를 기다립니다. 이 공모는 <u>어린이 심사위원 제도를 도입하여 어린이들이 직접 작품을 뽑을</u> 예정입니다. (비룡소 스토리킹 응모 안내문. 밑줄 강조 필자)

어린이를 위한 본격 엔터테이닝 작품이라는 캐치프레이즈를 걸고 시작한 스토리킹 공모는 아동문학을 지탱한 두 축이자, 아동문학에 대한 각종 통념을 양산한 교훈주의와 동심주의로부터 명확한 거리 두기를 하고 있다. 재미를 핵심으로 하는 장르물로 응모 대상을 한정하거나 오로지 스토리텔링의 힘만으로 독자를 사로잡으라고 주문하는 응모 안내는, 아동문학의 주인이어야 할 어린이가 주체가 아닌 대상의 자리로 밀려난 우리 아동문학의 현실을 반성하고 아이들에게 주체의 자리를 되돌려 주겠다는 선언으로 읽을 수 있다.

그간 아동문학은 어른이 쓰고, 어른이 고르고, 어른이 사주는 문학이었다. 생산자 작가/어른 중심의 한국 아동문학의 오랜 풍토가 스토리킹에 와서 비로소 수용자 독자/어린이 중심으로 바뀌었다. 스토리킹은 교훈을 주는 문학이 아니라 독자인 아이들이 자신의 손으로 직접 골라 읽을 재미있는 이야기를 주문했다. 여기에 우리 아동문학 최초로 어린이 심사위원 제도[6]를 도입했으니, 이는 작가들에게 어린이의 입맛에 맞는 이야기를 쓰라는 요구와 다르지 않다. 실제로 수상 작가는 어린이가 이해할 수 있는 단어와 게임 설명서처럼 쉽고 정확한 문장을 구사하기 위해 고심[7]했음을 밝혔고, 어린이 심사위원들 역시 자신들이 이해하지 못하는 단어가 많은 작품은 뽑지 않는[8] 철저하게 수용자 중심적인 면모를 보여주었다.

이런 과정을 거쳐 만들어진 역대 스토리킹 수상작들은 추리·탐정물부터 무협물, 히어로물, SF, 판타지에 이르기까지 다양한 장르에 걸쳐 고루 포진되어 있다. 작품별 편차가 있지만 수상작 속 어린이 주인공은 장르물의 특성에 힘입어 보다 주체적이고 능동적인 인물로 그려졌다. 쉽게 쓰여 가독성이 높은 데다 어린이 주체의 자기 주도성이 강조된 서사는 당연히 독자 대중의 사랑을 받았고, 재미에 무게중심을 둔 새로운 이야기가 만들어지는 기폭제 역할을 했다. 이후 비슷하면서도 각기 다른 매력을 지닌 어린이 장르물들이 나오기 시작했고 우리 아동문학은 '캐릭터'를 가

---

6   세부적인 차이는 있지만 어린이 심사위원 제도는 웹소설의 독자 댓글난과 비슷한 역할을 한다고 볼 수 있다. 독자는 작품 창작에 보다 적극적으로 관여할 수 있으며, 독자의 역할이나 위치가 강화될수록 창작에 독자의 취향이 반영되는 것은 피할 수 없는 일이기 때문이다. 실제 스토리킹이나 No.1 마시멜로 픽션의 경우, 전문가 심사위원의 선택을 어린이 심사위원이 뒤집었다 혹은 둘의 선택이 엇갈렸다는 풍문이 심심찮게 들린다.

7   허교범, 「어린이 추리소설을 쓰게 된 이야기 ─ '스무고개 탐정' 시리즈를 중심으로」, 『창비어린이』 2019년 여름호.

8   제3회 No.1 마시멜로 픽션 최종 본심에 오른 두 편 중 『소녀 다모 홍조이: 검은 말 도적단 사건』에 대해 '어려운 말과 단어가 많아 이해하기 어렵다'는 어린이 심사위원들의 평이 많았다. 이 작품은 결국 어린이 심사위원들에게 선택받지 못했다("제3회 No.1 마시멜로 픽션 걸스 심사위원단 심사평", 비룡소 홈페이지 참조).

진 주인공의 목록을 쌓아가게 되었다.

채 10년이 되지 않는 짧은 시간 안에 장르물은 아동문학 분야에서 확고한 자신의 자리를 만들어가고 있다. 아쉬운 것은 창작을 뒷받침할 만한 비평과 연구의 부재이다. 가령 어린이 대중문학과 관련해 우리는 이런 것들을 물을 수 있다. '어린이들이 좋아하는 작품은 다 좋은 작품인가?' '어린이의 입맛에 맞춰 쓴 이야기가 좋은 이야기일 수 있는가?' '재미가 작품의 창작과 수용에 있어 절대적인 기준이 될 수 있는가?' '장르물에 등장하는 어린이 주인공의 모습을 진정한 주체의 형상화라 할 수 있는가?' 아쉽게도 우리는 이 질문들에 대한 적절한 대답을 아직 가지고 있지 않다.

아마도 이 부재는 대중문학을 진지한 사유의 대상으로 여기지 않는 우리의 이중성 혹은 무신경함에서 비롯한 결과일 터이다. 일반문학에서 아동문학을 '한때 읽는 가벼운 읽을거리'로, 그래서 '진지한 문학이 아닌 것'으로 취급하는 데에 대한 답답함을 가지고 있는 우리가 대중문학을 '문학성이 떨어지는 가벼운 읽을거리'로 취급하는 것은 합당한가. 이런 의문에 대해 '아니 그래도 얄팍한 대중문학과 진지한 아동문학은 다르지.'라고 생각하는 사람들도 있을 듯하다. 멀리 갈 필요 없이 필자 역시 최근까지 그런 자의적인 이분법의 틀에서 벗어나지 못하고 있었으며, 지금도 내 안의 '구별짓기'를 온전히 버리지 못했다.

그러나 조금만 다른 방향에서 찬찬히 보면 위의 질문들은 대중문학이나 장르문학에만 해당하는 것이 아니라 늘 우리 안에 있던 질문들임을 알 수 있다. 다만 시대의 변화에 따라 질문 자체를 의심하고 질문의 함의를 새롭게 검토해야 하는 때가 되었을 뿐이다. 예를 들어 '어린이들이 좋아하는 작품은 다 좋은 작품인가?'라는 질문에서 '좋은'은 정확하게 무엇을 가리키는가. 결국 '문학성'으로 귀결되는 '좋은'은 근대문학의 좁은 규율을 간신히 통과한 몇몇 작품들이 획득한 미학적 가치를 말한다. 물론 이런 미학적 형상화에 성공한 소설은 훌륭한 작품이다. 그런데 모든 소설이 훌륭할 필요는 없지 않은가. 문학성보다 더 중요하게 생각하는 가치가 있고 그것이 재미라면, 그리고 어떤 작품이 재미있게 쓰여 독자를 환호하게 했다면 그 역시 좋은 작품이 아닐까.

어린이의 입맛에 맞춰 쓴 이야기 역시 문학성이라는 단 하나의 판단 기준을 버린다면, 그리고 새 판단 기준을 독자로 삼는다면, 얼마든지 좋은 이야기가 될 수 있다. '재미가 작품의 창작과 수용에 있어 절대적인 기준이 될 수 있는가?'라는 질문도 마찬가지다. 아마도 재미있는 작품을 쓰려고 하는 작가들 중 그 누구도 자신의 작품이 모두에게 절대적인 환호와 지지를 받아야 한다고 생각하지 않을 것이다. 현상황에서 재미있는 작품이 필요로 하는 것은 상대적인 지지와 인정이다. 오히려 '우리는 왜 이토록 재미에 가치를 부여하지 않으려 하는가?'라고 물어야 하지 않을까. '진정한 주체'와 관련한 질문 역시 바뀌어야 한다. 이미 우리 시대는 불변인 채로 언제나 옳은, 절대적 주체를 가지고 있지 않다. 우리 시대에 그런 주체는 그 자체로 폭력에 가깝다. 언제나 옳은 것은 상대적으로 그것과 다른 것을 모두 틀린 것으로 만들어버리지 않는가.

지금보다 더 많은 장르소설이 나오고, 장르문학이 일반문학을 압도하는 때가 온다고 해도 문학성을 가진 작품은 살아남을 것이다. 그것이 '좋은 소설'의 힘이다. 그렇다고 좋은 소설이 장르소설보다 마땅히 늘, 우월하지는 않다. 좋은 소설은 좋은 소설대로, 장르소설은 장르소설대로 감당해야 할 각자의 몫이 있다. 물론 서로가 서로에게 의미 있는 자극이 된다면, 이에 더할 바 없겠다. 발자크가 당대 대중소설로부터 주제, 서사구조, 문체와 해결책을 배운 것처럼 말이다. 프랑스 근대문학을 대표하는 발자크의 세계 『인간 희극』은 그렇게 대중소설과 손잡고 만들어졌다.

3. No.1 마시멜로 픽션이 우리에게 던진 질문

한국 아동문학에서 소녀가 주인공인 이야기에 대한 갈증은 오래전부터 있었다. 이야기 속 주인공들은 대부분 소년이었고, 소녀는 소년의 주변인으로 존재했다. 오랫동안 소녀는 가련한 피해자였고 가끔 서사의 전면에 나설 때에도 몽실 언니로 대표되는 희생과 헌신의 아이콘으로 기능했다. 장르물에서도 상황은 비슷했다. 탐정도 슈퍼히어로도 대부분 소년인 상황에서, 자기 욕망에 충실하고 욕망을 건강하게 실현하는 발랄한 주인공 소녀는 좀처럼 나타나지 않았다. 그러다 제4회 스토리킹 수상작인 『아토믹스: 지구를 지키는 소년』(서진, 비룡소, 2016)의 두번째 이야기, 『아토믹스 2: 마음을 읽는 소녀』(2017)가 출간되면서 히어로물에서 소녀 주인공이 등장한다. 이후 김혜정의 '헌터걸' 시리즈(사계절, 2018~2020)를 통해 우리 아동문학은 비로소 당당한 소녀 영웅을 갖게 된다.

이런 상황에서 사춘기 소녀를 위한 걸스 스토리를 내세운 No.1 마시멜로 픽션 공모는 그 자체로 상당히 고무할 만한 시도이다. 스토리킹을 통해 대중 아동문학의 가능성을 보여준 비룡소가 '소녀'를 특화한 공모를 시작했으니, 공모를 통해 만들어질 새로운 소녀상을 기대하는 것은 당연하다. 그러나 기대가 컸는지, 막상 뚜껑이 열리자 다소 실망하지 않을 수 없었다. 아직 4회까지밖에 진행되지 않은 공모인지라 속단에 가깝겠지만, 어찌 되었든 현재 No.1 마시멜로 픽션의 스코어는 스토리킹을 따라가지 못하고 있다. 우선 수상작들이 구축한 소녀 캐릭터는 기존 작품들이 보여준 소녀의 모습과 별다른 차별성이 없다. 더구나 몇몇 작품이 직조한 소녀들은 최근 진일보한 동화나 청소년소설이 보여준 소녀의 모습에서 오히려 퇴보한 듯한 인상을 남겨 안타까웠다.

마시멜로 픽션 시리즈 중에서 가장 아쉬웠던 작품은 제2회 대상 수상작인 『카시오페아: 악몽을 쫓는 소녀』(한은경, 비룡소, 2018)다. 작품은 주인공 하라가 현실과 판타지 공간을 오가며 노력한 끝에 사랑과 우정 모두를 얻는다는 내용이다. 판타지 공간에서 하라는 사람들의 꿈속으로 들어가 악몽을 꾸게 하는 거미를 퇴치하는 카시오페아 비밀 대원이다. 평범한 소녀가 우연한 기회에 비밀조직의 일원이 되어 사람들을 돕는 영웅으로 거듭난다는 이야기는 전형적인 히어로물의 패턴을 따라 진행된다. 대중소설은 보통 정해진 플롯에 따라 사건과 인물을 배치하기 때문에 이야기의 기본적인 틀은 대동소이하다. 따라서 대중소설의 패턴은 서사의 흠이 되지 않는다. 문제는 영웅 서사를 써가는 과정에서 갈등을 유발하기 위해 만들어낸 사건의 양상이다. 『카시오페아: 악몽을 쫓는 소녀』를 가로지르는 사건은 '이수일과 심순애'라는 이름으로 더 잘 알려진 『장한몽』에서 시작된 '돈이냐 사랑이냐'의 양자택일 구도다. 『카시오페아: 악몽을 쫓는 소녀』에서 그것은 '사랑이냐 우정이냐'로 변주되어 나타나는데 문제는 이 양자택일의 구도가 사랑과 우정의 실상을 파악하는 데에 전혀 도움이 되지 못할뿐더러, 사건과 관련된 인물들을 형편없는 존재로 만들어버린다는 데에 있다.

『카시오페아: 악몽을 쫓는 소녀』는 판타지와 현실의 이중구조로 되어 있고, 현실계를 담당하는 인물은 하라, 세나, 민재, 아영이다. 하라, 세나, 민재는 '절친'으로, 든든했던 세 사람의 우정은 세나와 민재가 반 대표로 함께 댄스 경연 대회에 나가게 되면서부터 흔들린다. 언젠가부터 세나가 말하는 '우리'에 하라 자신은 포함되지 않는다는 사실을 알게 된 하라는 괴롭다. 거기다 민재를 좋아하는 마음이 커지면서 하라의 고민은 커져간다. 사랑과 우정 사이의 줄다리기가 본격적으로 시작되는데, 여기서 아영은 갈등을 심화하는 역할을 한다. 작품에서 아영은 세나와 하라를 이간질하고 서로의 우정을 의심하게 만든다. 아영뿐 아니라 반 친구들 역시 흔들리는 하라와 세나의 우정을 두고 큰 목소리로 뒷담화를 하면서 갈등을 부추긴다.

이쯤 되면 이 이야기가 정말 말하고 싶은 게 무엇인지 의심하지 않을 수 없다. 물론 대중소설답게 이야기는 해피엔딩으로 마무리되고, 주인공인 하라는 우정을 택함으로써 사랑까지 얻게 된다. 그러나 사랑과 우정이라는 양자택일의 과정에서 인물이 필요 이상으로 소모되고, 질투와 미움이 마치 소녀의 전유물인 양 그려지는 방식은 소녀를 위한 걸스 스토리라는 공모의 의도를 무색하게 한다. 사랑과 우정의 양자택일이라는 잘못된 질문이 만든 결과물은 독자들에게도 그대로 전달된다. 책 뒷면에 실린 걸스 심사위원단의 감상은 독자가 이 이야기를 어떻게 받아들였는지를 잘 보여준다.

"우정인가, 사랑인가! 한 번쯤 고민해 봤다면 꼭 읽어야 할 책."

"소녀들의 사랑, 미움과 질투가 마치 우리 반 교실에서 일어나고 있는 것만 같았다."

"사춘기 소녀의 특징을 잘 살려낸 No.1 마시멜로 픽션과 딱 어울리는 이야기."

"우정과 짝사랑을 두고 갈등하는 하라, 세나, 민재. 과연 이 삼각관계는 어떻게 될까? 누군가를 짝사랑한 적이 있다면 꼭 읽어야 하는 필독서!"

독자인 소녀들은 『카시오페아: 악몽을 쫓는 소녀』에서 그려진 사랑, 미움, 질투 등을 사춘기 소녀의 전유물, 즉 소녀적 감성의 일환으로 이해하고 거기에 자신을 동일시한다. 그러나 사랑이나 미움, 질투는 소녀(여성)만의 특징이라기보다는 인간의 보편적 감정에 가깝다. 물론 근대사회에서 여성은 사적 영역의 담당자라는 역할을 부여받은 이후, 낭만적 사랑에 몰두하는 감정적인 존재로 새롭게 '구성'되었다. 이 사실을 떠올리면, 독자인 소녀들이 이 작품을 읽고 보이는 반응이 오랜 기간에 걸쳐 학습된 사회문화적 산물임을 알 수 있다. 그렇다 해도 소녀를 위한 걸스 스토리를 쓰는 작가라면, 자신이 재현한 세계가 어떤 이데올로기에 복무하는지, 자신의 이야기가 독자에게 어떤 효과로 작용할 것인지 한 번 더 생각해 보았어야 하지 않을까.

사랑 이야기, 그러니까 로맨스를 둘러싼 작품 창작과 수용에 관해 우리가 더 고민해 봐야 할 질문은 또 있다. 로맨스는 '여성 장르'인가. 로맨스를 빼고 여성의 정체성이나 성장을 이야기하는 것은 불가능한 일인가. 나아가, 로맨스는 저열한 장르인가. 그렇다면 로맨스에 열광하는 독자의 감성과 취향도 저급한 것인가.

2015년 공모를 시작한 No.1 마시멜로 픽션은 현재 4회까지 당선작을 냈다. 이 중 4회 당선작은 아직 미출간이지만 2회 때 복수의 작품이 당선, 출간되면서 현재까지 총 네 편의 시리즈를 갖게 되었다. 이 중 올해 출간된 『미지의 파랑: 소울메이트를 찾아서』(차율이, 비룡소, 2019)를 제외한 다른 작품들은 모두 로맨스를 기본으로 장착하고 있다는 공통점이 있다. 로맨스를 정면으로 다루는 작품은 『카시오페아: 악몽을 쫓는 소녀』뿐이지만, 다른 작품들 역시 로맨스를 일종의 '치트키'로 활용하고 있다는 점에서 로맨스적 요소가 서사를 이끄는 주요 전략 중 하나임은 분명하다.

제1회 대상 수상작인 『미카엘라: 달빛 드레스 도난 사건』(박에스더, 비룡소, 2017)과 그 후속 시리즈는 소녀들이 한 번쯤 동경했을 외국의 기숙학교를 배경으로 한 주인공의 성장담으로, 1권은 '브링턴의 왕자님'으로 불리는 남학생 유진과 미카엘라의 무도회 장면으로 끝난다. 그런데 이 무도회에서 마땅히 완성되었다고 여긴 두 사람의 로맨스는 2권에서도 여전히 오리무중이며, 독자들은 느닷없이 나타난 전학생 '리'가 끼어들어 이들의 로맨스가 삼각관계로 새롭게 진화하는 양상을 목도한다. 이는 대중 서사에서 독자의 호기심을 붙들어 두기 위해 흔히 사용하는 '로맨스-지연'의 수법[9]이다. 독서 과정에서 독자들은 로맨스가 아닌 다른 사건에 휘말린 인물들을 지켜보지만, 가끔 등장하는 로맨스적인 분위기에 가슴 설레고, 궁극적으로 주인공의 행복한 사랑의 완성을 확인하고 싶은 마음에 포기하지 않고 이야기를 읽는다. 그러니까 '미카엘라'나 '환상 해결사' 시리즈에서 로맨스는 독자의 호기심을 유지하기 위해 사용하는 일종의 속임수인 셈이다. 그런데 흥미로운 것은 이 작품을 대하는 독자들의 태도이다.

> "우정과 사랑 사이에서 헤매고 있는 사춘기 소녀라면 한 번쯤은 꼭 읽어 보아야 하는 교과서 같은 책!"
> "우정, 두꺼비 대회를 통한 깨달음, 코가 간질거리는 로맨스, 여학생들을 대상으로 제대로 취향 저격이었다."

위 인용문은 『미카엘라: 달빛 드레스 도난 사건』에 대한 걸스 심사위

---

9 이는 '환상 해결사' 시리즈(강민정, 비룡소, 2018~)에서도 같은 방식으로 활용된다.

원단의 감상평이다. 그런데 이 문장들은 『카시오페아: 악몽을 쫓는 소녀』의 독자 반응과 거의 같다. 앞서 말했지만 '미카엘라'에서 로맨스는 치트키다. 그럼에도 불구하고 사랑과 우정 사이의 갈등이 서사의 핵심인 『카시오페아: 악몽을 쫓는 소녀』와 동일한 감상평이 나왔다는 사실은 독자인 소녀들의 관심사가 이미 사랑과 우정에 초점화되어 있다는 사실을 보여준다. 그러니까 독자들이 '걸스 스토리'라는 이야기에서 기대하는 것, 읽고 싶어 하는 것은 사랑과 우정이다. 소녀들에게는 사랑이 전면적이든 별사탕처럼 드문드문 흩뿌려져 있든 중요하지 않다. 이야기에서 언제든 사랑을 찾아낼 준비가 되어있기 때문이다.

그렇다면 이런 독자들의 반응을 우리는 어떻게 이해해야 할까? 소녀 독자들은 유치하고 속된 취향을 가졌는가? 그렇지 않다. 소녀들이 로맨스를 좋아하는 것은 소년들이 무협이나 히어로물에 심취하는 것과 비슷한 일이다. 그리고 취향에는 우열이 없다. 현시점에서 무협이나 활극이 로맨스보다 고급한 장르라고 생각할 수 있다.[10] 하지만 이는 순문학이 대중문학보다 우월한 문학이라고 생각하는 것과 같은 사고방식이다. 그 둘은 '다르며', 어느 한쪽을 기준으로 다른 한쪽을 저열하다고 판단하는 시각은 편협하다. 게다가 소녀와 소년의 취향 차이는 본질적이거나 생득적이지 않고 문화사회학적으로 만들어진 것이다. 알다시피 취향도 감정도 구성되고 만들어진다.

이와 관련해 다시 한번 짚고 넘어가야 할 것은 로맨스를 둘러싼 우리의 인식과 반응이다. 언젠가부터 로맨스는 저급하고 유치한 장르로 인식

---

10 그러나 이 역시 로맨스 장르의 근원적 결함 때문이 아니라, 로맨스에 비해 무협이나 히어로물이 더 많이 대중화·공론화될 수 있었기 때문이다. 코믹스에서 시작한 히어로물은 할리우드 영화로 만들어지면서 공론장으로 나왔고, 공론장에서 거듭된 논의는 이 장르가 진일보하는 데 큰 도움이 되었다. 반면 로맨스는 여전히 공식적인 자리에서 잘 다루어지지 않는 장르이다.

되었다. 일반문학과 장르문학을 구별하는 고급과 저급이라는 경계가 흩어지고 있는 지금, 장르문학 안에서조차 로맨스를 특별히 속되고 저급한 장르로 취급하는 현상은 '여성이 좋아하는 로맨스는 하찮은 것'이라는 주류의 시각을 무비판적으로 내면화한 결과물일 수 있다. 물론 로맨스가 가부장적 가족구조를 재생산하며 현실도피의 수단이 된다는 페미니스트들의 비판은 충분히 귀기울일 여지가 있다. 그러나 그보다 앞서 점검해야 할 것은 애초에 여성들이 즐길 만한 장르는 로맨스뿐이라는, 혹은 로맨스가 여성에게 가장 적합한 장르라는 사회의 편견을 의심 없이 받아들이고 재생산하는 우리의 빈곤한 상상력이다.

현재까지 발간된 마시멜로 픽션은 여성을 대상으로 한 서사물을 둘러싼 우리 사회의 관습화된 시선을 환기한다. 마시멜로 픽션의 일부 작품들은 '소녀(여성)다움'과 '낭만적 사랑'이 여성에게 어떻게 심어지고, 취향으로 구성되는지를 잘 보여준다.[11] 작가인 여성과 독자인 소녀는 기존 로맨스의 전형적인 구도 속에서 낭만적 사랑을 전파하고 전수받는 취향의 공동체가 된다. 취향에는 상하고저가 없고 개인의 취향은 존중받아야 마땅하다. 그러나 만약 그 취향이 일방적으로 구성되었다면, 그리고 취향의 주체를 고정된 틀에 가둔다면 우리는 다시 물어야만 한다. 그 취향이 어떻게 구성되었고 어떤 효과를 낳는지, 그것이 진정 나의 욕망을 반영한 결과물인지를 말이다.

이제는 새롭게 질문해야 할 때다. 소녀를 위한 걸스 스토리에 사랑과 우정 말고 다른 이야기는 왜 존재하지 않는지. 사랑과 우정을 그리는 지

---

11 마시멜로 픽션의 모든 작품이 그런 것은 아니다. '환상 해결사'나 '미지의 파랑' 시리즈는 기존 여성 캐릭터의 전형을 깨는 방식으로 서사와 캐릭터를 만들어가고 있다. 시리즈의 진행 방향을 더 지켜봐야 하겠지만 현재까지 이야기의 주인공들은 질투하고 희생하는 주체가 아니라, 자신의 욕망을 시험하고 찾아가는 주체로 그려진다.

금 우리의 방식[12]은 이대로 괜찮은지. 로맨스를 빼고 여성의 정체성이나 성장을 재미있게 이야기하는 일은 가능하지 않다고 여기는 건 아닌지. 우리가 생각하고 그리는 소녀를 위한 이야기는 정말 소녀를 위한 것인지. 우리가 만든 이야기들이 소녀를 '소녀다움'이라는 틀에 붙박아 두고 있지는 않은지. 궁극적으로 여성을 위한 대중적인 이야기는 로맨스뿐이라고 생각하고 있는 것은 아닌지. 더 깊이 있는 토론이 필요하다.

4. 장르문학을 응원한다

마시멜로 픽션이 새삼 환기한 몇 가지 지점들을 짚어보았지만, 마시멜로 픽션을 비롯한 각종 장르문학 기획을 지지하고 기대하는 마음에는 변화가 없다. 이것은 장르문학에 대한 애정의 발로인 바, 나는 독자와의 거리를 좁히는 재미있는 책이 지금보다 훨씬 더 많이 나오기를 바란다. 물론 그 과정에서 많이 아쉬운 책도 있을 터이고, 그저 그런 범작들도 양산될 것이며, 와중에 깜짝 놀랄 만한 기념비적인 작품이 나올 수도 있다. 혹시 이런 과정들이 소모적이라고 생각한다면 그건 오산이다. 순문학(지금도 그렇게 완벽하게 분류되는 작품이 있는지 모르겠지만)의 장에서도 똑같은 일이 있었고, 앞으로도 그럴 것이기 때문이다. 수없이 시도된 문학작품들 중 문학사에 남을 만한 기념비적인 작품은 아주 소수였으며, 범작과 범작에도 미치지 못하는 작품들이 훨씬 많았던 게 소설의 역사다. 더구나

---

12 마시멜로 픽션의 일부 작품이 사랑과 우정을 다루는 방식에는 어떤 편협함이 보인다. 이를테면 사랑은 질투와 한 세트로 묶이고, 서로를 독점하는 배타적인 우정이 진정한 우정인 양 이야기된다. 모든 작품이 그런 것은 아니지만('환상 해결사' 시리즈의 경우 이런 우정은 진짜 우정이 아니라는 것을 명확하게 짚는다) 사랑과 우정을 이런 식으로 다루는 것은 확실히 문제이며, 만약 이것이 여성 혹은 여성성과 관련한 통념에서 비롯했다면 반드시 바로잡혀야 한다.

문학사도 시대의 변화에 따라 새로운 시선으로 새롭게 구성되고 있으며, 한 세기 전의 문학사에서 빼놓을 수 없었던 작가·작품이 새롭게 구성된 문학사(정전)에서는 제외되거나 잊히는 것이 다반사다.

그리고 마시멜로 픽션이 이미 보여준 것처럼[13] 장르 간의 혼종은 이제 너무나 당연한 일이어서 이것은 SF고, 이것은 판타지고 하는 세부 장르의 구분조차 무용해지고 있다. 문학 시장은 빠르게 변하고 있고, 기술의 발달이 여기에 가속을 붙이고 있다. 모바일이라는 새로운 플랫폼이 웹소설이라는 신대륙을 개척하고 수많은 독자를 불러모은 것처럼, 종이책 시장도 새로운 시대에 맞추어 변화하지 않는다면 독자로부터 외면받을 것이다. 다행히 아동청소년문학은 다양한 기획으로 장르문학에 적극적으로 뛰어들어 새로운 영토를 개척해 가고 있다. 장르문학은 종이책에서 멀어진 기존 독자를 다시 불러오고, 종이책 시장으로 새로운 독자를 유입하는 중요한 역할을 할 것이다. 독자가 없다면, 문학은 존재할 이유가 없다. 순문학이건, 대중문학이건 독자와 만나지 못한다면 무슨 소용이 있겠는가.

장르문학은 더이상 서브문학이 아니며, 앞으로 이런 현상은 더 뚜렷해질 것이다. 장르문학의 붐을 예견하기라도 한 듯 조금 앞서 눈부신 약진을 보인 SF는 장르문학이 문학의 지평을 어디까지 넓힐 수 있는지 분명하게 보여주었다. SF는 이른바 순문학이 도달하기 어려웠던 지점들을 가뿐하게 돌파하며 목하 전진 중이다. 다른 장르들도 마찬가지다. 도태되는 장르도, 흥하는 장르도 있을 테다. 무엇이 언제 흥할지는 아무도 모른다. 다만 한 가지 확실한 것은 그 무엇도 영원하지는 않으리라는 사실이다.

---

13 마시멜로 픽션의 작품들은 기본적으로 서너 개의 장르가 섞여있다. 장르의 합종연횡은 웹소설 계에서는 더 빠르고 복잡하게 진행되고 있으며, 일반문학 쪽에서도 장르를 빌려 이야기하는 것은 이미 익숙한 일이 되었다.

그러니 수많은 시도와 그 와중에 있을 많은 실패들을 미리 염려할 필요는 없다.

장르문학은 이제 시작이다. 더 많은 시도와 더 많은 격려가, 그리고 엄숙주의에서 벗어나 재미에 의미를 부여할 줄 아는 유연성이 필요하다. 이런 시점에 악화가 양화를 구축(bad money drives out good money)할 일을 걱정한다면 그것이야말로 기우다. 장르문학은 악화도 아닐뿐더러 이런 시도에 밀릴 양화라면 그것이야말로 진짜 양화라고 보기 어려운 허상이 아닐까. 서로 소통하고, 선의의 경쟁을 하고, 연대하면서 좋은 영향을 주고받는 열린 태도가 절실하다. 위기의식의 발로가 아니라, 다양성이 존중받는 즐거운 독서 문화 생태계의 정립을 위해서도 불필요한 담은 허물고 변화를 환영해야 한다.

『어린이책이야기』 2019년 겨울호

한국 아동 탐정물의 새로운 출발

　나는 추리소설을 좋아한다. 어릴 때부터 셜록 홈스와 뤼팽의 팬이었다. 부모님이 사다주신 '표준전과'는 해를 넘기도록 빳빳한 표지 그대로였지만, 방 한편에 있던 계몽사 세계문학전집 중 몇 권은 책 모퉁이가 나달나달해지도록 읽고 또 읽었다. 그때 내가 되풀이해 읽었던 책들은 대부분 장르물이었다. 홈스와 뤼팽, 드라큘라 백작도 거기서 만났고 오스카 와일드의 저 유명한 『도리언 그레이의 초상』도 『웃음 짓는 초상화』라는 다소 자극적인 제목의 축약본으로 만났다. 지금은 제목을 기억할 수 없는 드라큘라 백작 이야기와 『웃음 짓는 초상화』는 표지 그림조차 무서워 조심조심 책 모서리만 잡고 읽던 기억이 생생하다.

　홈스의 명철함과 뤼팽의 고독한 영웅성에 매료된 나는 이후 애거사 크리스티에 빠졌고, 자연스레 엘러리 퀸과 『Y의 비극』을 만났다. 초등학교 4~5학년 때 열린 이 지적인 환상과 공포의 매력은 나를 책의 세계로 이끌었다. 한국 추리물을 찾아 헌책방을 헤매다 나는 결국 대본소에 드나들기 시작했고 거기서 김홍신의 『인간시장』을 거쳐 드디어 김동성을 만났다. 김동성을 읽으면서 누가 범인인지 꼭 찾아내겠다는 마음에 내 나름대로 찾은 단서를 노트에 적고 전의를 불태우며 책을 읽었다.

그러고 보면 추리소설은 내 문학의 시작이다. 초등학교와 중학교 시절에 읽었던 장르소설들은 나에게 책이 공부보다, 간혹 친구보다 훨씬 재미있는 일임을 알게 해주었으니 말이다. 이후 어찌어찌 문학의 길로 접어든 나는 석사논문을 쓰다가 아동문학이라는 또다른 세계를 만나게 되었다. 나는 방정환의 아동 탐정소설을 읽으면서 다시 순수한 독자가 되어 중학교 2학년 이후로 떠나온 추리탐정물의 세계로 돌아갔다. 그리고 얼마 후, 어린 시절 그토록 찾아 헤매던 한국 추리소설의 거봉 김내성을 만났다.

이것은 지극히 개인적인 나의 독서 이력이기도 하지만 달리 보면 한국 장르문학의 험난한 역사이기도 하다. 1930년대 장안을 떠들썩하게 한 김내성의 작품을 겨우 50여 년이 흐른 1980년대에 어디에서도 쉽게 구해볼 수 없었다는 사실은 한국문학 안에서 장르문학의 위치를 단적으로 보여주는 사례다. 한국 장르문학이 발전하지 못한 이유는 여러 가지가 있겠으나 장르문학이 설 자리를 마련해 주지 않았던 학계와 문단의 배타성이 큰 역할을 한 것은 분명하다. 가까운 일본만 해도 두터운 장르문학의 계보를 가지고 있어 그 안으로 진입하려는 작가들은 우선 자신의 전통을 사숙하고, 더불어 외래의 것을 참고한다. 특히 언제든 만날 수 있는 전통은 독자의 마음을 사로잡는 새로운 이야기가 탄생하는 데 든든한 밑거름이 된다.

다행히 이제 우리 안에서도 장르문학을 바라보는 시선이 서서히 달라지고 있다. 독자의 요구에 의한 것이든, 원소스멀티유즈(OSMU)에 적절한 장르문학의 속성에 기인한 것이든, 장르문학은 이제 '팔리는 이야기'로 소위 '본격문학'에서도 혼종의 대상이 되고 있다. 아동문학계의 사정도 크게 다르지 않다. 일제 강점기와 해방기를 거치면서 형성된 아동 탐정물의 열매는 기억의 저편에 묻혀있다가 1999년 방정환 탄생 100돌을 맞아 『칠칠단의 비밀』(사계절)이 비로소 재출간되고, 2005년 비룡소 황금도깨비상을 받은 『플루토 비밀결사대』(한정기)가 독자의 강력한 지지를 받으면서 부활했다.

아동문학계에서 장르문학은 빠르게 성장하고 있다. 특히 추리탐정물은 독자들의 열렬한 호응에 힘입어 최근에는 시리즈물을 염두에 두고 창작하는 경우가 대부분이며, 출판사 역시 이를 적극 지지하고 있는 형국이다. 일찍이 한국 아동문학 창작 부문에서 추리탐정물의 가능성을 간파한 비룡소는 이 분야의 창작을 독려하며 출판의 문을 활짝 열어두고 있다. 최근 전 5권으로 완간된 '플루토 비밀결사대' 시리즈에 이어 제2회 비룡소문학상 수상작인 『다락방 명탐정』(성완, 2013)을 출간한 비룡소는 스토리킹이라는 어린이 장르문학상을 제정하고 제1회 수상작으로 『스무 고개 탐정과 마술사』(허교범, 2013)라는 작품을 내놓았다.

스토리킹이라는 명칭도 그러하거니와 어린이 심사위원 백 명이 어른 심사위원들의 선택을 뒤집었다는 소문은 어린이 독자의 요구가 따로 있음을 명확하게 보여준다. 어린이가 작품에서 요구하는 것은 우선 재미다. 스토리킹 공모 역시 어린이들을 위한 본격 엔터테이닝 작품을 표방하고 있으니, 평자들이 수상작에 대해 문학성이니 작품성이니 운운해도 최소한 출판사의 공모 의도와 어린이 독자의 요구는 맞아떨어진 셈이다. 그럼 문제가 없는가? 그렇지는 않다. 이미 여기저기서 언급된 바와 같이 『스무 고개 탐정과 마술사』는 허술한 구석이 있다. 탐정이 등장하는 본격 추리물인데 추리의 논리성이나 정합성이 떨어질 뿐 아니라, 스무고개라는 핵심 플롯이 제 기능을 하지 못하는 것은 작품의 완성도 면에서 치명적이다. 그렇다고 아동 탐정물 특유의 모험이 잘 살아있지도 않다. 아슬아슬한 부분이 없는 것은 아니지만 장르 특유의 코드를 잘 살린 긴장감이라기보다는 말초적인 성격이 더 강하다.

그런데도 이 작품이 독자를 사로잡은 지점은 어디일까? 첫째는 추리물이라는 장르 특유의 활기다. 절대 지지 않는(구조와 논리를 세밀하게 따지지 않는다면) 카드 마술의 비밀을 파헤친다거나, 납치라는 자극적인 범죄를 한바탕의 활극으로 해결하는 방식은 어린이 독자의 마음을 사로잡기에 충분하다. 거기에다 어린이지만 어린이로 보이지 않는 스무고개 탐정의 어른스러운 복장과 말투, 행동 등은 어른이 되고 싶어 하는 어린이의 내밀한 욕구를 은근히 자극한다. 본래 성공한 추리탐정물이 종종 '아주 독특한 탐정'이라는 캐릭터에 기댄다는 점에서 이 작품은 절반은 성공한 셈이며 그것이 이 작품의 소위 엔터테이닝한 지점이다.

출판 시장이 세분화되면서 엔터테이닝한, 아니 엔터테이닝 자체를 목표로 하는 읽을거리들이 앞으로 더 많이 나올 것이다. 그리고 저간의 우려와 달리 나는 그 현상이 나쁘다고 생각하지 않는다. 대중문학이나 장르문학이 주는 재미가 기실 그렇게 저급한 것은 아니며, 다양한 읽을거리를 통해 책 읽기의 재미와 가치를 발견해 가는 독자가 분명히 있을 테니 말이다. 시간만 나면 게임의 세계로 빠져드는 아이들에게 게임만큼 재미있는 책이 있다는 사실은 아이들에게 또다른 세계, 또다른 목소리를 들려줄 수 있다는 점에서 소중하다. 물론 작가와 비평가, 특히 출판계가 절적한 지점에서 균형을 잡기 위해 노력해야 할 터이다. 엔터테이닝에서 끝낼지, 그 이상을 바라보고 자신과의 힘겨운 투쟁을 지속해 갈지를 선택해야 한다.

『스무고개 탐정과 마술사』는 아쉬운 점이 많은 작품이다. 그러나 아직은 격려하고 북돋우며 지켜볼 때이다. 첫술에 배부를 수는 없지 않은 가. 짧게는 수십 년 길게는 한 세기 이상을 버텨온 외국 장르문학의 역사를 생각해 보면, 우리는 이제 시작이다. 먼저 일제 강점기와 해방기 이후의 수확물을 충실하게 복원해 잃어버린 역사를 다시 써야 한다. 그리고 그 가운데에서 현재와 미래에 도움이 될 새로운 전통을 세워야 할 때이다. 그렇지만 아직은 너무 배가 고프니 새로운 시도를 하는 더 많은 작품에 적절한 격려가 필요하다. 그러다보면 '시간'이라는 거대한 장애물을 넘어 한국 아동 탐정물의 계보를 이어갈 작품들이 탄생하리라 본다.

『어린이책이야기』 2014년 봄호

여성 히어로물의 의미와 가치

　2020년 11월, 김혜정의 '헌터걸' 시리즈 마지막 이야기 『헌터걸 5: 피리 부는 사나이와의 대결』(사계절)이 출간되었다. 2018년 4월 '거울 여신과 헌터걸의 탄생'이라는 부제를 달고 시리즈 1권이 출항했을 때부터 품은 호기심과 기대는 후속 권이 나올 때마다 충족되었고, 약 3년 동안 나는 '헌터걸'의 독자로 즐거웠다. 시리즈가 완간된 기념으로 전권을 한 번에 읽어보니 낱권을 읽을 때와는 또다른 장점들이 눈에 띄었다.

　먼저 '헌터걸' 시리즈는 잘 쓰인 대중물이다. 독자의 위상이 강화되면서 문학의 대중화가 빠른 속도로 진행되고 있는 지금, '헌터걸'은 아동문학이 대중 독자와 어떻게 호흡해야 하는지를 잘 보여준다. '헌터걸'은 어린이 주인공을 히어로로 등장시켜 리얼리즘 아동문학이 갖는 각종 규약으로부터 자유로워졌다. 어른의 훈계 대신 어린이의 활동성이 강화되고, 이는 아이들 안에 잠재한 가능성을 최대치로 끌어내 '아동 주체'를 현실화했다.

　이와 관련해 '헌터걸'이 어린이 히어로가 맞서야 하는 악당의 위치에

'피리 부는 사나이'로 대표되는 나쁜 어른을 세운 것은 의미심장하다. 외모지상주의를 산업화하여 이득을 취하는 어른과의 싸움을 다룬 1권이나 아동 대상 성추행 문제를 다룬 2권, 아동학대로 시작하는 3권의 문제의식은 지극히 현재적일뿐더러, 주인공 강지와 친구들이 힘을 합쳐 "나쁜 어른을 응징"하는 결말을 끌어내 우리 아동문학이 오랫동안 해결하지 못한 '상징적 아비 죽이기'에 성공한다.

둘째로 '헌터걸'은 남성의 전유물로 여겨진 히어로물의 계보에 당당히 여성의 이름을 새긴 의미 있는 여성물이다. 슈퍼히어로의 산실인 마블과 DC 유니버스는 걸출한 남성들만의 세계였다. 이들이 지구와 우주를 누비며 자신의 정체성을 만방에 알릴 때 그들과 어깨를 견줄 만한, 자신만의 서사를 가진 여성은 2019년 캡틴 마블이 등장하기 전까지 오로지 원더우먼뿐이었다. 그러나 원더우먼이 용도를 알 수 없는 짧은 옷차림에 걸핏하면 밧줄과 쇠사슬에 묶여 바닥을 뒹굴었다는 사실은 히어로물에서, 나아가 전통 서사에서 여성의 위치가 어떠했는지를 명확하게 드러낸다.

남성 중심적 현실과 서사 속에서 여성은 오랫동안 남성의 보조에 머물렀고, 자신의 욕망을 드러내는 여성은 마녀 혹은 팜므파탈로 그려졌다. 여성이 서사의 주인공으로 등장할 때는 어머니, 아내, 누이라는 이름을 달고 있을 때뿐이었다. '헌터걸'은 이러한 관행을 뒤엎고 여성을 히어로로 한 이야기의 가능성을 보여주었다. 1권 출간 당시만 해도 '주인공이 왜 여자인지'를 묻던 어린이 독자들이 후속 권이 속속 나오면서 '헌터걸이 앞으로 어떤 활약을 펼칠지' 궁금해했다는 사실은 이 시리즈가 사회가 규정한 여성의 한계를 뛰어넘었다는 것을 증명한다.

여기서 여성이 히어로가 될 수 있다는 '헌터걸'의 설정을 단순한 성별 대립 구도로 읽는다면 이야기의 본질이 흐려진다. '헌터걸' 시리즈는 남성

을 여성의 적, 혹은 싸워서 무찔러야 하는 대상으로 그리지 않는다. 3, 4
권에서 강지는 다른 헌터보이, 헌터걸들과 연합하는 법을 배우고 진정한
리더로 거듭난다. 그러므로 '헌터걸'이 이뤄낸 여성 히어로의 성공적 재현
은 사회적 약자로 규정된 이들이 잃어버린 목소리와 빼앗긴 자리를 되찾
는 과정을 그린 것이라고 할 수 있다.

이 이야기는 이전의 슈퍼히어로물이 노정한 한계를 극복하고자 하는
지향성을 분명히 보여준다. 예를 들어 강지가 소리를 '듣는' 능력이 뛰어
나다는 설정은 기존의 히어로들이 귀가 아닌 입을 주로 사용했다는 사
실에 대비된다. 또 그간의 히어로물이 히어로의 영웅성을 드러내는 것에
골몰한 데 비해 '헌터걸'은 강지를 통해 '연대'를 핵심 가치로 부각한다.
헌터들이 악당을 응징하며 외는 구호 '빌 슈츤 운스(wir schützen uns, 우리
가 우리를 지킨다)'는 어린이 연대를 상징한다. 어린이를 약자의 위치에 두
고 이를 빌미로 속이고 갈취하는 나쁜 어른에 대한 이 선전포고는 21세
기식 어린이 권리장전 같아 통쾌하다.

나아가 각 헌터 캐릭터마다 자신에게 맞춤한 무기를 가지고 하수, 중
수, 고수의 단계를 거치며 점차 강력한 능력을 얻게 된다는 설정은 레벨
이 높아질수록 새로운 미션을 깨는 재미를 주는 게임 콘셉트로 어린이
독자의 흥미를 끌 만하다. 만화적 상상력으로 그려진 일러스트 역시 서
사의 매력을 강화한다. 재미와 대중성의 측면에서 게임이나 만화에 견주
어 보아도 손색없는 작품이다.

물론 아쉬운 점이 없지는 않다. 성역할의 고정화라는 측면에서 '헌터
걸'은 절반의 성공을 보여준다. 2권에서 아동 성추행의 가해자와 피해자
를 각각 여성과 남성으로 재현함으로써 가해자=남성, 피해자=여성이라
는 성역할의 고정성에서 탈피한 데에 반해 1권에서 외모에 집착하는 사

람들을 모두 여성으로 그린 점은 현실과도 상당한 거리가 있다.

그럼에도 이 시리즈가 이룬 성취는 명확하다. 무엇보다 이 작품은 문학이 현실과 길항한다는 점을 잘 보여준다. 문학은 현실을 반영하기도 하지만, 기념비적인 작품들은 현실을 견인한다. 현실에 부유하는 어렴풋한 희망을 눈에 보이는 '현실태'로 제시하는 것도 문학의 역할이다. '헌터걸'이 보여준 대중성과 여성성은 오늘의 아동문학이 보여준 희망의 새로운 얼굴이다.

『창비어린이』 2021년 봄호

한국 어린이 호러물의 어제와 오늘

1. <전설의 고향>부터 '빨간 마스크'까지, 공포 서사의 매력

세대에 따라 다르겠지만, 나 어릴 적 최고의 공포물은 단연 KBS TV 드라마 〈전설의 고향〉이었다. 한여름에 두꺼운 솜이불을 끌어내 뒤집어 쓰고 본 구미호 이야기나 "내 다리 내놔."라는 대사로 기억하는 덕대골 전설은 어른이 되어서도 쉬이 잊히지 않는 강렬한 이야기들이다. 여름에 겨울 이불을 꺼냈다고 엄마에게 등짝을 맞고, 밤에 화장실에 가지 못해 전전긍긍하면서도 〈전설의 고향〉을 보기 위해 다시 TV 앞에 모이던 일은 아마도 우리 세대 공통의 기억일 테다. 그뿐이 아니다. 1980년대 초등학교를 풍미한 각종 동상 관련 괴담이나 '빨간 휴지 줄까, 파란 휴지 줄까' 이야기는 1990년대 '홍콩 할매'나 2000년대 '빨간 마스크' 괴담으로 이어지면서 꾸준히 어린이들과 함께 자랐다. 전교 이등에게 떠밀려 추락 사한 전교 일등이 머리로 걸어와 전교 이등에게 복수한다는 '통통 귀신' 이야기는 중고등학교 시절 최고의 괴담이었다.

추억의 갈피를 들춰보면, 괴담은 듣거나 보는 순간은 물론이고 향유하고 난 이후까지 깊은 흔적을 남기며 어린 시절 늘 우리 곁에 있었다. 무서운 이야기는 왜 이렇게 사람의 마음을 사로잡을까?

우선 무서운 이야기에는 몰입이 주는 극한의 쾌감이 있다. 무서운 이야기를 듣는 순간을 복기해 보자. 무서운 이야기는 보통 속삭이는 낮은 목소리로 전달되는데, 이상하게도 작은 목소리는 청자를 이야기에 더 몰입시킨다. 삼삼오오 둘러앉아 속삭이는 목소리에 집중하다 보면 어느새 청중의 머리는 한가운데로 모이고, 꼭 쥔 주먹에는 땀이 찬다. 긴장은 서사의 절정에서 숨도 크게 쉴 수 없을 만큼 폭발 직전의 상태가 되었다가 대단원에 이르러 급격하게 이완되며 기묘한 나른함을 남긴다. 무서운 이야기가 주는 감정의 응축, 폭발, 이완은 육체적 반응으로까지 이어져 놀라운 쾌감과 해방감을 선사한다.

또 공포 서사는 무섭고 위험한 이야기이지만 나의 삶에 실제적인 위협이 되지 않기 때문에 마음놓고 즐길 수 있다. 귀신이나 구미호, 드라큘라나 좀비는 이야기 속에 있지 우리 집 문밖에 있는 실체가 아니다. 무서운 이야기가 하나의 장르로 자리매김하고, 장르의 선구자적 역할을 했던 이야기가 아류작을 양산하면서 어느새 공포물은 일종의 '놀이공원'이 되었다.[14] 달리 말하면, 무서운 이야기를 향유하는 동안 사람들은 현실을 잊는다. 그 시간 동안은 성적도, 친구도, 외모도, 장래에 대한 걱정도 없다. 그 세계에 속한 순간만큼은 현실의 무게를 완벽하게 잊을 수 있으니, 무서운 이야기는 기실 이야기 본연의 역할을 가장 멋지게 수행하고 있는 셈이다.

게다가 무서운 이야기에는 일상의 지루함을 단번에 뒤집는 낯선 강렬함이 있다. 일상 속 비일상의 계기를 무서운 이야기만큼 효과적으로 보여주는 것이 또 있을까? 친구인 줄 알았더니 귀신이었더라, 알고 보니 나

---

14 듀나, 『장르 세계를 떠도는 듀나의 탐사기』, 우리학교, 2019

도 귀신이더라…… 이런 괴담들은 생각보다 다양한 메시지를 남긴다. 가장 먼저 드러나는 것은 익숙해서 잘 알고 있다고 생각한 대상에 대한 우리의 편견과 무지다. 간혹 어떤 이야기들은 여기서 한 걸음 더 나아가 타자성에 대한 성찰로 이어진다. 한 편의 이야기를 통해 자아와 타자에 대한 이해의 폭을 넓히고, 알지 못했던 세계의 가능성에 눈뜰 수 있게 된다면 이보다 더 큰 수확이 있을까. '설마'나 '믿을 수 없어'에서 시작된 이야기가 어느새 '어쩌면 그럴지도 모른다'로 바뀌고, 익숙한 일상이 온통 낯설어지는 체험은 때로 불편하지만, 그만큼 강렬하고 매혹적이다.

2. 시대의 자화상, 진지하고 슬픈 공포

우리 아동청소년문학에서 본격적인 공포물의 시작을 알린 작품을 무엇으로 볼지는 보는 이에 따라, 관점에 따라 다를 것 같다.[15] 물론 어떤 작품이 최초이다, 아니다를 따지는 것은 다소 허망한 일이다. 그럼에도 굳이 여기서 시작점을 가늠해 보는 이유는 우리 아동문학에서 공포물이 어떻게 생성·변화·성장해 가고 있는지를 짚어보기 위함이다.

내가 생각하는 최초의 어린이 공포물은 『하얀 얼굴』(안미란 외, 창비, 2010)이다. 그 이유는 작가들이 호러라는 장르를 명확히 인식하고 쓴 첫 책이기 때문이다. 『하얀 얼굴』은 출판사의 기획으로 만들어진 호러 단편집이다. 작가들은 호러물이라는 청탁을 받고 집필 여부를 결정했을 것이

---

15 10여 년 전 나는 우리 아동문학 속 공포물의 양상에 대해 논한 바 있다(송수연, 「공포, '결핍'을 이야기하는 새로운 방식」, 『어린이와 문학』 2009년 4월호). 시간이 흐르고 전보다 다양한 어린이 공포 도서 목록을 갖게 된 지금, 이 글에서는 그에 걸맞은 관점으로 어린이 공포물을 다시 살펴보고자 한다.

고, 각자가 생각한 호러를 이야기 속에 녹여냈을 터이니, 여기 실린 일곱 편의 단편은 2010년 전후 한국 아동문학이 생각한 호러의 정신과 육체를 표상하는 셈이다. 물론 『하얀 얼굴』 이전에도 무섭고 오싹한 이야기들은 있었다. 그러나 그 책들이 과연 호러물을 쓰겠다는 명확한 의도 아래 태어났는지를 고려한다면 선뜻 호러라는 표식을 달기 망설여진다. 다만 '호러의 계보'라는 것을 상상할 때 방미진의 『금이 간 거울』(창비, 2006)이나 오시은의 『귀신새 우는 밤』(문학동네, 2008)은 우리 아동문학에서 호러의 마중물 역할을 한 작품들로 보아도 좋지 않을까 싶다. 왜냐하면 『하얀 얼굴』의 기획은 이 두 작품에 흘러넘친 호러적 기운과 그것이 열어준 새로운 서사의 가능성에서 비롯했기 때문이다.

『금이 간 거울』의 표제작 「금이 간 거울」은 사랑받지 못하고 버려진 마음에 관한 이야기이다. 주변 사람의 관심이나 사랑을 두고 다투는 것은 아이들의 성장 과정에서 자연스럽게 일어나는 일인지라 이를 다룬 동화도 많다. 아쉬운 것은 보통 이런 이야기들은 주인공 이외의 인물, 특히 주인공과 사랑을 두고 경쟁하는 인물을 얄팍한 악인으로 소모해 버린다는 점이다. 「금이 간 거울」은 그런 손쉬운 방식 대신 사랑받고 싶은 마음이 무시될 때마다 금이 가고 망가지는 거울을 등장시켜, 독자로 하여금 주인공의 상실과 상처에 온전히 몰두하게 한다. 살인이나 끔찍한 신체 위협만이 공포가 아니라 버려진 마음도 공포일 수 있다고 말하는 이 이야기는, 호러가 우리 삶을 보다 깊이 있게 이해하는 좋은 도구가 될 수 있음을 시사한다.

『귀신새 우는 밤』은 흔하게 다루어 뻔해진 '왕따' 문제를 귀신이라는 초자연적인 존재를 통해 새롭게 이야기한다. 창수와 영호가 만난 귀신은 그들처럼 친구 하나 없이 외롭게 죽은 존재들의 현현이다. 처음에 귀신의 존재를 두고 기연가미연가하던 아이들이 나중에는 '귀신이라도 좋으니 우리 친구가 되자'고 나서는 모습은 따돌림이 인격 살해와 다름없고, 그 고통은 원귀를 만들어낼 만큼 절절한 일임을 깨닫게 한다. 아이들이 교실에서 늘 벌어지는 일임에도 마치 다른 세상의 일처럼 외면했던 따돌림 문제와 그 결과로 나타난 귀신의 존재를 점차 인정하면서, '나는 몰랐다'는 무지(無知)는 사실 위장된 무고(無辜)죄임이 폭로된다.

귀신이라는 비(非)실체를 통해 사회 속에 감추어진 죄를 폭로하는 방식은 '귀신담'이라는 이야기 전통에서 비롯했다. 원귀라는 단어 자체가 '원통하게 죽어 한을 품고 있는 귀신'인 바, 소복을 입고 머리를 풀어헤친 여귀(女鬼)는 전통사회에서 '말할 수 없는 자'가 누구였는지, 그들의 사회적 위치가 어떠했는지를 보여준다. 귀신담 속 귀신은 그 사회의 가장 연약한 고리이며, 귀신담은 실없어 보이나 기실 사회적 약자를 둘러싼 침묵의 카르텔을 고발하는 역할을 했다. 이렇듯 무서운 이야기는 오랫동안 우리 사회의 거울로 기능했으며, 이러한 사정은 어린이문학에서도 마찬가지다. 어린이는 늘 입은 있되 목소리는 없는 존재였고, 우리 어린이문학은 그런 어린이들을 대변하는 역할을 해왔다.

한국의 어린이 호러물은 강력한 리얼리즘의 전통 안에서 시작되었고, 이러한 생성기 한국 어린이 호러문학의 성격은 『하얀 얼굴』에서 명확하게 드러난다. 여기 실린 이야기들은 하나같이 '억울하고 슬픈 사연'이다. 다름에 대한 터부(안미란, 「하얀 얼굴」), 약자를 짓밟는 폭력(오시은, 「덤불 속에서」), 친구를 외면한 괴로움과 부끄러움(고재현, 「너만 만날래」) 등이 깊은 죄의식으로 남아 주인공은 오싹한 환영에 시달린다. 『하얀 얼굴』이 전통적인 공포물에 등장하는 귀신 대신 내면의 죄의식으로 고통받는 주체의 모습을 초점화한 것은 기존의 서사 관습과 달라진 부분이다. 그러나 개인을 무력한 방관자의 자리로 밀어넣는 부조리한 사회 시스템에 대한 고발이 서사의 기저에 깔려있다는 점에서 '문학의 사회성'은 『하얀 얼굴』의 핵심이다. 아이들을 죽음으로 몰아가는 무한경쟁 시스템(김종렬, 「수업」)과 한 가족을 망가뜨린 도시개발의 폭력성(박관희, 「마중」)을 그린 이야기에서 호러의 사회성은 보다 전면화된다.

강한 사회성을 띤, 슬프고 진지한 한국식 호러는 방미진에 이르러 '심리주의 공포'라 명명할 수 있는 새로운 세계를 구축한다. 「금이 간 거울」에 나타난 주체와 서사의 예민함은 이후의 발표작에서 더 강화되어 청소년소설집 『손톱이 자라날 때』(문학동네, 2010)로 정점에 이른다. 이 단편집의 주인공들은 극도로 예민한, 그러나 텅 빈 주체들이다. 질투로 인해 불안에 떠는 주체들은 친구를 죽이고(「하얀 벽」) 형제를 죽이다(「난 네가 되고」) 결국 스스로를 죽이기에 이른다. 끝없는 환상에 시달리는 주체들은 그 자체만으로 숨막히는 공포다. 안타까운 것은 신경질적이고 예민한 필치로 그린 이 이야기들에 독자의 자리가 없다는 점이다. 장편 역시 비슷하다. 『괴담: 두번째 아이는 사라진다』(문학동네, 2012)에는 독자가 마음 붙이고 공명할 인물이 없다. 미장센은 촘촘하고 지적이지만 다소 과도하고, 구경꾼의 자리에서 계속 목을 조이는 서사는 독자에게 짙은 피로감을 남긴다.

우리 아동청소년문학에서 호러는 방미진을 제외하면 명확한 의도의 산물이라기보다는 작가의 시대 인식이 자연스레 공포에 가닿은 결과물이다. 여기서 거둔 의외의 소득이 『하얀 얼굴』의 기획으로 이어지면서, 시대와 호흡한 한국의 호러는 리얼리즘의 계보를 이으며 자신의 영토를 일구었다. 아쉬운 것은 공포의 종류도 분위기도 다양한데, 초창기 어린이 공포물은 '진지하고 슬픈' 것 이외의 땅을 찾지 못했다는 점이다. 이후로도 한동안 공포의 새로운 영토는 개발되지 못했다. 대표작들을 갱신할 만한 이야기보다는 그와 유사한 이야기들이 가끔 발표될 뿐이었다. 기껏 개척된 호러의 영토가 오랫동안 과작의 기근에서 벗어나지 못한 것은, 공포 자체에 대한 터부 때문이기도 하겠지만 아이러니하게도 그 공포가 현실과 너무 닮았기 때문이었다.

3. 달라진 시대, '엔터테인먼트'가 된 공포

2019년은 한국 아동문학사에서 호러의 새로운 원년으로 기억될 해이다. 2019년 한 해에만 이전 시기 호러물의 전체 수보다 더 많은 작품이 발표되었을뿐더러, 공포라는 장르의 정체성을 전면에 내세운 두 개의 시리즈물이 출범했다. 이는 아동청소년문학에서 달라진 장르문학의 위상을 입증한다. 장르문학은 더이상 서브문학이 아니다. '주류가 된 장르'라는 2019년의 출판 키워드가 말해주듯 우리 문학의 지형도는 장르문학을 중심으로 빠르게 재편되고 있다.

어른인 작가가 쓰고, 어른인 부모님이 골라서 사주는 아동문학은 창작에서부터 소비까지 어린이의 주체적인 욕구가 반영되기 힘든 구조다. 물론 아동문학 작가는 언제나 아동의 현실과 입장을 최우선에 두지만 그것은 상상하거나 관찰한 것일 수밖에 없다. 게다가 어린이들에게 좋은 것, 바른 것을 주고 싶어 하는 어른의 마음은 종종 아이들의 욕구나 필요와 반대되는 방향으로 가기 일쑤다. 주체적인 아동을 아무리 강조하고 부르짖어도 어린이문학에서 아동 주체의 실현이 쉽지 않은 까닭이 여기에 있다. 게다가 리얼리즘에 깊이 뿌리내린 한국 아동문학은 판타지와 유머, 난센스에 유달리 취약했으니 깨달음과 감동은 있어도 순수한 재미를 느끼기는 어려운 게 사실이다.

장르문학은 이런 아동문학의 한계를 뛰어넘어, 그야말로 전인미답의 영토를 개척하고 있다. 장르물의 어린이 주인공은 어른의 도움 없이 자신들의 문제, 나아가 사회의 문제를 해결한다. 이로써 우리 아동문학의 고질적인 한계로 지적된 '어른 조력자에 의한 문제 해결'이라는 이상주의적 결말을 극복해 낸다. 오랜 기간 출구를 찾지 못했던 숙제가 장르문학을 통해 돌파구를 찾았다. 게다가 사건 중심으로 빠르게 전개되는 이야기는 정통 리얼리즘 아동문학과는 다른 방식의 재미와 활기를 서사에 부여하면서 문학에서 멀어진 독자를 다시 책 앞으로 불러모았다.

위즈덤하우스의 '검은달'과 별숲의 '공포 책장'은 그 과정에서 새롭게 출간된 시리즈 호러물이다. 시리즈 호러물이라는 시도 자체만으로도 반가운데, 둘 다 호러라는 이름에 값하는 새로운 변화를 보여주고 있으니 자못 의미심장한 출발이다. 전 시기 공포물들이 리얼리즘의 당위에 발목을 잡혀 어린이가 원하는 문학보다 어른이 주고 싶은 문학에 가까운 모습이었다면, 이 두 시리즈에서 아동의 주체성은 강화되고 호러는 작가의 의도(사회적 발언)를 효과적으로 전달하기 위한 수단을 넘어 그 자체로 매력적인 서사 장치가 된다.

검은달 시리즈에서 이런 변화를 가장 잘 보여주는 작품은 『미스 테리 가게』(최상아, 2019)다. '미스 테리'(Miss Terry)가 운영하는 미스터리한 가게를 찾은 아이들이 각자의 바람을 이루게 도와주는 물건을 받아 소원을 이루는 네 편의 연작은 슬프고 진지한 이야기 일색이던 어린이 호러물에서 신나고 재미있는 호러라는 새로운 영토를 개척한다. 예를 들어 연작의 두번째 작품인 「좀비로 변하는 좀비 타투」의 재미는 하루 동안 낯선 좀비가 되어본다는 설정과 좀비라는 초자연적 존재를 비틀어 새롭게 구성한 작가의 시각 전환에서 비롯한다.

먼저 '낯선 존재 되기'는 아동문학의 오랜 서사 기법의 하나로, 타자 이해의 중요한 수단으로 쓰여왔으나 「좀비로 변하는 좀비 타투」에 와서는 재미 그 자체를 위한 설정이 된다. 물론 여기에서도 주인공이 일일 좀비 체험을 통해 위기에 빠진 친구들을 돕고, 쌓인 오해를 풀게 되지만 서사의 핵심은 주인공이 좀비가 되어 경험하는 색다른 재미에 있다. 신체의 일부를 자유자재로 뗐다 붙였다 하거나 엄청나게 힘이 세져 마치 슈퍼히어로처럼 문제를 해결하는 모습이 그야말로 신나게 묘사된다.

이 같은 변화는 좀비라는 존재를 해석하고 사용하는 작가의 태도에서도 찾아볼 수 있다. 살아 움직이는 시체인 좀비는 공포와 혐오를 불러일으키는 불가해한 존재의 대명사이다. 하지만 작가는 기존의 좀비를 비틀어 '피를 뚝뚝 흘리는 생고기를 먹어야 하는 불편함만 제외하면, 힘도 세고 지치지도 않으며 감정에 휘둘리지 않아 편리한' 새로운 존재로 해석한다. 좀비를 약자를 대상화하는 사회 비판의 도구로 쓰는 대신, 서사를 새롭고 신나게 만드는 대상으로 사용하니 이야기가 훨씬 가볍고 재미있어진다. 주인공인 은수부터 "자신이 무서운 존재가 된다는 것을 상상만 해도 신나" 하는데, 이 감정이 독자들에게도 그대로 전달된다. 폭력을 쓰는 6학년들을 혼내주기 위해 손목을 떼어내고 눈알을 빼는 장면은 오싹하기도 하지만, 기본적으로 유머에 더 가까워 읽는 이를 낄낄거리게 하니 공포와 유머의 합이 새로운 동시에 성공적이다.

어린이 호러의 달라진 모습은 별숲의 공포 책장 시리즈에서도 찾아볼 수 있다. 2019년 총 세 권 발간된 이 시리즈는 모두 기존의 호러물과 다른 결말을 보여준다. 어른들의 인형으로 살던 아이가 이제 모든 것의 주인이 되겠다고 선언하는 결말(방미진, 『인형의 냄새』)이나, 혼신의 힘을 다해 귀신에게서 도망간 가족이 결국 진짜 귀신 소굴로 들어갔다는 결말(이창숙, 『마지막 가족 여행』), 우정의 이름을 가진 집착이 불러온 소름 끼치는 결말(조영서, 『빨간 우산』)은 모두 인과응보의 계몽적 결말과 거리가 멀다. 이런 결말은 보기에 따라 '아동문학이 이래도 되는가?'라는 의문을 남길 수 있다. 그러나 '이렇게 끝내면 어쩌라는 것인가!'라는 우려에는 '모름지기 아동문학은 이러이러해야 한다'는 당위가 깔려있다. 그러한 당위는 어른의 것이지 어린이의 것은 아니다.

어른의 우려 섞인 시선을 걷어내고 조금 다른 각도에서 생각하면 이런 결말은 흥미롭다. 이는 호러 장르의 규칙을 충분히 체화한 결과물이자, 문제를 반드시 해결해야 한다는 아동문학의 오랜 강박을 버린 것이다. '현실 속에는 늘 낯선 존재, 그래서 무서운 존재가 있으며 우리는 이를 포용하고 함께 잘 살아야 한다.'가 이전 시기 문학의 사회적 전언이었다면 최근의 문학은 파편화된 현실을 있는 그대로 보여주는 듯하다. 이러한 결말은 무책임한가? 그렇지 않다. 낯선 존재가 있다는 것, 그리고 문제 해결이 생각만큼 쉽지 않다는 사실을 보여주는 일만으로도 충분히 의미가 있다. 현실을 숙고하고 자신과 타자를 이해하는 데 섣부른 이상주의보다는 이런 방식의 결말이 오히려 더 도움이 되지 않을까. 손쉬운 정답보다는 곱씹어야만 하는 질문이 언제나 삶을 더 풍요롭게 하는 것처럼 말이다.

또 이런 결말은 문학의 기능이 다양해졌다는 증좌이기도 하다. 그간 우리 아동문학은 시대와 사람을 선도하고 계도하는 역할을 주로 담당했다. 하지만 사회를 고민하는 문학만이 진정한 문학으로 인정받던 때는 지나갔다. 사회를 고민하는 문학만큼이나 재미있는 문학에 대한 요구가 커졌다. 디지털 플랫폼의 성장이 가져온 독서 문화 생태계의 지각변동은 순수하게 재미를 추구하는 독자의 수요를 인지시켰고, 이를 가장 빠르게 수용한 것이 장르문학이다. 장르문학을 중심으로 문학은 지적이고 사회적인 예술에서 엔터테인먼트로 다변화했다. 이러한 현상을 문학의 상업화·오락화로 치부하고 안타깝게 여기는 시각도 있겠으나, 달리 보면 이는 한국문학이 대중적으로 보다 성장할 수 있는 계기이기도 하다.

김용준의 『토마큘라』(책고래, 2019)는 이런 변화를 잘 나타내는 화끈한 신개념 호러물이다. 공포와 유머를 동시에 구현하고 있다는 점에서 「좀비로 변하는 좀비 타투」와 비슷하지만, 장편동화로서 독자와 소통하는 방식을 잘 보여준다는 점에서 의미가 있다. 작가는 드라큘라라는 호러의 대표 캐릭터를 살짝 비틀어 작품에 유머와 재미를 부여한다. 주인공 토마큘라가 피 대신 토마토를 먹는다는 설정은 드라큘라가 한국 아동문학의 장에서 활보할 수 있는 안전장치 역할을 할 뿐 아니라 드라큘라가 의미하는 호러의 규칙을 숙지하고 있는 독자에게 색다른 웃음과 긴장감을 준다.

일반적으로 장르물에는 작가와 독자 사이에 암묵적으로 맺어진 서사의 규약이 있다. 그 때문에 작가는 해당 장르에 익숙한 독자들과 일종의 '밀당'을 할 준비가 되어있어야 한다. 장르의 규약을 어떻게 변용할 것인지, 독자의 기대를 어디서 얼마나 충족시키고 어디서 어떻게 배반할 것인지가 서사의 성패를 좌우하기 때문이다. 알다시피 이야기의 즐거움은 이미 알려진 것의 복귀에서 온다. 하늘 아래 새로운 것은 없거니와 즐길 수있으려면 대상에 대한 공통의 지식은 필수다. 대략 70~80퍼센트의 관습에 20~30퍼센트의 새로움과 배반이 더해지면 쫀쫀한 대중 서사가 만들어지지 않을까. 관습은 독자에게 안정감을 주고, 새로움은 긴장과 재미를 더한다. 『토마큘라』의 재미도 이런 서사 전략에서 발생한다. 작가가 독자보다 앞서가지 않고 보폭을 맞추니, 같이 걷는 과정에서 종종 발생하는 엇박자가 웃음을 준다. 작가가 전체를 통제하는 일은 장르문학에서 여러 모로 바람직하지 않다. 꽉 짜인 교과서 같은 장르문학이라니, 드라큘라보다 더 무섭지 않은가.

『토마큘라』의 새로움은 또 있다. 이 작품에서 서사를 추동하는 핵심은 피해자의 애끓는 사연이 아니라, '우연히' 옆집에 이사 온 드라큘라다. 이 우연은 이야기 안의 세계를 이야기 바깥으로 천연덕스럽게 끌고 나온다. 독자의 옆집에 당장 드라큘라가 이사를 온다고 해도 이상하지 않을 것 같은 뻔뻔한 시작은 그 자체로 현대성의 발현이자 엔터테인먼트이다. 독자들은 작가와 장르의 규약을 맺고 '호러 원더 월드'에 입장한 고객이니, 어지간하면 즐길 준비를 하고 있다. 이야기가 규약에 맞춰 쭉쭉 뻗어가고 구구절절하게 설명을 늘어놓지 않는다면 '호러 청룡열차'는 신나게 달릴 수 있다.

마지막으로 『토마큘라』의 매력적인 주인공에 대해 이야기하지 않을 수 없다. 『토마큘라』의 주인공 케이는 돌아가신 엄마의 유산을 쓸 생각뿐인 이모에게 맡겨져 텅 빈 아파트에서 혼자 컵라면으로 끼니를 해결하는 아이다. 보통은 이런 케이의 상황을 심각하게 묘사할 테지만 작가는 케이의 결핍을 강조하거나 가엾게 그리지 않는다. 오히려 케이는 "이모가 돈을 다 써버리기 전에 어떻게든 자기도 써야겠다고 생각"하면서 신용카드를 긁는 당돌한 어린이다. 이모에 맞서 부지런히 카드를 긁는 소년에게 빠지지 않을 독자가 얼마나 있을까? 그뿐만 아니라 『토마큘라』에서 어른은 주변부 인물로만 존재한다. 케이는 말 잘 듣는 착한 어린이가 되는 대신 어른에 맞서 자신이 할 수 있는 온갖 저항을 하고 결국 승리를 거두는데, 이것이 독자에게 주는 통쾌함이 자못 크다.

로알드 달의 『마틸다』(김난령 옮김, 시공주니어, 2000)를 떠올리게 하는 이런 방식의 저항과 승리는 아동의 심리 발달 과정에서도 반드시 필요한 요소다. 리얼리즘문학에서는 쉽지 않은 시도이거니와, 우리 아동문학의 엄숙주의는 그 뿌리가 깊어 농담을 하거나 정색하고 '뻥'을 치는 인물과 상황을 잘 받아들이지 못하기 때문에 장르물에서 보이는 이런 시도는 소중하다. 아동문학의 본분을 착한 아이 만들기가 아닌, 주체적이고 행복한 개인을 만드는 데 둔다면 더욱 그렇다. 이야기 속에서라도 어린이가 더 많이 뛰어놀고 더 격렬하게 다투고 더 깊이 사랑할 수 있게 해주어야 하지 않을까? 어린이 호러물은 잔인하고 무서우니 아이들에게 권하기 어렵다고 하는 말이야말로 어린이에게 정해진 '꽃길'만 걷게 해주고 싶은 어른의 이룰 수 없는 공상의 산물이다. 아이들에게 무서운 이야기를 빼앗는 것은 자신의 심연을 들여다볼 기회를 박탈하는 일이며, 대낮을 살게 하는 밤의 에너지를 어두움을 이유로 인정하지 않으려 하는 어리석은 일이다.

4. 어린이 호러물의 내일

'공포문학의 아버지'로 불리는 H. P. 러브크래프트는 "인류의 가장 오래되고 가장 강력한 감정은 공포"라는 유명한 말을 남겼다. 그러니까 공포는 생존을 위해 인간의 DNA에 새겨진 가장 오래된 이야기인 셈이다. 이는 아동문학의 시발점으로 꼽히는 그림 형제 동화나 안데르센의 이야기들을 생각나게 한다. 후에 거듭 순화되어서 그렇지, 그림 형제나 안데르센 동화의 원형은 '잔혹동화'라는 별칭이 있을 만큼 오싹하다. 발목이 잘린 채로 끝없이 춤을 추는 빨간 구두라니, 모골이 송연하지 않은가. 어쩌면 동화의 최초의 감각은 어둡고 불가해한 언캐니(uncanny), '낯익은 낯섦' 그 자체인지도 모른다. 그럼에도 무서운 이야기는 오랜 시간 우리 아동문학에서 제자리를 갖지 못했다. 호러는 잔인하고 장르문학은 교육적이지 못하다는 기이한 이유 때문이었다.

이런 터부는 놀고 싶어 하는 아이들을 놀지 못하게 하는 현실을 비판하는 일부 아동문학과 비슷한 모양새를 가졌다. 놀지 못하는 아이의 현실이 안타깝다면 이야기 안에서라도 원 없이 놀게 하면 좋을 텐데, 상당 기간 우리 아동문학은 어른의 입장에서 놀지 못하는 현실을 비판하기만 했다. 그런 이야기가 아이들에게 사랑받을 수 없는 것은 당연하다. 현실이 이미 그러한데 현실을 모사하는 이야기를 또 읽어야 할 필요가 있겠는가. 공포문학도 마찬가지다. 잔인하고 교육적이지 않다는 생각은 어른의 입장이다. 공포가 어둡고 잔인하기만 하지도 않거니와 종종 드러나는 어두움은 인간의 심연을 거울처럼 비추는 역할을 한다. 그러니 공포가 어린이들에게 무의미한 자극을 남길까봐 걱정이라는 말은 기우에 불과하다.

다행히 어린이 호러문학은 오랜 기근에서 벗어나 기지개를 켜고 있다. 작가들은 어른의 입장에서 아이들에게 들려주고 싶은 이야기를 쓰기보다는, 아이의 입장에서 아이가 듣고 싶어 하는 이야기가 무엇인지 고민하고 있다. 그 결과로 무섭고도 재미있는 이야기가 새롭게 태어났다. 물론 여전히 어른이 하고 싶은 말을 하는 이야기들도 있다. 그리고 이런 이야기들을 전부 나쁘다고 할 수도 없다. 각자 담당하는 몫이 다르기 때문이다. 다만 미래의 아동문학은 가르치는 문학 대신 아이들과 함께 놀고 함께 자라는 문학이 될 것임은 분명하다.

마지막으로 아동문학은 재미에 대해 지금보다 더 많이 고민해야 한다. 재미를 추구하는 것은 저급한 일이 아닐뿐더러, 우리 아동문학은 지금보다는 훨씬 더 재미있어져야 한다. 특히 장르를 표방하는 아동문학이라면 더욱 그렇다. 아무리 책을 읽는 사람들이 사라져 가고 있다고 해도 새롭고 재미있는 이야기를 기다리는 사람은 언제나 있다. 문제는 그들의 욕구를 채워줄 만한 이야기가 부족하다는 점이다. 그러니 재미를 위한 노력은 지금보다 더 격려받고 박수를 받아야 한다. 그것이야말로 아동문학이 어린이의 친구로서, 오랫동안 어린이와 함께 걸을 수 있는 방법이다.

『창비어린이』 2020년 여름호

굿바이 '민폐녀'

─ 아동문학과 재현의 관성

1.

각종 포털에 '민폐'를 검색하면 재미있는 현상을 발견할 수 있다. 우선 포털의 다양한 사전에 나오는 민폐(民弊)의 공통 의미는 '민간에게 끼치는 폐해'이다. 민(民)이라는 한자어에서 알 수 있듯, 원래 민폐는 관(官)이 주체일 때 사용할 수 있는 단어이지만 지금은 주로 개인을 주체로 사용된다. 또 본래 민폐는 특정 성별이나 지역, 연령에 대한 선입견 없이 쓰인 단어였는데 현재는 특정 성별이나 대상을 타깃으로 하는 성향이 강하다. 이는 포털 사전창에 '민폐녀'와 '민폐남'을 넣어보면 금세 알 수 있다. 네이버와 다음 국어사전은 공통적으로 민폐녀에 대한 뜻 대신 두 가지 예문을 보여준다. "오디션장에 난입해 교수진에게 여자 친구의 행방을 묻고, 그러다 댄스팀 사이에 끼어 춤을 추는 ○○○의 모습은 더도 덜도 아닌 민폐녀다." "민폐녀지만 똑똑하게 가꿀 줄 아는 그녀들의 매력적인 스타일에 대해 알아봤다." 첫번째 예문에서 짐작할 수 있는 민폐녀의 뜻은 말 그대로 상황을 고려하지 않고 제멋대로 굴어 주변에 폐해를 끼치는 여성을 가리킨다. 그런데 두번째 예문은 무슨 말인지 이해하기 어렵다. 한 문장 안에 상충되는 두 가지 뜻을 동시에 사용해 민폐녀를 정의하고 있기 때문이다. 주변에 해를 끼치는 민폐녀인데 똑똑하고 매력적이라니, 이게 무슨 말일까?

현재 대부분의 포털이나 사전은 민폐남의 정의를 내리지 않고 있다. 공식적인 정의가 없는 것은 민폐녀도 마찬가지다. 그러나 앞서 말한 바와 같이 네이버와 다음 사전은 민폐녀라는 단어가 들어간 예문을 제시하고 있으며, 이는 단어의 존재와 쓰임새를 인정한다는 뜻이다. 물론 민폐남에 대한 예문은 없다. 민폐녀의 용례는 있는데 민폐남의 용례는 없는 사실을 어떻게 해석해야 할까? 민폐녀의 용례를 미루어 민폐남의 뜻을 짐작하라는 의미일까? 현재 네이버와 다음, 구글 등 시민 대다수가 이용하는 포털에는 민폐를 끼치는 여성과 남성에 대한 기사와 이미지가 차고 넘친다. 그런데 어디에서도 공식적인 정의를 내리지 않고 있다. 이 사실은 무엇을 의미할까?

우리말샘 사전은 민폐녀, 민폐남이라는 단어를 둘러싼 우리 사회의 갈등과 현주소를 일목요연하게 보여준다. 우리말샘은 '개방형 한국어 지식 대사전'으로 누구나 집필에 참여할 수 있다. 한국식 위키피디아를 표방하는 셈인데, 주무관청은 문화체육관광부 산하 국립국어원이다. 국립국어원이 주관하는 우리말샘은 어디서도 찾기 어려운 민폐녀에 대한 공식 정의를 내리고 있다. "남에게 폐해를 끼치는 여자." 담백한 정의다. 그러면 민폐남은 어떻게 정의하고 있을까?

우리말샘

민폐녀 ⌄ 옛한글

| 어휘 1 | 속담·관용구 0 | 뜻풀이 0 |

'민폐녀'이(가) 포함된 찾기 결과 '민폐녀'만 찾기 총 1개   ↓ 내려받기   10개씩 보기 ⌄

| 전문가 감수 정보 1 ⁇ | 참여자 제안 정보 0 ⁇ |

민폐-녀(民弊女) [민폐녀/민폐녀]
• **민폐-녀** 「001」「명사」 남에게 폐해를 끼치는 여자.

1

우리말샘

민폐남 ⌄ 옛한글

| 어휘 1 | 속담·관용구 0 | 뜻풀이 0 |

'민폐남'이(가) 포함된 찾기 결과 '민폐남'만 찾기 총 1개   ↓ 내려받기   10개씩 보기 ⌄

| 전문가 감수 정보 0 ⁇ | 참여자 제안 정보 1 ⁇ |

민폐남
• **민폐남** 「001」 남에게 피해를 주는 남성. 새

1

• 우리말샘 '민폐녀' '민폐남' 검색 결과

사진에서 보이는 것처럼 우리말샘은 전문가 감수 정보와 참여자 제안 정보를 구별하고 있다. 그리고 보다시피 민폐녀에는 전문가 감수 정보가 있는데, 민폐남에는 그것이 없다. 이는 우리말샘에도 민폐남에 대한 정의가 원래 없었음을 짐작하게 한다. 이를 이상하게 여긴 사용자가 "남에게 피해를 주는 남성"이라는 민폐남의 정의를 넣을 것을 제안했고, 비로

소 민폐남은 전문가 감수 정보가 아닌 참여자 제안 정보로 뜻을 올리게 되었다. 이쯤에서 다시 묻지 않을 수 없다. 왜 민폐남은 정의되지 않는 걸까? 민폐녀가 민폐남을 대신할 수 있어서? 민폐를 끼치는 남성은 많지 않아서? 이 질문에 답하기 위해 민폐녀라는 단어가 만들어지고 널리 퍼지기 시작한 때로 거슬러 올라가 보자.

2.

내 기억으로 민폐녀라는 단어가 일종의 붐을 일으킨 것은 2010년 방영된 KBS 드라마 〈추노〉에서부터였다. 도망 노비와 그를 쫓는 노비 사냥꾼의 이야기를 다룬 〈추노〉는 여러모로 성공한 드라마였는데, 언젠가부터 여주인공 언년에게 민폐녀 프레임이 씌워지더니 언년이 얼마나 민폐녀인지를 논하는 글과 사진이 각종 사이트에 도배되기 시작했다.[16] 당시에도 그랬지만 지금 생각해도 〈추노〉 속 언년은 리얼리티가 없는 괴이한 캐릭터다. 도망 노비나 추노꾼 모두 며칠째 한데에서 목숨을 다투는 와중에 혼자 곱게 화장을 하고 주름 하나 없는 한복을 떨쳐입은 채 아무것도 모르겠다는 표정을 짓고 있는 언년을 보면 누구라도 속이 답답하지 않을 수 없다. 게다가 남성 주인공은 언년으로 인해 늘 위험에 처하고, 언년과 연관된 많은 남성들이 목숨을 잃는다. 그래서인지 '언년이 때문에'라는 언년 민폐 리스트가 유행하기 시작했고, 언년 역할을 맡은 배우는 숱한 비난과 조롱에 시달렸다.

이 소동으로 가장 억울한 것은 언년 역을 맡은 배우가 아닐까. 극중 언년의 옷차림이나 행동은 작가의 재현에 따른 감독의 주문이었을 터이다.

---

16 '민폐 언년' '언년이 때문에'라는 키워드로 검색하면 언년이 논란을 지금도 확인할 수 있다.

그렇지 않고서야 추운 겨울 몸을 숨긴 창고에서 왜 저고리도 입지 않고 어깨를 다 드러낸 채 등장하겠는가. 무엇보다 〈추노〉에서 언년은 유일하게 삶의 목적이나 욕망을 갖지 않은 인물로 등장한다. 살기 위해, 죽이기 위해, 돈을 위해, 혹은 사랑을 위해 목숨을 건 사람들 천지인 〈추노〉에서 언년만 욕망의 용광로 속을 부표처럼 떠다닌다. 〈추노〉에서 언년에게 맡겨진 역할은 무능과 무력이었고, 남성 주인공 곁에서 그의 용맹함과 비장미를 최대한 돋보이게 하는 게 언년의 임무였다. 언년이 무력할수록 위기감이 쉽게 조성되고 갈등이 깊어졌으니, 서사를 추동하는 힘 역시 언년의 무능에서 비롯했다. 드라마 〈추노〉의 성공은 여성 인물의 희생, 즉 여성 인물을 무능력자로, 나아가 민폐녀로 만들어 얻어졌다는 점에서 징후적이다.

사실 〈추노〉의 '언년이 때문에'는 작품의 성공을 위해 여성 캐릭터를 손쉽게 왜곡하는 대중 서사의 오랜 관습에서 비롯했다. 〈추노〉 이전에도 대중 서사는 여성을 희생양 삼아 비교적 쉬운 성공을 거두곤 했다. 여성은 무력한 성녀나 욕망하는 악녀로 재현되었다. 남성의 욕망과 욕망 실현을 위한 투쟁은 충분하게 설명되고 인정받았지만 오랫동안 여성의 그것은 설명된 적도 수용된 적도 없었다.[17] 여성은 어머니나 누이가 아니고서는 서사의 주인공이 될 수 없었다. 문제는 이런 서사 관습이 사회의 무의식과 긴밀한 영향을 주고받으며 강화된다는 점이다. 민폐남은 없고 민폐녀의 정의나 용례만 있다는 사실은 민폐를 끼치는 사람의 대명사는 남성이 아닌 여성이라는 우리 사회의 (무)의식을 보여준다.

사회의 무의식과 서사 관습, 그리고 이를 기반으로 만들어지는 언어의

---

17 최근 대중 서사 속 여성의 모습은 확연히 달라지고 있다. 여성이 주인공이기도 하며, 여성의 욕망을 서사의 핵심으로 다루는 이야기도 늘어나고 있다.

힘은 생각보다 강력하다. '언년이 때문에'라는 언년 민폐 리스트는 민폐녀라는 단어를 널리 전파했고, 사람들은 민폐녀라는 개념을 내면화하기 시작했다. '김치녀' '된장녀'로 시작된 여성 비하 표현은 '민폐녀' '진상녀' 등의 더 직접적인 표현으로 바뀌면서 숱한 '○○녀' '○○남' 들을 양산했다. 이런 네이밍은 낙인효과를 낳고, 범주화할 수 없는 다양한 사람들을 쉽게 하나로 묶어 편가르기하거나 소수자나 특정 계층을 차별하는 데 이용되기도 한다. 코로나가 확산되기 전, 포털을 뜨겁게 달군 단어는 '맘충'과 '노 키즈 존'이었다. 커피숍에 유모차를 끌고 온 여성이 얼마나 비상식적이고 엽기적인 행동을 했는지 맘충이라는 제목과 함께 기사가 업데이트되면, 순식간에 수백 개의 댓글이 달리면서 마녀사냥이 시작된다. 맘충 논란은 노 키즈 존 논쟁으로 확산되었고 나와 다른 개체를 내 생활권에서 분리해 보이지 않는 곳에 유폐시키겠다는 끔찍한 발상이 부끄러움 없이 대낮의 거리를 활보했다.

누군가는 민폐녀, 민폐남의 뜻이나 용례 따위가 뭐 그리 중요하냐고 물을 수 있다. 어찌 보면 이것은 사소한 일이고, 말장난처럼 보이기도 하니까 말이다. 그러나 언어는 정신이고 권력이며 언중이 언어를 사용하는 방식은 결코 사소하지 않다. 언어는 살아있는 것을 죽이기도 하고, 죽은 것을 살리기도 한다. 소수자란 단순히 적은 숫자의 사람들이 아니라 자신을 설명할 언어를 갖고 있지 못한 자들이다. 그들에게 자신을 설명할 언어가 없다는 사실은 이들을 둘러싼 수많은 폭력과 불합리를 사소한 일로 치부하고 넘어가게 한다. 이는 어린이의 말과 요구가 어른들에게 받아들여지는 방식에서도 잘 드러난다. 때문에 우리는 늘 예민하게 의심하고 점검해야 한다. 사소하지 않은 것을 사소하게 만들어 우리의 눈과 마음에서 멀어지게 하는 것들의 이면에 숨겨진 진실을 말이다.

3.

2015년을 전후로 아동문학장에서 꾸준히 논의된 사안 중 하나는 '인물 재현과 성별의 편향성' 문제다. 동화나 아동소설에서 주인공 아이와 갈등을 일으키는 것은 주로 엄마이고, 아이를 힘들게 만드는 선생님도 여성이 많았다. 좋은 선생님으로 등장하는 인물이 이야기에서는 여성임에도 불구하고 삽화에서는 남성으로 그려지는 경우도 있었으며, 성별을 구별하기 어려운 인물이 무력하거나 선하면 여성, 능력 있고 강인하면 남성으로 표현되기도 했다. 특히 조력자나 보조 인물의 경우 긍정적인 역할은 남성, 부정적인 역할은 여성에 편향되었다. 이를 두고 실제 현실을 자연스럽게 재현했다고 보는 의견이 있다. 일상에서 생활을 관리하는 엄마와 부딪히는 게 자연스럽고, 학교에도 여성 선생님이 많기 때문에 갈등을 일으킬 여지가 많으니 작품은 있는 현실을 그대로 반영했다는 이야기다.

그러나 문학은 현실을 베끼는 것이 아니다. 더구나 아동문학은 궁극적으로 있는 현실이 아니라 있어야 할 현실을 그리는 것이라는 점을 기억해야 한다. 현실의 불합리함을 있는 그대로 모사하는 작품은 표면적으로 현실을 비판하고 교정하려는 듯 보이지만, 오히려 현실의 불공정함을 강화한다. 예를 들어 다문화가정의 아이가 피부색으로 놀림을 받거나 LGBT가 현실에서 얼마나 심한 차별을 당하는가를 자세하게 묘사하는 아동청소년문학은 독자에게 다문화가정의 아이나 LGBT가 자신들과 똑같은 인격체이니 존중해야 한다는 생각을 심어주기보다는 그들을 불쌍한 사람들, 혹은 뭔가 문제가 있는 사람들로 여기게 만든다.

고정된 성역할도 마찬가지다. 선악으로 나뉜 성역할은 단순히 성별 불평등에서 멈추지 않는다. 이는 문제를 일으키는 자와 해결하는 자, 능력을 가진 자와 그렇지 못한 자가 마치 생득적으로 구별된 것처럼 여기는 사고의 편향을 만들고 이를 강화하며, 현실에도 영향을 미친다. 어린이문학에서 어린이가 무력하게 그려지는 이유가 정말 어린이가 무력해서일까? 맘충, 노 키즈 존에서 차별과 배제의 논리 대신 자유주의와 개인주의를 읽어내는 사람들의 반응은 어디에서 비롯한 것일까? 어린이문학이나 대중 서사에서 약자나 소수자를 불쌍하고 가엾은, 그래서 무능한 존재로 계속 재현했기 때문은 아닐까? 이런 이야기에서 해피엔딩으로 마무리되는 결말은 이상주의에 가까워 독자에게 별다른 인상을 주지 못하고, 오히려 길고 자세하게 묘사된 무력한 소수자의 모습만이 강하게 남는다. 이런 방식의 재현은 차별과 배제를 당연하게 받아들이게 한다. 그리고 무능과 무력이 사회에서 어떻게 받아들여지는지는 우리 모두가 잘 알고 있다. 재현은 이렇게 힘이 세다.

다행히 페미니즘 리부트를 전후로 어린이문학은 변하고 있다. 앞서 말한 인물 재현과 성별 편향 담론도 페미니즘의 영향이며, 변화는 지금도 계속되고 있다. 우선 남성의 전유물로 여겨진 히어로물에 여성주인공이 등장하기 시작했고 아동소설에서 여성의 역할, 남성의 역할 구분도 점차 희미해지고 있다. 여전히 '나다움 어린이책 회수 사태'[18] 같은 일이 일어나지만 현실은 전진하고 있다. 이런 변화 속에서도 민폐녀 캐릭터는 아동

---

18 '나다움 어린이책'은 다양성을 인정하고 성인지 감수성을 배울 수 있는 책을 선정하여 학교와 도서관에 보급하는 민관협력 문화사업으로 2019년 시작되었다. 그러나 2020년 선정된 일부 도서가 '노골적이다' '동성애와 페미니즘을 조장한다'라는 논란이 일자, 여성가족부에서 해당 책 일곱 권을 회수 조치했다. 대한출판문화협회는 이에 반발하는 성명을 제출했고 사업은 중단되었다. 이후 도서 선정위원들과 기획·진행을 맡았던 씽투창작소에서 성평등 어린이책 사업을 자체적으로 지속하기로 결정했고 '다움북클럽'으로 개편해 사업을 계속하고 있다.

소설 곳곳에 남아 안타까움을 자아낸다. 아동소설 속 민폐녀 캐릭터란 시리즈물에서 반복적으로 등장하는 시기하고 질투하는 여성이나, 리얼리즘 서사와 장르물을 가리지 않고 나타나는 '왕따 주동자' 같은 기능적 악역을 가리킨다. 이런 인물을 기능적 악역이라 칭하지 않고 민폐녀 캐릭터라고 부르는 이유는 첫째, 사소한 듯 묻혀있는 문제를 정확하게 가려내고자 함이며 둘째, 작품 속 이런 여성 인물이 남성 악역과는 다른 방식으로 재현된다는 실제적인 이유 때문이다.

아동소설에서 남자아이가 주인공과 대립각을 세우는 악역으로 등장할 때 그 인물에게는 최소한의 전사가 주어진다. 상투적인 내용일지라도 인물이 비뚤어진 이유를 짐작할 수 있는 반면, 악역이 여자아이일 때에는 아무런 설명도 붙지 않는 경우가 많다. 마치 드라마에서 오랫동안 반복된 악한 여성 A[19]처럼 아동소설 속 못된 여자아이는 '그냥 나쁜' 인물로 그려진다. 이유 없는 악은 없거니와, 있다 하더라도 이유 없어 보이는 악 자체를 성찰할 목적이 아니라면 악인을 이렇게 그리는 방식은 옳지 않다. 주인공을 돋보이게 하고자 악인을 관습적으로 사용하는 것은 윤리적이지 않을 뿐더러 서사를 뻔하고 얄팍하게 만든다. 게다가 이런 기능적 악인을 특정 성별로 반복·재현하는 것은 더 문제다. 어린 독자들에게

---

19 지금은 이런 구도가 이전처럼 흔하지 않지만 한때 한국 멜로드라마는 기묘한 삼각관계를 공식으로 삼았다. 남성 A는 재벌 2세이고 외모와 능력이 출중하다. 여성 A도 남성 A와 비슷하게 부유한 환경이며 외모 또한 훌륭하다. 보통 남성 A와 여성 A는 집안끼리 알고 있으며 어른들이 장난삼아 미래를 약속한 사이이다. 여기에 아름답고 착하지만 가난한 여성 B가 등장하면서 갈등이 시작된다. 남성 A가 여성 B를 사랑하기 때문이다. 이때부터 여성 A는 여성 B를 제거하는 것을 인생 목표로 삼고, 이를 위해 온갖 악행을 저지른다. 여성 B는 음모와 핍박 속에서 곤경에 빠지고 오해를 사도 결코 변명하지 않는다. 시청자는 보는 내내 여성 A를 향한 분노와 여성 B를 향한 연민을 느낀다. 물론 분노와 연민이 극에 달할수록 결말에 있을 인과응보의 후련함이 커지고 시청률도 높아진다. 이 역시 대중 서사의 오랜 관습에 기댄 것으로 여성 A의 밑도 끝도 없는 악행만큼이나 답답한 여성 B의 선함은 욕망하는 악녀와 무력한 성녀라는 여성 인물 형상화의 오랜 관습이다. 문제는 어린이문학이 대중화되면서 대중 서사의 이런 구도와 인물을 적극 수용하고 있다는 점이다.

특정 성별에 대한 편협한 인상을 남기고, 이를 마치 진실인 양 받아들이게 하기 때문이다.

4.

사실 이 글은 영화 〈지랄발광 17세〉와 아동소설 『별빛 전사 소은하』(전수경, 창비, 2020)에서 시작되었다. 〈지랄발광 17세〉는 자신에게 관심이 없는 엄마와 외모나 공부 등 모든 면에서 완벽한 오빠 사이에서 자신의 초라함을 삐딱하게 표출하며 좌충우돌하는 소녀의 이야기다. 영화는 미국 코미디답게 웃음과 감동을 적절히 버무려 주인공의 성장이라는 결말을 이끌어낸다. 영화평론가 송경원은 별점 세 개와 함께 영화를 이렇게 설명한다. "멀리서 보면 고개 끄덕일 성장담, 가까이서 보면 너도나도 이불킥."[20] 물론 이불킥은 주인공 네이딘 때문이다. 하지만 영화는 네이딘을 단순한 민폐녀로 그리지 않고, 유별나고 개성적인 소녀로 만든다. 원제 'The Edge of Seventeen'이 우리나라에서 '지랄발광 17세'라는 이름으로 바뀐 것은 관객의 눈길을 끌기 위한 상업적인 이유가 가장 크겠지만 주인공 네이딘이나 그 또래를 바라보는 우리 사회의 시각도 은연중 영향을 미쳤을 터다. 우리에게 '중2병'이라는 단어가 있는 것처럼 말이다. 어쨌든 영화를 보면서 나는 이런 생각을 했다. '우리나라에서 똑같은 소재로 영화나 드라마를 만들었으면 네이딘을 얼마나 진상으로 그렸을까.' 안타깝고 답답했다. 그러니까 민폐녀는 태어나는 것이 아니다. 민폐녀는 만들어진다.

전수경은 우리 어린이문학에서 의미 있는 SF를 벌써 두 권이나 발표한

---

20 씨네21 〈지랄발광 17세〉 전문가 별점

역량 있는 작가다. 첫 작품인 『우주로 가는 계단』(창비, 2019)은 창비 좋은 어린이책 공모에서 "SF문학의 패러다임을 전환할 만한 작품"이라는 심사위원들의 극찬을 받았다. 이런 평가가 무색하지 않은 까닭은 이 작품이 기술로서의 SF를 뛰어넘어 삶과 철학으로서의 SF가 무엇인지를 보여주었기 때문이다. 『별빛 전사 소은하』는 작가의 두번째 SF로 이 작품 역시 평단과 독자 모두에게 사랑을 받았다. 작품은 외계인이라는 별명을 가진 조금 외로운 소녀 소은하가 자신이 진짜 외계인이라는 사실을 알고 지구를 구하는 영웅으로 거듭나는 이야기다. 그런데 나는 처음 이 작품을 읽었을 때 알 수 없는 답답함을 느꼈다. 뭐라 딱 꼬집어낼 수 없지만 개운치 않은 불편함. 작품을 여러 번 재독한 끝에 찾은 불편함의 근원은 이야기 속 민폐녀 캐릭터 다미였다. 책 앞 주요 등장인물 소개에도 다미는 채리, 지나와 더불어 이렇게 설명된다. "은하네 반의 분위기를 주도하는 아이들. 주변 사람을 은근히 무시한다."

인물 소개부터 실제 전개까지 다미는 전형적인 민폐녀 캐릭터다. 자기중심적이고 이기적이며, 추종자들을 몰고 다니면서 타깃을 정해 괴롭히는 인물. 하지만 왜 그러는지 이유는 설명되지 않아서 '원래' 그런 사람이 있는 것처럼 착각하게 만드는 인물. 나는 실제 교실에 이런 아이들이 있다는 말을 수없이 들었다. 하지만 그것만큼 마음 아픈 말도 없다. 어딘가 비뚤어진 아이들을 원래 그런 아이로, 그래서 어쩔 수 없는 것으로 보고 이를 하나의 '캐릭터'로 만드는 일은 과연 합당한가. 어린이문학에서 악인을 이렇게 그려도 괜찮은가. 무엇보다 안타까운 것은 『별빛 전사 소은하』는 다미가 없어도 충분한 이야기라는 점이다. 전수경은 『우주로 가는 계단』에서 소모적인 악인 없이도 이야기가 어떻게 잘 뻗어나갈 수 있는지를 보여주었다. 『우주로 가는 계단』의 지수가 자신의 껍질을 깨고 나오는 과정은 소은하도 얼마든지 다미 같은 인물 없이도 성장하고, 우주 평화라는 자신의 목표를 이룰 수 있음을 짐작하게 한다. 더구나 현재의 SF는 기존의 정의와 자명함을 해체하는 방향으로 나아가고 있는데, 다미 같은 인물은 이전의 잘못된 관행을 반복·강화하고 있어서 작가가 작품을 통해 구현하고자 한 SF적 세계관[21]과도 배리된다는 점에서 아쉬움을 남긴다.

5.

어린이문학은 제약이 많다. 성, 죽음, 폭력 등은 오랫동안 어린이문학에서 금기시되었으나, 이제는 더이상 금기가 아니다. 금기를 바라보는 시각이 변했기 때문이다. 악의 문제도 마찬가지다. 선악은 단순하지 않다. 어쩌면 악을 이해하는 것은 나와 타자를, 나아가 인간이라는 알 수 없는 우주를 배우고 이해하는 첫걸음이다. 이런 악이 아동청소년문학에서 지나치게 단순하고 편협하게 그려지고 있지는 않은가? 확실한 것은 악(인)을 기능적으로 단순화하고 특정 성별로 반복·재현하는 것은 어린이문학에도 어린이에게도 도움이 되지 않는다는 사실이다. 세상을 바라보는 어른의 관성이나 편협한 시각으로 재현된 작품이 아이들의 사고와 현실에 건강하지 않은 영향을 미친다면 우리는 무엇을 어떻게 바꾸어야 할까.

---

21 『별빛 전사 소은하』는 아이들이 좋아하는 게임을 통해 제국주의적 사고가 우리 일상에 얼마나 깊숙하게 들어왔는지 보여준다. 그리고 어른들의 합리가 아닌 '예기치 않은 버그'를 주목한 아이들의 창의성과 자발성으로 문제를 해결한다. 작품 속의 예기치 않은 버그는 현재 우리 세계(어른들의 세계)를 구성하는 핵심인 합리, 이성, 경험 등이 정말 만능인지, 유일한 진리인지를 묻는다. 이렇듯 기존에 당연하게 생각했던 것들을 의심하고 질문을 던지는 것이 『별빛 전사 소은하』가 구현하고자 한 세계관이라 할 수 있을 것이다. 그렇다면 더욱 다미와 같은 구태의연한 캐릭터를 통해 주인공의 성장을 이끌어냈어야만 했는가를 묻지 않을 수 없다.

어쩌면 지금이 민폐녀 캐릭터와 작별할 가장 좋은 때인지도 모른다.

『인천문학의 숲과 길』 2022년

우리에게 '우주(SF)'가 필요한 이유

1. 장소 상실의 시대

세계화 시대다. '우동 먹으러 동경 갈래?'라는 우스갯말처럼, 여건이 허락되면 브로드웨이 뮤지컬을 보러 뉴욕에 다녀오는 것이 가능한 세상이다. 나아가 디지털 기술의 혁명적 발전은 '내 손 안의 세상'을 현실로 만들었다. "너 자신을 방송하라!(Broadcast Yourself!)"라는 슬로건으로 시작한 유튜브는 우리 모두가 시청자이자 제작자인 세상, 나 스스로(You)가 미디어(Tube)가 되는 세상을 열었다. 유튜브 테드(TED)를 통해 우리는 안방에서 국제적인 명사들의 강연을 볼 수 있고, 동영상 하나로 세계적인 스타가 될 수도 있다. 기술과 자본이 낸 새로운 길은 지구를 더 작게, 더 둥글게 만들었다. 더 많은 자유와 더 많은 가능성. 그야말로 '세계가 우리의 무대'라는 말이 무색하지 않은 시대다.

우리 청소년소설도 빠르게 무대를 확장하고 있다. 처음 '회고조'(근과거)에서 시작한 청소년소설은 '지금, 여기'(현재)를 이야기하더니, 이제 시공간 그 어디에도 묶이지 않는 새로운 양상(원과거, 미래)을 보인다. 이국의 낯선 풍경이나 먼 과거의 이색적인 시공간으로 자리를 옮긴 인물들이 낯설지 않고, 이야기는 다가올 미래나 우주로까지 뻗어가는 형국이다. 국경 없는 세상, 확장된 무대가 현실과 소설 공통의 세상이 되었다. 우리는 원하는 어디든 갈 수 있고, 어느 한곳에 매이지 않을 수 있다. 그런데 국경 없는 이 신대륙은 누구에게나 열린 공간인가? 둥근 지구 어딘가에서 새롭게 열리(고 있다)는 가능성은 누구의, 무엇을 위한 가능성인가?

코스모폴리탄의 꿈이 전 세계로 생중계되는 시대의 한편에는 2평짜리 고시원에 몸을 누이는 청춘들이 있고, 차가운 도시를 유령처럼 헤매는 노숙인이 있다. 우주적 시대를 사는 개인에게 욕실이나 식당이 공용이거나 아예 없다는 것은 무엇을 의미할까. 비슷한 사례는 얼마든지 있다. 대형마트나 백화점의 계약직 노동자들은 손님이 없을 때도 앉을 수 없다. 그들에게 앉을 자리가 허락되지 않았기 때문이다. 대학이나 대형 빌딩의 청소용역업체 노동자들은 외진 컨테이너나 계단 밑 빈 공간에서 임시로 먹고 쉰다. 일자리도 먹고 쉬는 자리도, 그들에게 허락된 자리는 365일 임시다. 자신이 몸담고 일하는 공간에 고정된 자기 자리가 없다는 것은 무엇을 의미할까.

인류학자 김현경은 묻는다. "우리는 어떻게 이 세상에 들어오고, 사람이 되는가? 우리가 사람이기 때문에 이 세상에 받아들여진 것인가 아니면 이 세상에 받아들여졌기 때문에 사람이 된 것인가?" 그녀는 말한다. '우리는 환대에 의해 사회 안에 들어가며 사람이 된다고. 사람이 된다는 것은 자리/장소를 갖는다는 것이며, 환대는 자리를 주는 행위'[22]라고. 그녀의 논리에 기대 말하자면 고시원의 청년이나 노숙인, 각종 계약직 노동자들은 우리 사회에서 환대받지 못하는 자들이다. 그들은 최소한의 존엄을 지킬 수 있는 자리를 갖지 못한, 자신의 장소를 빼앗긴 자들이다.

---

22 김현경, 『사람, 장소, 환대』, 문학과지성사, 2015

글로벌 시대에 장소 상실(placelessness)은 전면화되고 있다.

청소년소설이나 현실에서 무한 확장되는 (것처럼 보이는) 미지의 공간들은 유토피아(utopia)이다. 그 자체로 꿈이고 이상향인 이 공간들은 문자 그대로 '아무것도 없는 텅 빈 곳(空間/space, void)'이기도, '어디에도 없는 (ou) 곳(topos)'이기도 하다. 그렇다면 이것은 속임수인가? 아니다. 유토피아는 그 역설 때문에 새로운 가능성의 장소가 될 수 있으며, 소설의 미래가 될 수도 있다. 비어있기 때문에 채울 수 있고, 아직 어디에도 없기 때문에 지금 여기에 새롭게 만들 수 있다. 정소연의 『옆집의 영희씨』(창비, 2015)는 미래와 우주를 무대로 한 SF다. 무대의 확장으로 치면 우주만 한 곳이 없을 테고, 새로움의 가능성을 타진한다면 SF만 한 장르가 없다. 나는 『옆집의 영희씨』에서 이미 우리 안에 있는 가능성으로서의 미래를 보았다. 이 글은 그 가능성을 설명하고 싶은 어떤 안간힘이다.

2. 모욕당하는 주체들

여기 유령들이 있다. 그들은 있지만 없는 자들이다. 그들은 보이지 않고, 들리지 않으며, 이름도 없다. 풍문으로만 존재하는 그들에게는 '자리'가 없다. 『옆집의 영희씨』는 이런 유령들로 가득하다. 이를테면 「마산앞바다」의 "그 유명한 마산앞바다"는 "림보"다. "죽은 이들이 떠도는 곳. 생의 남은 에너지가 수면 위에서 흔들리는" 소설 속 림보는 "망자의 잔여물을 부글부글 올려내는", 진짜 유령들이 떠다니는 곳이다. 그런데 유령은 림보 밖에도 있다.

엄마, 요새 남자가 남자 좋아하고 여자가 여자 좋아하는 사람들 있다고 하잖아. 어떻게 생각해? 엄마가 밥상머리에서 무슨 밥맛 떨어지는 소리냐는 눈으로 딸을 쳐다본다. 정신병자지. 굵은 볼펜으로 그린 듯한 엄마의 눈, 눈썹. 입가에 닿지 않는 젓가락과 허공에서 만나지 않는 시선들. 직접 겪지 않았다면 결코 알 수 없을, 찰나의 은밀하고 아득한 좌절감.

「마산앞바다」의 화자 현아는 레즈비언이다. 그녀는 상경한 이후 마산에는 갈 생각도 않고, 친구들과의 연락도 모두 끊는다. 소설은 마산에서 무슨 일이 있었는지 설명하지 않지만, 커밍아웃한 대학 후배 지원을 둘러싼 시선과 소곤거림은 현아의 상경 이유를 짐작게 한다. 어제까지 친구고 딸이었지만 성소수자로서의 정체성이 밝혀지는 순간, 그들은 "밥맛 떨어지는" 존재로 전락한다. '성소수자=정신병자'라는 도식은 성소수자에게 가해지는 모욕에 기묘한 정당성을 부여한다. 의학 백과사전이 정의하는 정신병자는 극단적인 반사회적 인격장애자이며 사회의 안녕을 위해 격리 치료해야만 하는 대상이다. 그러니 정신병자로 명명된 성소수자에게 배제의 낙인을 찍는 일은 당연하다.

이들을 향한 모욕은 체계적이고 집요하다. 다름이 드러나는 순간, 그들은 구경거리가 된다. 사람들은 커다랗게 소곤거리고 표나게 손가락질한다. 마산앞바다의 림보가 시간이 흐르면서 일종의 극장이 된다는 소설의 설정은 상징적이다. 림보는 높다란 시멘트벽으로 가로막혀 있고(격리) 벽 앞에는 매표소(무대)가 있다. 림보의 유령은 어제까지도, 아니 림보에 유령으로 뜨기 직전까지도 누군가와 함께 밥을 먹고 이야기하고 체온을 나누던 사람이었지만 유령으로 현상하는 순간, 그들은 수학여행을 온 단체 관람객들의 구경거리로 전화한다. 사람들이 어떤 죄의식도 없이 림보를 구경

할 수 있는 이유는 유령에게는 인격이 없다고 믿기 때문이다. 그들은 죽었고, 사람이 아니고, 그래서 인격이 없다. 신기한 구경거리에 지나지 않는다.

성소수자 역시 무대 위로 올려진다. "정신병자"인 그에게 체면이나 인격은 없다. 손가락질과 소곤거림은 그래서 가능하다. 이들을 향한 모욕은 끈질기다. 그들의 자리를 지우고, 존재를 지울 때까지 모욕은 계속된다. 소곤거림과 손가락질은 일종의 경고다. 사회가, 다수자들이 정해놓은 법과 질서에 순응하지 않으면 너는 사회 밖으로 내던져질 것이라는 최후통첩. 손가락질받은 자는 선택해야 한다. 나를 지우고 사회의 일원이 될 것인가, 나 자신으로 살고 사회에서 추방당할 것인가. 그런데 주체의 자발적 의사를 존중하지 않는 상태에서 강요당하는 선택을 과연 선택이라 부를 수 있을까? 설사 그가 자신을 부인하는 카드를 집는다고 해도 사회가 쉽사리 그에게 자신의 자리를 돌려주지 않는다면?

현아는 이런 가짜 선택을 강요받는다. "허공에서 만나지 않는", 자신을 통과해 지나가 버리는 시선들. 사람들은 림보의 유령을 대하듯 특별한 죄의식 없이 성소수자들을 구경하고, 떠들썩한 단죄가 끝나면 아무 일 없었다는 듯 그들의 존재를 지운다. 그들은 있지만 없는 비존재가 된다. 결국 현아는 자신의 유년기를, 고향 마산을 버리고 떠난다. 나를 구성하는 기억과 장소를 빼앗긴 그녀는 스스로 자신을 지운다. 모욕은 모욕당하는 자의 인격을 부정할 뿐 아니라, 부정당하는 사람 스스로 그 부정에 동의하게 만든다.[23] 모욕당한 주체는 이렇게 유령이 된다.

"이런 도심 오피스텔을 이렇게 싸게 구할 기회는 다시 없다우. 지하철에

---

23 김현경, 앞의 책

버스에 교통 편하지 전망 좋지, 아래 상가도 얼마나 편해. 옆집에 그런 게 있어서 그렇지…… 그래도 그 덕에 치안이 좋으니까, 아가씨 혼자 살기에 이만한 데가 없어."

표제작 「옆집의 영희씨」는 이렇게 시작된다. 예고의 미술 전담교사로 일하는 수정은 불안정한 일자리 때문에 그림에 곰팡이 필 걱정을 하면서도 반지하방을 벗어날 수 없다. 그런 수정이 "그런 거" 덕에 서울 한복판에 있는 햇빛 좋은 오피스텔을 얻는다. 수정이 드디어 반지하를 벗어났다는 소식에 친구들은 일단 축하하지만 아무도 초대에 응하지 않는다. 옆집의 "그것" 때문이다.

옆집의 "그것"은 외계인이다. 소설 안에서 그는 늘 "그런 거" "그거" 따위로 불린다. 하다못해 그를 외계인이라고 부르는 사람도 없다. 그가 이름 아닌 사물을 지칭하는 지시대명사로 불린다는 사실은 그를 그렇게 부르는 사람들에게는 그가 사람이 아니라는 뜻이다. 그는 이것, 저것, 그것이며 사람들에게 '아무도 아니(nobody)'다. 그와 림보의 유령, 그리고 성소수자는 개별자가 아니다. 그들은 그저 조건부 수용[24]된 완벽한 타자일 뿐이다. 핵심은 소설 안의 사람들이 그를 부를 때 사용하는 호칭이 얼마나 모욕적인지 스스로 인식조차 하지 못한다는 점이다.

사실 몰랐다는 말처럼 간편한 것은 없다. 자신의 무지를 까발리는 이 기묘한 자기 고백은 발화자의 진정성을 담보하는 고해의 형식을 빌려 고백하는 자의 자기기만을 은폐한다. 그러나 우리는 안다. 몰랐던 것이 아

---

24 「마산앞바다」의 림보에는 시멘트벽이 둘러쳐져 있고, 「옆집의 영희씨」에서도 "그들은 언제나 검은 옷을 입은 덩치 큰 사람들에게 둘러싸여 있"다. 게토(ghetto)를 연상케 하는 이 제한적 수용의 진짜 목적은 격리다. 수용자들이 다수가, 권력이 정해놓은 구역 안에서만 현상할 수 있다는 사실은 이를 잘 보여준다.

니라 알고 싶지 않았다는 것을. 「개화」의 한 인터뷰어의 말처럼 사실 우리는 "앎이 얼마나 무서운 줄" 안다. 알면 변해야 하고, 변화는 고통을 수반하기 때문에 앎은 무겁고 무섭다. 그렇기에 우리는 앎에 대해 늘 고의적으로 태만하다. 앎에 대한 뿌리깊은 두려움은, 우리의 무지를 더 두껍고 튼튼하게 만든다. 무지의 갑옷은 내 안의 폭력성과 게으름, 이기심을 다 덮어준다. 몰랐기 때문에 우리는 손가락질할 수 있고, 소곤댈 수 있다. 무지는 이렇게 폭력과 모욕을 정당화한다.

분명히 있지만 확실히 없는 자 취급받는 사람/유령이 여기 또 있다. 「비거스렁이」의 주인공은 "무엇으로든 주목을 받아본 적이 없"는 인물이다. 사람들은 마치 그녀가 보이지 않는 것처럼 행동한다. 그녀 역시 불가피하게 누군가와 말을 섞을 때, 자신을 기억하지 못하는 상대에게 스스로를 "36번 홍지영"이라고 소개한다. 홍지영이라는 이름보다 앞서는 36번이라는 번호는 그녀가 영희씨처럼 노바디(nobody)라는 사실을 의미한다. 실제로 아무도 그녀의 이름과 존재를 기억하지 못한다. 담임도 같은 반 친구들도 지영을 아예 모르거나 그녀가 36번인 것은 알아도 이름은 모른다. "그런데 36번 쟤 이름이 뭐더라? 조금 전에 들었는데 또 까먹었다." 마치 수인(囚人)처럼, 그녀는 간신히 번호로만 기억되는 존재다.

소설에서 지영의 비가시성은 그녀가 운이 없는 "시공간 동시 불일치 케이스"이기 때문인 것으로 설정되어 있지만, 그녀는 영화 〈여고괴담 1〉의 귀신을 떠올리게 한다. 〈여고괴담 1〉의 진주는 10년 넘게 학교를 다니고 있지만 아무도 그녀가 거기 '있다'는 것을 모른다. 사람들이 그녀를 알아보지 못하는 까닭은 그녀가 유령이어서가 아니다. 그녀는 처음부터 그녀를 알아본 사람이 아무도 없어서 죽었고, 유령으로 돌아왔다. 〈여고괴담 1〉의 마지막 장면은 그래서 인상적이다. 복도 끝에 있던 귀신이 순식간에 앞으로 다가와 화면 전체를 가득 채우는 점프 커트 장면은 지워진 자의 귀환을 말한다. 모욕을 받고 자리를 빼앗긴 존재는 원귀로 다시 돌아온다.

이 단편집에는 수많은 현아와 지원이가, 영희씨가, 36번 홍지영이 있다. 그들은 모두 현실에서 지워진 유령이며 시멘트벽으로 둘러친 림보라는 특수 구역에 조건부 수용된 자들이다. 림보가 '경계' '접촉 부분'을 뜻하는 게르만어에서 유래했다는 사실은, 림보를 타자와 나를 나누고 구별하는 배타적 '경계'로 작동시킬 것인지, 아니면 타자와 내가 만나는 '접촉 부분'으로 만들 것인지를 고민하게 한다. 후자야말로 진짜 선택이다. 경계 밖으로 타자를 쫓아버리는 손쉬운 선택이 아니라 자신을 흔들고 바꾸는 선택. 이런 선택에는 고통과 함께 힘이, 변화가 뒤따른다. 죽은 자들의 빈 공간(空間)인 림보는 이런 자들의 선택으로 살아있는 자들의 장소(場所)가 된다.

3. 문을 여는 사람들

여기 발견자들이 있다. 발견자들은 자신의 자리를 빼앗기고 유폐돼 희미해진 자들을 읽어낸다. 그 존재들의 '있음'을 발견하고 그들의 이름을 부른다. 「비거스렁이」의 36번 홍지영은 '다들 나를 잘 기억하지 못하지만 그 상태에 만족하고 있다고, 자신은 어린애가 아니라고' 말한다. 이 말이 거짓임은 지영이 자신의 이름을 제대로 기억하고 불러주는 선생이 나타났을 때 보인 반응에서 여실히 드러난다.

"저는 제대로 여기에 있고 싶어요. 누구나 알아보는 사람이 아니라도 좋으니까, 특별하지 않아도 되니까 최소한 그런 애가 있었다고 기억에라도 남는 사람이 되고 싶어요. 왜 안 될까요? 제 어디가 이상한 거예요? 한 번이라도, 여기가 내 자리라는 느낌을 받고 싶어요. 붕 떠있는 것 같은, 금방이라도 발밑이 사라질 것 같은 느낌이 싫어요."

소설에서 지영의 갈망이, 진짜 목소리가 드러나는 장면이다. 처음으로 자신을 알아봐 주는 사람 앞에서 지영은 자신의 절박함을, 애써 지운 진실을 드러낸다. 지영은 특별한 것을 원하지 않는다. 그저 "여기가 내 자리라는 느낌"을 받고 싶을 뿐이다. 사람은 다른 사람의 인정과 환대를 먹고 사람이 된다. 림보의 유령들조차 그러하다. "림보를 드러나게 하는 것은 바닷물이나 망인들이 아니라 그 곁에 살아있는 사람들"이다. 이 작품에서 희미해지다못해 반투명해지는 지영을 "필사적으로 선명"하게 만드는 것은 담임 정연이다. 정연은 아무도 기억하지 못하는 지영의 이름을 기억하고 그 이름을 부른다. 그리고 수없는 시도 끝에 시공간 불일치자인 지영에게 딱 들어맞는 틈을 찾아낸다.

소설은 자신의 자리를 찾은 지영이 교실로 돌아가면서 끝난다. 교실에 가보니 4년 내내 혼자 바라보기만 했던 현수가 지영을 기다리고 있다. 현수는 같이 영화를 보기 위해 빈 교실에서 오랫동안 지영을 기다렸고, 그 사이 엄마에게 전화도 와있다. 모든 것이 달라졌다. "갑자기 교실 바닥을 단단히 딛고 선 듯한 느낌"을 받은 지영은 현수에게 말한다. "다녀왔어." 소설에서 이 짧은 한마디가 주는 감동은 자못 크다. '다녀왔다'는 말은 집을, 돌아갈 수 있는 장소를 가진 사람만이 할 수 있는 말이기 때문이다. 유령이었던 지영은 이제 사람이 되었다. 단 한 사람의 시선이 가닿고, 그가 이름을 불러줌으로써 지영은 그토록 원했던 '내 자리'를 갖게 된다.

'내 자리'를 갖는 것은 상징적인 의미 그 이상이다. 자리가 있고 없음은 그가 특정한 공간에서 거기에 속한 다른 사람들과 동등한 인격체로 인정되느냐 아니냐, 즉 실존의 문제이기 때문이다. 컨테이너 박스에서 먹고 쉬는 계약직 노동자들과 차 안 혹은 캠퍼스 어느 구석에서 김밥이나 샌드위치로 남몰래 식사를 해결하고 쉬는 시간을 버티는 시간강사들, 어디를 가도 외계인이나 없는 사람으로 취급당하는 성소수자들이 느끼는 모욕을 자리를 가진 사람들은 결코 상상할 수 없다. 환대는 이렇게 쫓겨난 자들을 인지하고 인정하는 것이며, 그들의 고통을 상상하고 공감하여 그들에게 '절대적으로' 자리를 주는 일[25]이다. 이것은 다름 아닌 문학의 일이며, 그렇기 때문에 소설은 타자인 그들을 발견하고, 그들의 이름을 부르고, 그들과 만나는 자리를 만들어야 한다.

이름을 부르거나 묻는 행위는 존재를 인정한다는 의미이다. 상대를 포착하고 존재를 인지한 후 그를 더 알고 싶을 때 우리는 이름을 묻는다. 「옆집의 영희씨」에서 수정은 네번째 만났을 때 그의 이름을 묻는다. "이영희입니다." 수정은 웃음을 참느라 손을 떤다. 그에게 붙여진 영희라는 이름은 이제 "초등학교 교과서에도 안 나온다는 이름"이 아닌가. 게다가 영희라는 이름은 대표적인 여자아이의 이름인데 소설에서 영희씨의 성별은 여자가 아니다. 비슷해 보여도 지구의 남녀 구별과는 다른 그들만의 차이와 개별성이 있는데, 사람들은 모든 것을 깡그리 무시하고 '이영희'라는 얼토당토않은 이름을 그에게 주었다. 수정이 진짜 이름을 묻자 그는 "지구에서는 말할 수 없"다고 대답한다.

"정말입니다. 대기 성분이, 다릅니다. 기압이 다릅니다. 정확하게 표현할

---

25 김현경, 앞의 책

수 없습니다."

"비슷하게는 돼요?"

그가 또 한참을 가만히 있었다. 수정이 단념하고 다시 콩테를 집어들려
는 찰나, 그가 몸을 완전히 돌려 수정을 응시했다. (중략) 수정과 그 사이,
고작해야 두세 걸음 거리의 공기가 떨리고, 헤어드라이어의 바람을 맞을
때처럼 눈자위가 뜨거워졌다. 무언가 흔들, 하고 반짝였다 사라졌다. 눈을
깜박여 보았다. 은근한 열기와 아릿한 잔상이 속눈썹에 걸린 듯 아른거렸
다.

"……우리말과는 전혀 다르네요."

그의 이름은 지구의 언어로는 표현할 수 없다. 어쩌면 그의 정체성이
그런 것인지도 모른다. 우리가 절대 알 수 없는 그 무엇. 그런 의미에서
그는 여전히 타자이고 이 장면은 그래서 아름답다. 여기서 수정은 처음
으로 그의 이름을, 존재를 '느낀다'. 그가 수정을 정면으로 응시하고 자신
의 이름을 말해준 순간 수정은 비로소 그의 진실(이름, 본질)에 '접촉'한다.
수정이 접촉한 진실은 '다름' '알 수 없음'이다. 은근한 열기와 아릿한 잔
상으로밖에 포착되지 않는 '전혀 다름'이 영희씨라는 가짜 이름으로는 접
근할 수 없는 그의 진실이다. 수정은 그 다름을 따로 분석하려 하지 않고
있는 그대로 받아들인다. 이것이 핵심이다. 타자를 억지로 해석하거나 규
정하지 않고 다름 그 자체로, 다양한 개별자 중 하나로 받아들이는 것.
이 새로운 깨달음은 수정에게 '우주적 찰나'를 선물한다.

그것은 수정의 손도 눈도 닿지 않는 세계에 있는 어느 위성의 이름, 그
위성의 표면에 솟아있는 화산의 이름, 화산에서 우단처럼 솟아오르는 불

꽃의 이름이리라 믿기로 했다. 그리고 가끔은, 그 아름다움이 아득한 어둠 저편에 숨겨져 있던 수정의 이름이었을지도 모른다고, 남몰래, 마음속으로만, 생각했다.

「옆집의 영희씨」는 대한민국 서울 한복판에 있는 오피스텔에서 벌어지는 일이다. 하지만 이 작은 공간은 충분히 우주적이다. 영희씨가 외계인이라서가 아니다. 이곳에서 영희로 불리는 그와 수정은 사람(人) 대 사람(外界'人), 나아가 생명 대 생명으로 만난다. 영희씨의 이름을 아는 수정은 그 이름을 모르는 "다른 사람들은 아무도 느끼지 못"하는 무언가를 느낀다. 덩치들에게 둘러싸여 떠나기 전 영희씨가 남긴 마지막 말은 수정에게 '수정의 손도 눈도 닿지 않는 새로운 세계'를, 그야말로 우주를 열어준다. '어느 위성의, 어느 화산의, 불꽃의……' 수많은 이름. 이 이름들은 수정 앞에 펼쳐진 무수한 별 같은 가능성이다. 타자와 접촉한 자에게는 또다른 타자(세계/우주)와 접촉할 수 있는 가능성의 문이 열린다. 궁극적으로 그것은 미처 발견하지 못한, 혹은 덮어두었던 자기 자신에 대한 깨달음일지도 모른다.

「마산앞바다」의 현아는 자신을 '알아본' 지원을 통해 이를 깨닫는다. 지원을 만나기 전까지, 지원이 현아를 부르기 전까지 현아는 자신의 자리를 빼앗기고 존재를 부정당한 채 유령으로 살고 있었다. 현아 역시 "예전부터 지원을 알고 있었"지만, 그녀는 "애써 잊은" 자신의 모든 것처럼 지원에 대해 모른 척한다. 그녀는 아직 자신의 앎을 감당할 준비가 되지 않았다. 하지만 현아가 화를 내도 거절해도 지원은 포기하지 않고 닫힌 현아의 문을 두드린다. 지원을 통해 마산으로 내려가 자신의 '있음'을 확인한 현아는 자기 정체성을 인정하고 "시멘트벽 밖으로", 림보 밖 세상으로 발을 옮긴다. 타자에 의해 발견된 자들은 이렇게 용기를 내 스스로를 발견하기도 한다.

문을 여는 자들은 기억하는 자이며, 외치는 자이다. 그들은 닫힌 문 저편에 유폐된 사람의 기척을 예민하게 알아챈다. 그들은 "스스로를 잊은 자들 대신 어딘가에서 그를, 그의 과거를 기억"(「귀가」)한다. 그들은 "아무것도 하지 않은 것은 아니지만 무엇도 완성하지 못했던, 이름마저도 온전히 제 것이 아니었던"(「처음이 아니기를」) 자를 "더없이 간절하게" 기억한다. 그들은 '이 비슷한 폭력의 세계에서 어떻게든 유의미한 차이점을 찾아내려'(「앨리스와의 티타임」) 애쓰는 이상한 나라의 앨리스들이다. 그들은 "더이상 다른 목소리가 파묻히지 않게 햇살을 심는"(「개화」) 자들이다. 그들은 자기 자신을, 전 존재를 걸고 외친다. '여기 사람이 있습니다.'라고.

4. 우리에게 '우주'가 필요한 이유

청소년소설이 무대를 넓히고 넓혀 과거나 미래, 우주 밖까지 나간다 해도 그것이 공간의 확장에 머무른다면, 혹은 한 번도 가보지 못했던 곳의 신기를 보여주거나 교훈을 위한 새로운 도구로 사용되는 데 그친다면 아깝고 안타까운 일이다. 그러니 핵심은 새로운 공간이나 무대의 확장 자체에 있다기보다 왜 이 공간이어야만 하는지, 이 공간에서 무엇을 어떻게 이야기할 것인지에 있다. 더 정확하게 말하면, 결국은 사람이다. 소설은 사람의 이야기이고, 소설의 배경과 사건은 인물이 가진 가능성을 끌어내거나 최대화한다. 이것은 배경이나 사건이 부수적이어서가 아니라 소설의 소설다움은 인물과 그의 선택(삶)이 보여주기 때문이다.

인물, 즉 사람이라는 기본이 흔들릴 때 소설은 길을 잃어버린다. 예컨 대 최근 디스토피아적 SF의 중심에는 사람이 아닌 사회고발이 있다. 부 조리한 사회를 고발하고, 아동청소년에게 그런 사실을 가르쳐주는 것이 잘못된 일은 아니다. 그러나 그것은 교과서의 일이지 소설의 일은 아니 다. 교과서가 해야할 일을 못 할 때 소설이 대신 그 역할을 한다고 말해 도, 나는 여전히 교과서를 대신하는 것은 소설의 일이 아니라고 말할 것 이다. 교과서에서 배운 정답을 의심하고 거기에 새로운 질문을 던지는 것 이 소설이기 때문이다. 소설은 정답을 가르쳐주지 않는다. 그러니 정답을 말하는 소설은 가짜다.

『옆집의 영희씨』는 미래와 우주를 무대로 하는 SF다. 그런데 정소연의 미래와 우주에는 공통적으로 '스펙터클'이 없다. 옆집에 외계인이 살고, 마산앞바다가 림보인 미래에서도 사람들은 지금과 비슷하게 산다. 심지 어 우주 카두케우스에서조차 현란한 장관이나 볼거리, 교훈거리로 전락 하는 타자의 삶은 없다. 카두케우스는 일개 회사가 "비상점 도약 기술로 시장을, 우주 표준어로 사회를 지배"하는, 자본이 전 우주를 독점하는 세상이다. 수많은 부조리와 불합리, 필연적으로 공정하지 않을 시스템이 예상되고 실제 그런 면이 있지만 작가의 시선은 불공정함 자체보다 그 속에서도 존엄을, 인간의 품위를 지키기 위해 안간힘을 다하는 사람들에 게 닿아있다. 이 시선이 공간과 소설에 새로운 가능성을 부여한다.

정소연이 만들어낸 우주는 물리적인 공간으로서의 우주만이 아니라, 늘 옆에 있지만 우리가 보지 못했던 미지의 세계이기도 하다. 내 옆집의 그가, 어제 혹은 지금 이 순간 내 옆을 스쳐지나간 그 사람이 나의, 우 리의 우주로 눈앞에 펼쳐진다. 타자라는 이 새로운 우주 앞에서 정소연 의 인물들은 망설이고, 고민하고, 흐느낀다. 그들은 타자를 덥석 끌어안고 '나는 당신을 이해해요.' '당신을 위해 내가 할게요.'라고 비장하게 말하는 대신, 너를 "수십만 하루가 지나도록 완전히 이해할 수 없다"(「입적」)고, "지금 너에게 소중한 게 뭔지 모르지만, 그게 뭐든 나한테 소중하지는 않"(「이사」)다고 고백한다. 그럼에도 불구하고 그들은 타자를, 스스로를 포기하지 않는다. 자신의 한계를 명확하게 인식하는 앎은 무지의 폭력을 극복하고, 타자와의 접촉에 성공한다. 그렇게 서로의 '있음'을 알아보는 순간, 그들이 있는 모든 곳은 '우주'가 된다.

소설이 할 수 있는 일, 소설이 해야 하는 일은 이런 것이다. 타자를, 그 영원한 미지를 '신기'가 아닌 '신비'로 볼 수 있게 하는 것. 모두 같아지는 것이 아니라 각자의 유의미한 차이를 아름답게 발견하는 것. 차이와 또 다른 차이가 손을 잡고 각자의 우주를 완성해 가는 것. 텅 빈 공간을 사람과 이야기가 가득한 장소로 만드는 것. 그것이 우리 시대 소설이 꾸어야 할 꿈이며, 우리에게 '우주(SF)'가 필요한 이유이다. 『옆집의 영희씨』는 말한다. 타자는 우리의 우주이며, 우리가 잃어버린 가능성이며, 우리의 미래라고. 그런데 이 미래는 우리 안에 이미 도착해 있다고. 외계인 영희씨가 떠나면서 수정에게 했던 마지막 말은 어쩌면 이것이었는지도 모른다. '당신은 타자에 대한 앎을, 그 불가능을 감당할 준비가 되어있는가.'

『어린이책이야기』 2017년 봄호

2부
리얼리즘
아동문학이

걸어온 길, 걸어갈 길

다문화시대, 아동문학과 재현의 윤리

1. 선의로 포장된 차별적 시선

베트남 엄마를 두었지만

당신처럼 이 아이는 한국인입니다.

김치가 없으면 밥을 못 먹고

세종대왕을 존경하고

독도를 우리 땅이라 생각합니다.

축구를 보며 대한민국을 외칩니다.

스무 살이 넘으면 군대에 갈 것이고

세금을 내고 투표를 할 것입니다.

당신처럼

한 금융그룹이 지원해 다문화 캠페인의 일환으로 만든 공익광고의 문구다. 얼핏 보면 광고는 선한 의도를 담고 있다. 엄마가 베트남 사람이라서 피부색은 좀 다르지만 국제결혼으로 태어난 아이들도 우리와 같은 한국인이니 차별하지 말고, 그들을 끌어안자는 내용이다. 그런데 이 광고는 보면 볼수록 불편하다. 다양한 경로와 자질을 통해 이주민(과 그 2세)도 한국인임을 강조할수록 오히려 그들이 주변적 존재라는 사실이 부각된다. 이 모순은 어디에서 비롯한 것일까?

여기서 광고가 호출하는 대상은 당신(한국인)이다. 광고는 '당신들'에게 이른바 다문화가정 아동을 보다 긍정적인 시선으로 바라볼 것을 요청한다. 그리고 다문화가정 아이들이 당신들과 같은 한국인의 정체성을 가지고 있다고 강조한다. 김치나 세종대왕 같은 한국을 대표하는 표상은 물론이고 독도를 우리 땅이라고 생각하고, 축구를 보면 대한민국을 응원하며, 나아가 국방과 납세의 의무까지 충실히 수행하는 한국인. 그런데 그런 자질을 다 갖추고 있어야 한국인인가? 그리고 한국인이 되어야만 한국 땅에서 살 수 있는가?

이쯤 되면 우리는 선한 의도 너머에 견고하게 자리한 '시선'을 의심하지 않을 수 없다. '우리'와 '그들'을 명확하게 구별하고, 높은 자의 위치에서 동정과 연민의 눈으로 낮은 자를 내려다보는 차별적 시선. 사실 이 시선과 목소리는 광고 속의 '이 아이'가 아무리 한국인의 자질을 갖추고 또 갖추어도 절대 한국인이 될 수 없다는 사실을 전제하고 있기 때문에 그 자체로 모순이다. 그렇다면 우리 아동문학은 어떠한가? 다문화에 대한 중요성은 우리 아동문학에서도 꾸준히 확산되고 있다. 초반에는 인권동화나 다문화동화라는 타이틀을 달고 국가인권위원회나 출판사의 기획으로 만들어졌으나 최근에는 작가 개인의 관심으로 창작된 작품들이 꾸준히 발표되고 있다.

아동문학에서 소수자 집단을 어떻게 재현하는가는 매우 중요하다. 이는 다문화시대를 사는 우리에게 시대적 명제이기도 하거니와 아동문학이 하위자(subaltern), 즉 목소리가 없거나 목소리를 낼 수 없는 자들을 대신해서 이야기하는 문학이기 때문이다. 보이지 않고 말해지지 않는 어린이를 보고 듣고 이야기하는 문학. 이것이 아동문학이라면 작가의 시선과 현실 재현 양상은 우리가 반드시 점검해야 할 부분이다.

현재 우리 아동문학에서 다문화를 이야기하는 작품들은 어떤 시선으로 어떻게 이야기하고 있는가? 다문화 아동문학 작품들은 정말 다문화 주체를 위한 문학인가? 아동으로서, 이주자로서 이중의 잠금장치를 달고 아무런 목소리도 내지 못하는 이들을 대신해 이야기하고 있는가? 혹시 우리는 그들을 위한다는 명분 아래 그들의 목소리를 지우고 그들에게 우리의 욕망을 덧씌우고 있지는 않은가? 우리 다문화 아동문학은 누구를 위한 이야기인가? 다문화가정 어린이와 가족은 작품을 읽고 공감할 수 있을까?

2. 상상력의 부재, 공감의 실패

오미경의 『선녀에게 날개옷을 돌려줘』(한겨레아이들, 2009)는 다문화가정의 정체성 혼란을 다룬 이야기이다. 서사의 한 축은 정체성의 혼란으로 엄마에게 반항하는 보라 이야기이고, 다른 한 축은 자아를 찾고 싶어 하는 보라 엄마 이야기다. 여기서 보라와 엄마의 문제는 동일한 근원을 가지고 있다. 보라 엄마가 필리핀 사람이라는 사실. 보라는 학교에서 "필리핀 우유 맛은 어떨까?" "필리핀도 연필깎이가 있을까?" "필리핀은 지우개도 까말걸?"과 같이 엄마의 국적과 피부색 문제로 놀림을 받는다. 짬뽕, 아프리카 가족, 깜보라 등의 모욕적인 호칭과 필리핀과 관련한 반복적이고 집요한 조롱은 결국 보라로 하여금 엄마를 부끄러워하게 만든다. 보라는 좋아했던 필리핀 음식을 먹지 않거나, 지구본에 있는 필리핀을 까만 사인펜으로 칠해 없애버리고, 우유를 마시면 피부가 하얘지느냐, 그렇게 될 수만 있다면 쓴 약도 먹겠다는 등 극단적인 자기부정과 동시에 엄마 나라의 정체성을 거부하기 시작한다.

피부색과 관련한 인종차별은 우리 다문화 아동문학의 단골 소재라 해도 과언이 아니다. 이는 실제 현실의 반영이자, 부당한 현실을 고발하여 독자를 계몽하겠다는 의도에서 비롯한다. 그러나 아동문학에서 이런 방식의 현실 재현은 얻는 것보다 잃는 것이 더 많다. 우선 현실을 극화하는 과정에서 개별성도, 인격도, 이름도 지워진 채 모욕적인 단어로 호명되는 인물들은 철저하게 대상화된다. 그리고 이름을 대신하는 상투적인 호칭은 현실에서 강력한 상징 권력으로 작용해 자의적이고 개별적인 차이들을 절대적이고 선천적인 차이, 즉 극복할 수 없는 계급의 차이로 인식시킨다. 가해자는 물론 피해자에게도 '체계적 오인'[26]을 불러오는 이러한 재현 양상은 독자에게도 그대로 전이되어 아무것도 몰랐을 때는 문제가 되지 않았던 까무잡잡한 피부 색깔을 무언가 저열한 것으로 인식하게 한다. 다문화를 재현하는 상징이 실재 현실에 개입해 다양한 차이를 차별적 질서로 바꾸는 역할을 하는 것이다. 때문에 이런 폭력을 그대로 재현하는 것은 부당한 권력 관계에 기초한 현실을 더 견고하게 만든다는 점

---

26 피에르 부르디외,『구별짓기』, 최종철 옮김, 새물결, 2005 참조
부르디외는 현대사회의 지배구조가 어떻게 유지·재생산되는지, 피지배계급이 어떻게 그들의 지위를 자연스러운 것으로 받아들이는지를 '문화'를 중심으로 분석한다. 예를 들어 개인의 문화적 취향은 생득적인 것이 아니라 문화자본에 근거한 지속적인 습득의 결과이다. 그러나 문화생산자와 소비자 모두 이른바 고급예술에 대한 취향의 차이를 계급의 위치가 아닌 재능이나 성취 같은 개인적 능력과 특성에 따른 것이라고 잘못 인식한다. 특히 피지배자는 자신이 현실을 오인하고 있다는 사실을 모르고, 오히려 그 오인을 올바른 것으로 받아들이고 의식·무의식적으로 행위함으로써 계급체계를 정당화하고 재생산하는 데 공모한다. 이러한 오인을 통한 사회계급의 재생산에서 교육은 중요한 역할을 하는데, 아동문학은 그 교육적 특성상 자칫 부당한 지배구조를 정당화하는 데 이용될 수 있다는 점에서 주의해야 한다.

에서 그 의도와 무관하게 비윤리적이다.

이러한 문제는 전형적인 인물에게서 더 심화된다. 『선녀에게 날개옷을 돌려줘』에도 피해자(보라와 엄마)와 가해자(영태), 조력 및 해결자(선생님)라는 전형적인 인물 유형이 반복되는데, 이러한 구도는 사회 주류의 시혜자적 시선을 내면화하고 있다는 점에서 문제적이다. 특히 천편일률적으로 재현되는 착하고 무력한 이주민의 형상은 그들 안에 있는 존엄과 다양함을 지워버리고 그들을 도움 없이는 살 수 없는 무능한 존재로 고정시킨다. 대부분의 작품에서 반복되는 이주민에 대한 이런 이미지는 사람들을 무감하게 만들고[27], 우리가 원인과 결과를 뒤섞어 버렸다는 진실을 은폐한다. 그들은 무능해서 그런 대접을 받는 게 아니라 차별과 냉대 속에서 모든 가능성으로부터 차단되기 때문에 점점 무능해지는 것인데, 우리는 권력의 일방적인 시선에 기대 단편적인 사실 하나로 다면적인 진실을 가려버린다.

『선녀에게 날개옷을 돌려줘』에서 보라를 괴롭히는 영태를 제지하기 위해 선생님이 만든 '김영태 감시단'을 둘러싼 에피소드는 우리에게 많은 시사점을 준다. 스티커를 준다는 말에 아이들은 감시 카메라처럼 보라와 영태를 따라다닌다. 덕분에 보라는 괴롭힘에서 벗어나지만, "꼭 반 아이들한테 모자라는 애 취급당하는 기분"이 들어 좋지만은 않다. 실제 다문화가정 아이들도 이 작품을 비롯한 대다수의 다문화 아동문학을 읽었을 때 보라와 같은 기분을 느낄 것이다. 그렇다면 우리는 여기서 다시 질문

---

27 수전 손택, 『타인의 고통』, 이재원 옮김, 이후, 2004 참조
  손택은 대량 복제되는 이미지가 한 문화의 감수성을 어떻게 무감하게 만드는지를 깊이 있게 통찰한 바 있다. 손택은 충격적인 이미지와 판에 박힌 이미지는 동일한 존재의 두 가지 측면임을 말하며, 동정과 연민에 기반한 우리의 시선이 우리의 무능력뿐만 아니라 무고함(우리가 저지른 일이 아니다)까지 증명하기 때문에 타인의 고통과 관련해 이미지를 재현(조작)하는 것은 부당하다고 지적한다.

해야 한다. 한국의 다문화 아동문학은 누구를 위한 이야기인가?

선의 속에 감추어진 시혜자의 관점은 보라 엄마를 재현하는 양상에서도 되풀이된다. 보라 엄마는 동네 사람들에게 '선녀'라고 불린다. 엄마가 왜 선녀냐고 묻는 보라의 질문에 아빠는 이렇게 대답한다.

> "아빠 시골에서 농사짓지, 동생들도 줄줄이 딸렸지, 거기에 홀어머니까지 계셨지, 그런 아빠에게 누가 시집을 오겠어? 그런데 엄마가 하늘나라 선녀님처럼 아빠한테 온 거여."
> "엄마가 왜 하늘나라에서 와? 필리핀에서 왔지."
> "맞어, 엄만 필리핀에서 왔지. 그런데 엄만 여기 사람이 아니니까 하늘나라 사람이나 마찬가지여. 허허허!"

엄마가 하늘나라 선녀라는 아빠의 말은 그럴듯한 포장에 불과하다. 포장을 벗기면 '가난한 나라에서 시집온 외국인 여성'이라는 감춰진 의미가 드러난다. 실제 저출산과 가족 재생산의 위기에 봉착한 한국 정부가 주도한 이주자정책은 이주여성을 빠르게 한국 문화로 동화시키는 데 주력했다. 이때 이주자의 본국과 그에 기초한 다양한 정체성은 제거의 대상이지 포섭의 대상이 아니다. 또 착하고 헌신적인 이주여성의 모습 역시 한국 사회가 보고 싶어 하는 이주여성의 모습이지 실제 그들의 모습은 아니다. 그러니 선녀라는 기표를 둘러싼 기의에 실제 보라 엄마의 모습이나 그녀가 원하는 삶은 없다. 물론 이것이 기폭제가 되어 부부싸움이 일어나고 비로소 보라 엄마는 자신의 진짜 욕망이 무엇인지 말할 기회를 갖는다. "이젠 나도, 나를 찾을 거예요. 나, 알마, 삶 없어요. 나도 공부하고 싶어요. 크리스피나 언니처럼 일도 하고 싶고요." 그러나 엄마의 꿈은 아빠의 반대에 부딪히고 엄마는 가출을 한다.

이러한 보라 엄마의 발화와 가출은 한국 다문화정책의 일방성을 폭로하는 것이자, 이주민들이 자신에게 들씌운 가짜 이미지를 벗고 스스로의 목소리로 자신에 대해 말하기 시작했다는 점에서 의미가 있다. 그러나 하루 만에 끝나는 엄마의 가출이나 귀가 이후 급속하게 화해로 귀결되는 서사는 애써 제기한 핵심적인 문제들을 무색하게 한다. 더구나 화해의 양상이 아동문학의 만병통치약인 가족주의라는 점은 작품을 도식에 빠지게 한다.

> "엄마 잘못했어. 엄마 카드 버린 것도 잘못했고, 엄마한테 바보라고 그런 것도 잘못했어. 꿈에서 다른 엄마 고른 것도. 다 애들이 놀려서 그런 거야. 다음부턴 안 그럴게."
> "아니야. 엄마가 보라한테 미안해. 숙제도 못 도와주고, 공부도 못 가르쳐주고, 애들한테 놀림받게 하고……. 보라야, 필리핀 엄마라서 미안해."

일견 모녀의 관계가 회복을 향해 한 걸음 내딛는 것으로 보이는 이 장면은 사실 '동화의 낭만성'에 기대 억지로 현실을 봉합하는 아동문학의 상투다. 특히 "필리핀 엄마라서 미안해."라는 발언은 깜보나 짬뽕 같은 불편한 재현보다 더 심각하다. 실제 이주민 가정의 부모나 아이들이 이 글을 읽는다면 그들은 무엇을, 어떻게 느낄까? 정말 필리핀 엄마라서 미안해야 하는가? 만약 그렇다면 우리 다문화 아동문학의 미래는 암담하다. 사실 이 작품에는 보라도, 보라 엄마도 없다. 그들을 내세워 서사가 진행되고 있지만 그들은 주인공도 주체도 아니다. 우리의 시각 변화를 촉구하기 위한 대상, 즉 도구일 뿐이다. 필리핀이어서, 베트남이어서 미안해야 한다면 그들은 영원히 우리가 되지 못하고 벽 너머 저쪽의 그들로만 존재할 것이다.

정의는 약자의 정의일 때 의미가 있고, 문학은 기존 권력과 불화할 때 비로소 살아있는 것이 된다. 그러므로 현실의 불합리를 문제삼는 아동문학이라면 단순한 반영에 그쳐서는 안 된다. 현실을 그대로 모사하는 것이 목표라면 굳이 문학이어야 할 필요가 없다. 그리고 문학이 반영하는 현실은 실제 그대로가 아니라 작가의 시선에 의해 이미 선택·편집된 현실이며, 작가의 시선은 우리 세계가 작동하는 방식과 밀접하게 연관되어 있다는 점을 기억해야 한다. 때문에 끊임없이 자신의 시선을 의심하고 점검하지 않는다면 있는 그대로를 재현하는 것은 때에 따라 그 자체로 폭력이자 비윤리일 수 있다. 하위자를 위한다면, 더구나 그들이 피해자라고 생각한다면 우리에게 필요한 것은 사실적인 재현이 아니라 섬세하고 적극적인 해석과 현실을 뛰어넘는 상상력이다.

문학은, 특히 아동문학은 상상력의 소산이다. 상상력은 공감하는 능력이자 권력이 은폐하는 것을 소리쳐 말할 수 있는 힘이며, 우리를 경험세계에 가두지 않는다는 점에서 아동(문학)의 본질이다. 하니, 어린이가 보고 듣는 것을 같이 보고 들을 수 있을 때 아동문학은 진정 어린이가 주체가 되는 문학이 될 수 있다. 반대로 상상력이 없는 아동문학은 가짜다. 그것은 타자를 볼 수도 들을 수도 말할 수도 없으며 그들에 대해 공감하지도 못한다. 베끼고 흉내내며 진실에서 멀어질 뿐이다.

나는 엄마가 좋긴 좋은데, 숙제 못 가르쳐줄 때랑 애들이 깜보라, 아프리카 가족이라고 놀릴 땐 필리핀 엄마 말고 그냥 엄마였으면 좋겠다. <u>그런데 젤 좋은 건 그냥 필리핀 엄마여도 애들이 안 놀리는 거다.</u> (밑줄 강조 필자)

밑줄 친 부분이 현단계 한국 다문화 아동문학이 추구하는 방향일 것이다. 그런데 이는 아이들을 놀지 못하게 하는 우리 현실을 비판하는 동화들과 흡사하다. 아이들을 놀지 못하게 하는 현실이 답답하다면 아동문학에서라도 정신없이, 신나게 놀게 하는 것이 답이 아닐까? 답답한 현실을 꼬집고 그대로 재현하는 것은 소모적이며, 그것은 어린이와 어린이의 상상력을 모르는, 어린이와의 공감에 실패한 어른의 시각일 뿐이다. 그러니 필리핀 엄마여서 속상해하는 이야기보다, 그 사실을 놀릴 필요가 없는 이야기를 쓰는 편이 보다 생산적이지 않을까.

3. 하위자의 눈으로 보고 말하기

송마리의 「올가의 편지」와 「엄마는 울지 않는다」(『올가의 편지』, 창비, 2011)는 우리 다문화 아동문학 작품을 한군데 모아놓고 볼 때 상당히 이채롭다. 이는 기존의 재현 양식에 의문을 품은 작가의 서사 전략이 새로운 공간의 확장으로 이어진 데 기인한다.

「올가의 편지」의 주인공 올가는 몽골 소녀다. 자세한 설명은 없지만, 올가네 형편은 그다지 좋지 않다. 형편이 좋았더라면 올가의 입학이 두 해나 미뤄졌을 리 없고, 올가의 아빠가 먼 한국까지 돈을 벌러 가지도 않았을 것이다. 기존 동화에서 이런 가정 형편은 대번 가난의 꼬리표를 달고 인물을 짓누른다. 그러나 작가는 올가네 가난과 고통을 묘사하는 대신, 올가의 할머니와 부모 세대로부터 이어진 자연과 함께하는 그들의 삶을 그린다. 예를 들어 아빠가 엄마에게 청혼하면서 초원에 깃대를 꽂는 장면이나, 집을 나간 야생마 하와르와 엄마가 무사히 돌아온 후 할머니가 "무릎을 꿇어 땅에 절하고 팔을 펴서 하늘에 감사하고 휘파람을 불어 바람에게 인사"하는 장면은 아름답다. 그들의 가난은 그야말로 '한낱 남루에 지나지 않는다'. 작가는 그들의 가난이 '그들의 타고난 살결과 타고난 아름다운 마음씨'까지 가리지 않게 한다. 이런 방식의 재현은 독자로 하여금 올가와 그 가족을 있는 그대로 보게 한다. 올가 가족은 불쌍해서 도와줘야만 하는 존재가 아니다. 가난해도 그들에게는 그들만의 생활 방식이, 전통이, 자부심이 있다.

게다가 올가 아빠는 커다란 게르 기둥도 단숨에 박는 든든하고 멋진 아빠이고, 엄마도 몽골 말타기 대회에서 남자들을 제치고 우승한 여전사다. 그래서 올가는 엄마처럼 "씩씩한 여전사"가 되는 게 꿈이다. 올가는 한국에 사는 이주민 자녀들이 겪어야 하는 정체성의 혼란을 겪지 않는다. 배타적 다수가 규정한 일방적인 잣대에 휘둘려 부모를 부끄러워하거나 미워하는 대신, 동일시하고 싶어 한다. 올가는 건강한 정체성을 가지고 있고, 삶을 보는 시각도 주체적이다. 이런 올가에게 게르에서의 삶은 불편함이나 가난으로 인식되지 않는다. 몽골보다 잘사는 나라의 사람들이 볼 때 게르로 대변되는 몽골인의 삶은 불편하거나 신기한 것일 수 있다. 그러나 몽골의 초원에서 나고 자란 올가에게는 잘사는 그들의 삶의 방식이 오히려 신기하기만 하다.

아빠는 그곳에서 무얼 만드세요? 옷하고 이불을 넣어두는 장롱이라는 가구를 만든다는데, 이해가 잘 가지 않아요. 그런 것이 왜 필요한가요? 우리 식구 옷은 다 합쳐도 스무 벌도 안 되는데. 옷하고 이불을 넣으려고 그렇게 큰 가구를 만들다니. 그런 장롱이 있다면 우리 게르(이동식 천막집)는

94   우리에게 우주가 필요한 이유

꽉 차서 움직이기 힘들 거예요.

올가는 남양주 가구공단에서 가구를 만드는 아빠에게 묻는다. 장롱이라는 것이 왜 필요하냐고. 이 질문은 소비 자본주의 시대를 사는 우리 삶의 허상을 폭로한다. 소비 자본주의 사회에서 사람들은 소비를 통해 자신의 존재를 확인받는다. 현실과 이상 사이의 간극을 소비로 메우고, 광고에 혹해 필요하지 않은 물건을 사들인다. 패스트푸드와 패스트패션의 시대를 살고 있는 우리에게 더 큰 장롱, 더 큰 아파트는 자신이 누구인지 말해주는 지표가 된다. 그리고 우리는 이 물신화된 지표를 통해 나와 남을 구별하고, 차별의 근거로 삼는다. 하지만 우물 속에서는 우물을 들여다볼 수 없듯, 우리는 우리 삶의 허구와 폭력을 보지 못한다. 이방인으로서 올가의 시선이 빛을 발하는 지점이 바로 여기다. 올가가 볼 때 "그렇게 큰 가구"는 필요 없는 물건이고, 그걸 사는 사람들은 '신기하다'. 이렇게 「올가의 편지」는 보는 위치와 방식을 뒤바꿈으로써 독자로 하여금 '그들의 부족'이 아니라 '우리의 풍요'가 왜곡되었음을 성찰하게 한다.

한편 올가가 학교에서 만난 친구의 사연은 작가의 서사 전략 아래 묻힌 질문 하나를 끄집어낸다. 올가의 친구는 한국으로 돈을 벌러 간 아빠가 손을 다치는 바람에 학교에 다닐 수 없게 되었다. 아이의 울어서 퉁퉁 부은 눈과 멀미 때문에 하얘진 얼굴은 작가가 애써 건강하게 재현한 현실의 허약함을 들춰낸다. 만약 올가의 아빠가 다쳐서 올가도 학교에 다닐 수 없게 된다면? 올가는 그래도 당당하고 행복할 수 있을까? 이 작품에서 올가의 자존은 공간이 몽골이기 때문에 가능했다. 올가와 올가 친구의 아빠가 신자유주의 체제 하에서 국가 간 부의 불균등에 따라 이주노동자가 되었다는 사실은 올가의 당당함이 바람 앞에 서있는 촛불만큼이나 위태로운 것임을 보여준다.

이는 「엄마는 울지 않는다」의 파라과이 소년 마르꼬 이야기에서도 유사하게 반복된다. 마르꼬의 집은 가난하다. 마르꼬 아빠는 축구 경기가 있을 때마다 관람표를 구해온다고 큰소리쳤지만 푯값은 너무 비싸다. 아빠는 결국 약속을 지키지 못하고 심장마비로 죽는다. 엄마는 한국 아저씨의 엄청난 구애 끝에 한국으로 가고, 마르꼬는 엄마의 초청을 기다리며 할머니, 고모와 함께 산다. 난뚜띠를 짜고 팔아서 생계를 잇는 할머니는 눈이 거의 보이지 않지만 그들의 삶 역시 비참하지 않다. 고모는 예쁘고 당당하며 할머니는 사려 깊고 지혜롭다. 마르꼬도 또래 한국 남자아이들처럼 축구를 좋아하고 머릿속은 온통 축구 생각뿐이다.

나는 다비드와 나의 맨발을 내려다보았다. 우리는 공터에서 맨발로 축구를 한다. 발이 모래 먼지로 뒤덮이고 돌부리에 부딪힌다. 이젠 그 돌부리보다 더 단단해진 발들이다.

"돌부리보다 더 단단해진 발"이라는 표현은 맨발 축구라는 가난을 부끄럽게 생각하지 않는 마르꼬의 당당함에서 나온다. 그런데 마르꼬의 씩씩함 역시 불안하기는 마찬가지다. 마르꼬가 기죽지 않는 이유도 그곳이 파라과이라서 가능하기 때문이다. 절대다수가 풍족하지 않은 파라과이에서는 대부분의 아이들이 맨발로 축구를 하기 때문에 그것이 부끄러울 이유가 없다. 그러나 소비 자본주의의 첨단을 걷는 한국에서도 마르꼬는 저렇게 당당할 수 있을까? 어쩐지 한국에서의 마르꼬는 '끝까지 날아가지 못하는 바람 빠진 공'이 될 것만 같다. 그래서 "미리 걱정하는 바보가 될 필요는 없다"는 할머니의 조언보다 다가올 한국에서의 생활을 두려워

하는 마르꼬의 걱정이 훨씬 더 현실적으로 읽힌다.

송마리는 지배 서사에 종속된 재현 체계에 의문을 갖고 하위자에게 목소리를 부여하고 그들의 눈으로 세상과 자신을 보게 한다. 덕분에 우리는 그들의 자존을, 개별성을, 욕망을, 나아가 그들과 우리가 별반 다르지 않음을 확인했다. 그들의 시선으로는 오히려 우리가 낯설고 신기해 보일 수 있다는 사실도 환기했다. 이것은 작가가 그들의 땅, 그들의 자리로 공간을 확장했기 때문에 가능했다. 그러니 몽골과 파라과이라는 장소는 올가와 마르꼬에게 목소리와 존엄을 부여하기 위한 작가의 서사 전략인 셈이다. 그러나 이주노동이나 국제결혼을 둘러싼 현실 조건, 즉 세계화와 신자유주의로 대변되는 세계 체제에 대한 고민 없이 이루어진 공간의 확장은 절반의 성공에 그쳤다. 올가와 마르꼬의 존엄은 닫힌 공간, 닫힌 세계 속에서만 가능하기 때문이다.

이와 관련해 두 작품의 공간이 지닌 또다른 모호함이 있다. 몽골과 파라과이는 올가와 마르꼬가 가난하고 불쌍하기만 한 집단이 아니라 그들도 존엄하고 고유한 개별자임을 확인시켜 준 공간이다. 하지만 그들의 땅으로 자리를 옮겼다면 뭔가 다른 방식으로 그들의 독자성을 설명했어야 하지 않을까? 「올가의 편지」에서 몽골의 자연과 전통은 아름답게 재현된다. 그러나 거기에서 얼핏 오리엔탈리즘에 근거한 제국의 시선이 함께 느껴지는 이유는 무엇일까? "하늘에 촘촘히 박힌 별이 반짝이면 종소리가 들리는 것 같"다는 표현은 충분히 시적이지만 이는 자칫 문명 대 미개의 구도로, 이국적 신비로 해석될 여지가 있다. 하위자가 아닌 자가 하위자의 눈으로 보고 말하는 것은 이토록 어렵다. 어른이 어린이의 눈으로 보는 것이 그토록 어려운 것처럼.

4. 현실을 넘어서는 해석

현실에서, 그리고 현실을 무비판적으로 재현하는 서사에서 우리가 '우리'와 '그들'을 그처럼 확실하게 구별할 수 있는 이유는 우리가 그들과 다르다고 인식하기 때문이다. '우리에게는 하나의 사실이 있다. 스스로를 그들보다 우수하다고 생각하는 사실 말이다.'[28] 그래서 우리는 쉽게 그들을 동정하고, 연민의 손길을 내민다. 우리는 강하고 가졌으니까. 가진 자는 없는 자를 불쌍하게 여길 줄 알아야 하고 도와줘야 하니까. 그런데 정말 우리는 그들보다 우수한가? 그렇게 인식하는 근거는 무엇인가? 인식의 근거는 탄탄하고 믿을 만한 것인가? 김해원의 「연극이 끝나면」(『박순미미용실』, 한겨레아이들, 2010)은 이 질문에 대한 소박하지만 명확한 답이다.

「연극이 끝나면」의 '나'는 동네 슈퍼 앞 평상에 진을 치고 앉아 또래를 대상으로 '뻥'을 친다. 내 이야기 속에서 미국에 간 아빠는 그야말로 멋진 직업인이다. 아빠는 백만장자들만을 상대로 하는 회사에서 마이클 조던의 운동화를 길들이거나, 박물관에서 티라노사우르스 뼈에 앉은 먼지 떠는 일을 한다. 어수룩한 또래들 앞에서 나는 비루한 현실을 놀라운 뻥으로 '각색'한다. 하지만 평상 옆에 그림처럼 앉아있던 외국인 아저씨는 나의 이야기가 거짓임을 알아챈다. 그런데 아저씨는 나보다 한 수 위다.

"나는 고향이 아주 멀어. 버마라고 들어봤어? 비행기 타고 오래 가. 우

---

28 "백인에겐 하나의 사실이 있다. 스스로를 흑인보다 우수하다고 생각하는 사실 말이다. 흑인에게도 하나의 사실이 있다. 어떤 대가를 치러서라도 그들 사상사의 풍요로움과 그들 지성사의 뒤떨어지지 않는 가치를 백인들에게 증명하려고 애쓴다는 사실 말이다."(프란츠 파농, 『검은 피부, 하얀 가면』, 이석호 옮김, 인간사랑, 1998/ 노서경 옮김, 문학동네, 2022 개정)에서 변형 인용.

리 고향은 젤리 비가 자주 와. 비가 오면 나무 위, 잔디 위에 부드러운 젤리가 내려앉아. 그걸 먹으면 시원하고 달콤해. 초콜릿보다 맛있어."

마이클 조던 운동화와 공룡 뼈만큼이나 허무맹랑한 젤리 비 이야기는 사실 '나'의 어법을 빌려 표현한 '나는 너를 이해해.'라는 말이다. 아저씨는 나를 훈계하거나 잘 알지도 못하면서 '너를 이해해.' 혹은 '너 힘들지.'라고 말하는 대신, 나의 어법으로 나처럼 말한다. 가난으로 빨리 철이 들고 다소 되바라진 나는 아저씨의 깊은 마음을 금방 읽어낸다. 그리고 학원에 다니는 또래들에게서 느끼지 못했던 동질감을 느낀다. 어른인 데다 외국인이라는 이중의 벽이 있지만 젤리 비를 통해 둘은 단번에 마음을 나누는 친구가 된다. 친구가 되니 그가 궁금해지고 그의 말에 귀를 기울이게 되고, 그러다 보니 어느 순간 나에게 아저씨는 "꽃잎이 날리는 창가 아래서 아름다운 여자에게 기타를 쳐주는" 멋진 버마 아저씨가 되어있다. 다른 이들에게는 여전히 "야"나 "이 새끼"지만 나에게는 내 말을 알아듣는 유일한 친구인 것이다. 그래서 다급한 아저씨의 전화 통화 소리가 나에게는 "보슬비처럼 부드럽다가 소낙비처럼 요란스럽더니 느닷없이 딱 그치는 여우비"처럼 들린다.

기존 다문화 아동문학에서 이주민의 언어를 재현하는 방식은 보통 두 가지로 나타난다. 이주민의 모국어는 알아들을 수 없는 외계어로, 한국어는 다소 과장된 방식의 어눌함으로. 그러나 이 작품에서 버마어는 "도무지 알아들을 수 없"는 현실을 넘어 보슬비나 여우비로 '해석'된다. 독자는 나의 시선과 해석을 따라 자연스레 버마어에 대한 긍정적인 호기심을 갖게 된다. 물론 이 작품에도 관습적인 재현이 등장한다. 아저씨가 일하는 가구공장 사장은 "야, 노린내 나는 새끼야! 그따위로 일하려면 너네

나라로 꺼져버려."라고 욕을 한다. 그러나 독자는 나의 시선과 경험을 통해 이미 버마 아저씨가 충분히 멋진 사람이라는 것을 알고 있기 때문에 이 모멸적인 호명에 동의할 수 없다. 버마 아저씨는 아이의 마음을 이해하고, 아이의 말로 이야기하는 사람이기 때문에 그를 '노란내 나는 새끼'로 호명하는 자가 오히려 꺼져야 할 대상이다.

나는 아저씨를 걱정하고 나아가 위로해 주고 싶어 한다. 그런데 이 걱정과 위로는 기존 다문화동화가 보여준 시혜자적 시선이 아니라 동료와 친구의 마음에서 우러난 것이다. 작가는 한국인이지만 권력의 주변부로 밀려난 인물의 눈을 통해 세상을 보는 방식을 취함으로써 이주민과 선주민 사이의 낙차를 좁히고, 양자의 시선을 거의 수평하게 만든다. 나는 아저씨를 동정할 수 있는 위치에 있지 않다. 나는 돈이 없어서 학원도 못 가고, 도수가 맞지 않는 안경도 못 바꾼다. 그래서 아빠가 미국에 돈을 벌러 갔지만 사정은 나아지지 않는다. 미국에 돈 벌러 간 아빠를 기다리는 나에게 한국에 돈 벌러 온 버마 아저씨 이야기는 남 이야기가 아니다. 서로의 사정과 마음을 나누면서 아저씨와 나는 어느새 인종과 성별, 연령, 국적을 넘어 '우리'가 된다.

고향의 식구들이 자신을 걱정한다는 아저씨의 고민을 들은 나는 아저씨에게 자신의 비법을 가르쳐준다. 아저씨가 왕족이 쓰는 가구를 만든다고 말하라고. 나는 그 말이 아저씨 가족의 근심을 덜어줄 수 있을 거라고 생각한다. 그냥 가구를 만드는 것보다 전 세계 몇 안 되는 왕족들만 사용하는 가구를 만드는 일은 더 멋지고 전문적이니까. 이것은 나의 마이클 조던 운동화나 공룡 뼈 이야기와 같은 맥락이다. 연극을 통해 나는 현실을 각색하고 현실을 버텨낼 힘을 얻는다. 그러니 이 방법이 아저씨에게도 유용하리라 생각한다. 얼마 뒤 만난 아저씨는 자기가 식구들에게 그렇게 말했노라고, "나 연극 잘하지?"라고 말한다. 그런데 아저씨의 말은 '나'에게 돌연한 깨달음을 준다.

나는 그 말에 아빠 얼굴이 떠올랐다. 가슴에서 젤리 같은 것이 울컥 튀어나올 것 같았다. 아빠는 무슨 연극을 할까? 아빠도 미국 땅 어느 한구석에 있는 녹슨 컨테이너에서 자고, 일어나고, 밥을 먹고, 우리에게 엽서를 보내는 건지 모른다. 밤하늘에 높이 치솟은 건물 불빛이 크리스마스트리에 달린 전구처럼 빛나는 사진이 담긴 엽서. 그 엽서에 아빠가 '미국 사람은 정말 친절하다.'라고 쓴 말이 가시처럼 목에 툭 걸렸다.

'나'는 결국 모두가 연극을 하고 있다는 사실을 깨닫는다. 나도, 아저씨도, 아빠도. 그리고 모든 것이 연극이었음을 깨달은 순간, 아저씨는 단속반원들에게 무참히 끌려간다. 마치 "연극"처럼. 나는 이런 연극은 말이 안 된다고, 악당[29]은 서툴러야 하고 우리 편은 끌려가는 체하다가 옆차기를 날려야 한다고 생각하지만, 그런 일은 일어나지 않는다. 현실은 연극이 아니니까. 그제야 비로소 나는 아저씨 이름을 묻지 않았다는 사실을 떠올린다.

아저씨 이름은 뭘까? '야, 인마, 저것, 애들'이 아니라 가족이, 애인이, 친구가 부르는 이름. 미국 공장 사람들은 아빠를 초이라고 부른다고 했다. 아빠는 미국에 가서 정체 모를 이름을 얻었다.

---

[29] 불법체류 외국인노동자 문제를 다룰 때 단속반원을 나쁘게 묘사하는 것은 '깃털만 보고 몸통은 보지 못하는' 오류를 낳을 수 있다. 이 작품에서도 단속반들은 거칠고 무례하게 그려진다. 그러나 공장 사장과 다투는 장면("기껏 일 좀 할 만하면 싹 쓸어가니 공장을 돌릴 수 있겠냐고. 이럴 거면 아예 오지 못하게 하던지. 장난하는 거야, 뭐야?")에서 단속반원을 움직이는 정책(정부)의 문제를 드러낸다는 점에서 다소 차이가 있다.

미국에서 '초이'라는 정체 모를 이름으로 불리는 아빠나, '야, 인마' 따위로 불리는 아저씨 사이에는 차이가 없다. 이 장면을 통해 작가는 우리와 그들을 나누는 견고한 벽이 사실은 그렇게 단단하지 않음을 보여준다. 거대 권력 앞에서 우리의 위치는 상대적이다. '우리'와 '그들'의 이분법에서 나의 위치는 얼마든지 바뀔 수 있다. 우리는 하얀 가면을 쓰고 까무잡잡한 얼굴에 손가락질하지만, 보다 하얀 얼굴 앞에서 우리의 노란 얼굴은 그들의 까무잡잡한 얼굴과 구별되지 않는다. 그러니 그들과 우리 사이에는 종이 한 장의 차이도 없다.

마지막으로 이 작품의 제목이 '연극은 끝났다'가 아니라 '연극이 끝나면'인 것은 중요하다. 완료형으로 끝난 연극은 인물에게도 독자에게도 여지를 남기지 않는다. 그러나 가정형으로 끝난 연극은 우리 모두에게 연극에 대해, 무대를 둘러싼 세상에 대해, 그리고 스스로에 대해 생각하게 한다. '나'도 안다. 현실이 연극과 다르다는 것을. 그리고 연극이 끝났다는 것을. 그래도 나는 세상에 대고 부르짖는다. "그런데 너 알아, 우리 아빠 이름? 우리 아빠 이름은 초이가 아니라 최창섭이야." "우리 아빠는 최! 창! 섭이라고!" 아빠의 이름을 한 자 한 자 또박또박 부르는 것은 아빠가 그리고 아저씨가 '야'나 '그것'들이 아닌, 각자 이름을 가진 고유한 개별자임을 세상을 향해 부르짖는 행위이다. 그래서 이야기의 결말은 암담하지만은 않다.

김해원은 불합리한 현실을 그대로 베끼지 않고 적극적으로 해석한다. 그 과정에서 스테레오타입의 인물들은 종이 인형의 신세를 벗어나 생명력을 얻는다. 나쁜 한국인 유형은 여전하지만 착한 한국인은 도와줄 힘은 없어도 공감하는 능력이 있고, 이주민은 처지는 넉넉지 못해도 영혼까지 가난하지는 않다. 이런 재현은 독자에게 권력과의 상상적 동일시를 통해 스스로를 권력이라고 착각해 왔던 자신을 돌아보게 한다. 그것은 하얀 가면 속의 노란 얼굴을 확인하는 과정이며 우리와 그들의 이분법이 상상에 불과하다는 깨달음에 도달하는 길이다.

5. 질문하고 의심하는 문학

자, 다시 처음으로 돌아가 보자. 처음의 광고에서 '당신(한국인)들'에게 '그들'을 포용하자고 권유하는 주체는 누구인가? 한국인이다. 여기에 우리 다문화정책과 다문화 아동문학의 근원적인 한계가 있다. 발신자와 수신자가 모두 '우리'라는 점이다. 현단계 한국 다문화 아동문학은 우리를 위한 것이며 여기에 그들을 위한 자리는 없다. 이야기 속에서 그들은 대상화되고 우리의 각성을 촉구하기 위한 도구로 사용된다. 어쩌면 우리가 정말 원하는 것은 그들이 영원히 그들의 자리에 머무르는 것인지도 모른다. 우리의 동정과 연민을 받는 무능한 수혜자의 자리에. 혹시 그들을 통해 우리는 시혜자로서 우리의 특별함과 선함을 전시하고 싶어 하는 것은 아닐까?

한국 다문화 아동문학이 걸어온 길과 걸어갈 길은 한국 리얼리즘 아동문학의 현재와 미래라 할 수 있다. '남성은 여성처럼 쓸 수 있는가?' '백인이 흑인처럼 쓸 수 있는가?' '이성애자 작가가 동성애자 작가처럼 쓸 수 있는가?'라는 질문은 결국 '지배계급은 하위자처럼 말할 수 있는가?'라는 질문과 다르지 않으며, 아동문학 작가는 늘 여성처럼 쓰는 남성, 흑인처럼 쓰는 백인, 동성애자처럼 말하는 이성애자의 위치에 있다. 그렇기 때문에 하위자를(그리고 아동을) 보는 우리의 시각과 현실 재현 양상은 좀더 조심스럽고 섬세해야 한다.

어쩌면 타자를 온전히 이해하는 것은 불가능한 일인지도 모른다. 그러나 이해하는 게 불가능하다면 인식하는 것은 필수적이다. 때문에 우리는 그 '불가능함'을 인정하고, 진실을 일면화하는 하나의 당위(계몽)에 매달리기보다는 세상을 보는 자신의 눈을, 현실 재현에 대한 무지에 가까운 믿음을 의심해야 한다. 아우슈비츠의 생존자 프리모 레비는 '아는 것, 알리는 것이 나치즘에서 떨어져 나오는 방법이고, 독일 국민이 그렇게 하지 않았기 때문에, 즉 고의적인 태만함을 가지고 있었기 때문에 그들은 유죄'라고 말했다. 우리는, 나는 어떠한가. 자신도 모르는 사이에 우리와 그들을 나누고 있지는 않은가? 그들을 위한다면서 우리의 욕망을 그들에게 덧입히고 있지는 않은가? 우리는 끊임없이 질문하고 의심해야 한다. 어린이와 그들을 바라보는 우리의 시선에 대해, 그리고 그것을 재현하는 방식에 대해. 그럴 때 비로소 우리 아동문학은 타자에 대한 상상력과 공감의 능력을 키울 수 있을 것이며, 그런 아동문학만이 '신민'이 아닌 '시민'을 기르는 문학이 될 것이다.

『창비어린이』 2014년 겨울호

우리는 모두 지구별의 난민

『어느 날 난민』(표명희, 창비, 2018)은 제목 그대로 어느 날 갑자기 난민이 되어버린 사람들의 이야기이다.

난민이라는 단어는 통념상 곤궁, 비참, 그로 인한 떠돎과 무참한 죽음을 떠올리게 한다. 그런데 각종 매스컴이 만든 이런 이미지는 난민이 아닌 사람들이 난민을 이해하고 포용하는 데 그다지 도움이 되지 않는다. 난민에게도 각기 다른 욕구와 어떤 상황에서도 마땅히 지켜져야만 하는 존엄이 있음을, 그들도 우리와 똑같은 '사람'임을 잊게 만들 뿐이다. 파노라마처럼 반복되고 전시되는 타인의 고통은 우리를 점차 무감하게 한다.

이 소설에서 난민 지원 센터를 대하는 지역 주민들의 모습은 '타자의 고통에 대한 무감'이 어떤 것인지 잘 보여준다. "난민은 잠재적 테러리스트! 세금 갉아먹는 불청객" "난민 위한 난상 복지 주민들은 난감&황당" "난데없는 난민 센터 갈 데 없는 공항 주민"이라는 플래카드의 내용은 씁쓸하다 못해 아프다. 난민들은 센터 밖으로 나올 엄두조차 내지 못하고 센터 안에서도 최대한 조용히 남의 눈에 띄지 않게 생활한다. 그러나 가뜩이나 떨어진 집값이 더 떨어질 것을 염려하는 사람들의 눈에 난민의 실제 생활이나 사정이 보일 리 만무하다.

두려움과 무지는 이렇게 사람들의 눈을 가리지만 다행히 이야기는 거기에 머무르지 않는다. 이 소설의 빼어난 점은 난민이라는 대상을 둘러싸고 뻔한 선악의 줄다리기를 벌이는 대신에 난민을 깊이 응시하며 그들이 우리와, 아니 우리가 그들과 얼마나 닮았는지를 섬세하게 그린 데 있다. 이를테면 한때 "법무부 성공 가도 넘버 쓰리" 중 하나였던 센터의 소장은 갑작스러운 암 선고 이후 삶의 방향을 바꾼 사람이며, 경비 주임 역시 운동권과 고시 준비생을 거쳐 간신히 9급 공무원으로 센터에 둥지를 튼 인물이다. 해나와 민은 한국인이지만 자기 땅에서 '난민'으로 살고 있고 이들을 돕는 허 경사도 자기 정체성을 드러내기 어려운 사람이다. 이들과 캄보디아 보트피플의 후손인 뚜앙, 가족들에게 명예살인을 당할 뻔한 찬드라, 위구르 독립투사였던 모샤르 사이에는 근원적인 차이가 없다.

『어느 날 난민』에서는 등장인물 사이의 차이점보다 공통점이 더 쉽게 발견된다. 그들은 모두 중심에서 밀려난 자들이다. 그들은 삶의 터전을 잃었고, 내일과 희망을 도둑맞았다. 분명히 살아있지만 유령 취급을 당하기 일쑤이며 언제 어디서든 자신이 누구인지, 얼마나 비참한지를 상대에게 설명할 수 있어야만 한다(그들은 늘 자술서를 쓴다). 이 불합리는 대체 어디에서 왔을까? 아무데도 속하지 못한 사람들이 다시 삶의 터전을 얻고 희망을 갖기 위해서 자신의 고통을 매 순간 최대한 자세하게 설명하고 또 설명해야 한다는 사실. 게다가 듣는 자가 이 설명을 탐탁하게 여기지 않는다면 그들은 진짜 유령이 되어야만 한다는 현실. 소설은 묻는다. 타자의 고통을, 아니 타자의 얼굴로 찾아온 손님을 맞아들이는 우리의 방식은 과연 옳은가.

이 책에서 또 하나 주목할 만한 지점은 아프리카 부족장의 딸 웅가와 그의 프랑스어 교사였던 미셸 커플이다. 사랑을 좇아 난민이 된 이 커플은 난민에 대한 우리의 오랜 통념을 간단하게 뒤집는다. 그들은 비참하지도 불쌍하지도 않으며, 웅가는 옷차림도 성격도 시원하다. 인종도 국가도 뛰어넘은 이 커플은 '난민이라는 처지를 잊지 말고 어떻게 해야 이 땅에서 인정받을 수 있는지 고민하라'는 충고에 이렇게 대답한다. "난민이라는 처지를 잊고 건강하고 당당하게" "여기서 우리 할일을 찾아" "봉사하며 여행하듯" 살겠다고. 실제 이들의 다양한 노력으로 센터는 활기찬 공간으로 변해가고 찬드라는 잃었던 말을 되찾는다.

이런 인물들을 찾아내는 것이 작가의 눈이다. 만약 현실에 없다면 만들어야 한다. 그것이 작가의 손이고 소설적 세계다.『어느 날 난민』의 미셸과 웅가는 현실 문제에 지나치게 천착하는 한국 아동청소년문학이 참조해야 할 지점이다.

반면 민이 시리아 난민을 두고 IS처럼 무지막지한 사람들이라고 말하는 장면은 아무리 되풀이해 읽고 전체적인 맥락을 고려해도 동의하기 어려웠다. 이것은 현실의 반영이라는 말로 해결될 문제가 아닌 듯하다. 실제로 '무슬림은 곧 테러리스트'라는 선입견이 난민 문제에 큰 걸림돌이 되고 있기 때문이다.[30] 물론 입소하는 또래의 시리아 난민 여자아이를 향해 샤샤가 힘껏 손을 흔드는 장면은 민의 입에서 나온 말들의 폭력성을 상쇄한다. 그러나 난민 문제를 고민하는 소설에서 굳이 이런 방식의 재현이 필요했는지는 여전히 의문이다.

우리네 인생이 망망대해에 뜬 쪽배 같아서 영원히 홀로 흔들리며 가야 한다 해도, 가끔 친절한 길동무나 안내자를 만날 수 있다면 그 길은

---

30 2018년 제주 예멘 난민 사태 때에도 대부분의 난민이 무슬림이라는 이유로 반발이 거셌다.

견딜 만할 것이 될 터이다. 뚜앙의 빈자리가 그 사실을 말해준다. 그러니 우리는 우리를 찾아온 손님들에게 좀더 예의를 갖추어야 한다. 다소 느리더라도 최대한 정확하게 그들의 잊힌 이름을 부르고, 한 뼘씩 몸을 움직여 손님을 위한 자리를 마련해야 한다. 우리 모두는 이 지구별의 손님이자 난민이기 때문이다.

『창비어린이』 2018년 여름호

희생자에서 존엄자로

한윤섭의 『서찰을 전하는 아이』(푸른숲주니어, 2011)는 동학농민혁명을 소재로 한 어린이 역사소설이다. 이야기는 주인공 소년이 보부상인 아버지를 따라 산속 암자를 찾아가는 데에서 시작한다. 열세 살 소년은 아버지가 스님을 만나러 간 사이 암자의 바위 웅덩이에 비친 자신의 얼굴을 본다. 태어나 처음 본 자신의 얼굴이다. 웅덩이 속에는 "정말 못생기고 볼품없는 남자아이"가 있다. 소년은 웅덩이 속 아이를 보고 중얼거린다. "너는 양반은 아니구나. 네 얼굴은 그냥 봇짐장수에 딱 맞아." 이 작품의 초입은 다분히 상징적이니 우선 이 장면을 기억해 두자.

통상적으로 어린이 역사소설은 어린이들이 꼭 알아야 하는 역사적 사실을 어린이 독자의 눈높이에서 알기 쉽게 전달하고자 한다. 그러다 보니 아무래도 인물보다 사건을 중심으로 한 서사를 만들기 쉽고, 으레 진짜 주인공은 사람보다 역사적 사건이 되는 경우가 많다. 게다가 승리한 사건이나 사람이 중심인 역사는 보통 위인전에서 다루기 때문에 역사소설은 상대적으로 비극적인 역사를 주요 소재로 한다. 문제는 비극적인 역사를 재현하는 과정에서 등장인물들이 종종 역사의 피해자나 희생자로 그려진다는 점이다. '다시 반복되지 말아야 할 슬픈 역사'에 방점을 찍다보면 인물은 자연스럽게 비극의 주인공이 되고, 독자는 인물에 자신을 동일화하기 어려워진다. 작품은 그저 옛날에 있었던 불쌍한 사람들의 이야기로 뭉뚱그려져 독자의 정서나 인식의 지평을 넓히는 데 별다른 영향을 미치지 못한다.

어린이 역사소설이 품고 있는 이러한 난제를 염두에 두고 보았을 때 『서찰을 전하는 아이』는 여러모로 독특한 지점에 서있다. 먼저 이 작품은 동학농민운동을 소재로 한 역사소설이지만 작품을 다 읽고 나면 동학이라는 역사적 사건보다는 남루한 차림으로 환하게 웃고 있는 이름 없는 소년이 남는다. 그 까닭은 작가가 '역사' 그 자체보다 역사를 살아낸 '사람'을 그리려고 했기 때문이다.

소설에서 소년은 죽은 아버지를 대신하여 스님의 서찰을 누군가에게 전하는 일을 하기로 결심한다. 그런데 소년이 알고 있는 것은 아버지가 전라도로 가고 있었다는 사실뿐 서찰을 어디에 있는 누구에게 전하려 했는지는 모른다. 살짝 열어본 서찰에 적힌 글은 고작 열 글자이지만 한 자를 읽을 수 없는 소년에게는 수수께끼다. 달랑 열두 냥을 들고 시작된 소년의 여행은 우선 서찰의 수수께끼를 좇는 방향으로 풀린다. 소년이 엽전이나 노래 같은 대가를 지불하면서 조금씩 맞춰가는 퍼즐은 독자의 호기심을 자극하기에 충분하다. 도대체 편지의 내용이 뭘까, 언제 저걸 다 알 수 있을까 하는 궁금함에 책을 손에서 놓기 힘들다. 사이사이 동학농민군의 사정이나 동학을 보는 당대 사람들의 다양한 시각이 나오기는 하지만 역사적 사건보다 소년의 수수께끼 풀기가 훨씬 큰 비중으로 다루어진다. 덕분에 이야기는 색다른 흡인력을 갖게 되고 주인공 소년의 형상도 서사의 진행을 따라 점차 뚜렷해진다. 수수께끼는 서사가 2/3 이상 진행되었을 때에야 비로소 풀린다. 소년이 편지를 전해야 할 사람은 녹두장군 전봉준이다.

"오호피노리경천매녹두(嗚呼避老里敬天賣綠豆)" "슬프구나, 피노리에서 경천이 녹두를 판다." 아버지는 이 편지가 "한 사람을 구하고 때로는 세상을 구할" 중요한 물건이라고 했다. 그러니 소년이 편지를 녹두장군에게 전해주면 녹두장군이 경천이라는 사람의 밀고에 팔리지 않을 테고, 그럼 동학농민군이 꿈꾸는 모두가 평등한 새 세상을 만들 수 있다. 소년은 서둘러 공주로 방향을 잡는다.

> "가야 할 곳을 확실히 찾은 것 같구나. 자신이 가야 할 길을 안다는 것은 아주 중요한 일이다. 앞으로도 그 길을 잃지 마라."
> "어르신은 가야 할 길을 찾았습니까?"
> "내가 서있는 이곳이 내가 가는 길이다."
> 나는 왠지 그 말을 이해할 것 같았다.
> "네 얼굴이 처음으로 행복해 보이는구나."

소년이 길 위에서 만난 사람들은 그들이 원했건 원하지 않았건 모두 소년의 스승이 된다. 그중 천주학 어른이라는 인물은 주목할 만하다. 전에도 '행복'이라는 말을 알고는 있었지만 소년은 그 말을 한 번도 써본 적이 없다. 아버지를 비롯해 소년 주변의 고단하고 힘든 사람들 누구도 행복이란 말을 쓰지 않았기에, 소년은 그런 말은 가진 자(양반)들의 말이라고 여겼다. 그런데 천주학 어른은 자신이 가야 할 길을 알고 그 길을 가는 것이 행복이라고 말한다. 천주학 어른은 마치 성경의 세례자 요한과 같은 인물이다. 요한이 예수에 앞서 그의 길을 예비한 것처럼, 천주학 어른 역시 녹두장군 이전에 소년을 만나 소년을 새로운 인식의 세계로 이끈다. 천주학 어른을 통해 소년은 어렴풋하게나마 목표와 목적이 다르다는 사실을, 행복은 목표가 아니라 목적이라는 진리를 알게 된다.

소년은 처음으로 행복이 무엇인지 알게 되지만 이 인식은 아직 불철저해서 소년의 행복은 시험대에 오른다. 소년이 애써 서찰을 전했지만 결국 녹두장군은 피노리에서 잡힌다.

"왜 여기 오셨어요? 피노리에 오면 안 된다고 했잖아요."

(중략)

"아이야, 내가 나와 함께한 동지도 믿지 못한다면 무슨 일을 할 수 있겠느냐?"

녹두장군의 소리는 아주 작았다. 하지만 난 또렷이 들을 수 있었다.

"피노리에서 잡히지 않았어도 아마 다른 곳에서 잡혔겠지. 내 운이 다한 것이다."

(중략)

"장군님을 만나러 오는 동안 처음으로 행복했어요."

"그래, 나도 널 만나서 행복하구나."

소년의 목표는 깨졌고 그는 실패했다. 소년은 운다. 소년의 서찰은 "한 사람을 구하고 세상을 구할 수" 있는 것이었다. 그러나 녹두장군은 잡혔고 혁명은 실현되지 못했으니 표면적으로 이것은 실패한 이야기이다. 정말 그런가? 아니다. 성경의 유다와 예수같이, 살아서 실패하는 자가 있는가 하면 죽어서 성취하는 자도 있다. 녹두를 팔아넘긴 김경천은 유다처럼 살았으되 결국은 죽은 자가 되었고, 녹두장군은 죽었으되 영원히 산 자로 남는다. 소년이 부르는 〈새야 새야 파랑새야〉가, 그때부터 지금까지 불리는 저 노래의 역사가 그것을 증명한다. 소년처럼 녹두 역시 목표를 이루는 데 실패했다. 그는 만인이 평등하게 살 동학의 꿈을 성취하지 못했다. 하지만 그는 시시한 숙명(점괘) 따위에 진 게 아니다. 그는 자신이 가야 할 길을 정확하게 알고, 그 길을 갔다. 설혹 그것이 죽음을 향한 길일지라도 그는 자신의 길에서 물러나지 않았다. 녹두의 마지막은 독자에게 자기 자신으로 살다 죽은 자의 거룩한 뒷모습을 남긴다. 그의 실패는 자신의 존엄을, 나아가 인간의 존엄을 지킨 값진 실패이며, 이는 녹두장군을 희생자가 아닌 존엄자로 남게 한다. 역사를 보는 작가의 새로운 시각은 그간 수없이 다루어진 동학농민혁명을 피해자의 실패한 역사에서 존엄자의 성공한 역사로 탈바꿈시킨다. 역사를 보고 베끼는 대신 새롭게 해석하고 상상할 때 어제의 역사는 오늘, 지금 이곳의 살아있는 이야기가 된다.

녹두의 마지막을 지켜본 소년은 비로소 행복의 의미를 완전히 깨닫는다. 목표의 성취와 무관하게, 자신의 길에서 물러나지 않고 최선을 다하는 게 행복이었다. 그랬기 때문에 죽음 앞에 선 녹두도, 녹두를 잃은 소년도 행복할 수 있었다. 그리고 이 행복은 외부의 상황이나 타인에 의해 좌우되지 않는다. 이것이야말로 진정한 행복의 얼굴이 아닐까. 녹두장군을 마지막으로 본 뒤 소년은 도성으로 돌아온다. 아버지와 함께 시작했던 여행의 출발점이다. 거기에 아버지는 없지만 바위 웅덩이는 여전하다. 웅덩이 속에서 소년은 이제 열네 살이 된 아이를 만난다. 소년은 어쩐지 그 아이의 얼굴이 좋아졌다. 물속에서 웃고 있는 아이를 보며 소년은 말한다. "보부상의 아들인 네가 자랑스럽다." 이 끝은 이야기의 처음과 정확하게 대를 이룬다. 여행의 초입, 소년은 자신의 얼굴(정체성)에서 수치를 읽었지만 여행이 끝나고 소년은 똑같은 얼굴에서 긍지를 읽는다. 이 자부심은 소년이 최선을 다해 자기 자신으로 산다는 것의 의미를 깨달은 데서 왔다. '보부상의 아들인 네가 자랑스럽다.' 어쩌면 이 소설은 이 한마디를 위해 달려왔는지도 모른다.

『서찰을 전하는 아이』는 우리에게 두 가지 화두를 던진다. 첫째는 우리가 뿌리깊이 내면화한 성공과 실패의 이분법에 관한 성찰이다. 한윤섭은 역사 교과서에서조차 안타깝지만 실패한 혁명으로 정의한 동학농민혁명을 실패로 읽지 않았다. 작가의 새로운 해석은 '결과가 아닌 과정에 의미를 부여한다'는 말을 소설로 육화했고, 소설 속 인물들은 역사의 희생자가 아닌 존엄자로 남았다. 둘째로, 역사(사건)와 사람은 모사의 대상이 아니라 해석의 대상이다. 새로운 해석은 뿌리깊은 재현의 관성을 뒤엎고 아무도 가지 않은 길을 낸다. 한윤섭이 동학농민혁명을 실패가 아닌 성공으로 바라보고 인물을 대상에서 주체로 끌어올린 방식은 문학이 불합리한 현실과 어떤 방식으로 싸워야 하는가를 보여주는 좋은 사례다. 어쩌면 지금의 리얼리즘 아동문학은 현실과 싸워야 한다는 목표 때문에 어린이라는 궁극의 목적을 잠시 잊어버리고 있는지도 모른다. 나쁜 현실을 고발하고, 부조리한 현실과 싸우는 것은 언제나 중요하지만 그것은 아동문학의 목표이지 목적은 아니다. 그리고 목적이 잘못되지 않았다면 목표는 언제나 수정 가능하다. 목적지에 갈 수 있다면 걷거나 뛰는 것은 문제가 아니다. 오직 뛰는 것만이 목적지에 가는 유일한 방법이라는 강박을 버린다면 우리는 어린이가 주체가 되는, 어린이가 주인이 되는 아동문학이라는 목적지에 보다 쉽게 도달할 수 있을지도 모른다.

2016년

잃어버린 시간을 찾아서

'1980년 광주'는 우리 사회에서 민주화를 상징하는 하나의 고유명사다. 그러나 "연이동"에 원령이 출몰하지 않을 수 없을 만큼 "장군님"은 건재하고(김남중, 『연이동 원령전』, 상상의힘, 2012), 기억되지 못한 역사는 빠르게 잊혀 80년 광주를 두고 '폭도' 운운하는 기함할 일이 반복되고 있다. 이를 두고 많은 사람들이 '퇴보'나 '암흑'을 이야기한다. 그런가. 우리 시대는 정말 1980년대 이전으로 퇴보하고 있는가? 우리 역사는 침묵의 어둠을 향해 더 깊이 침잠하는 중인가? 여기, 멈춰버린 시계를 다시 돌려 잠든 시간을 깨우는 사람들의 이야기가 있다.

『오월의 달리기』(김해원, 푸른숲주니어, 2013)는 북쪽의 어느 시계방에서 시작한다. 남쪽에는 노란 산수유와 진달래가 피었다는데 아직 겨울인 북쪽 마을 시계방에 한 남자가 찾아온다. 고장 난 회중시계를 고쳐달라는 남자와 시계방 주인은 알 수 없는 말과 비켜 가는 눈빛을 주고받는다. 이들은 누구인가. 무슨 관계인가. 이야기는 아무것도 설명하지 않는다. 그리고 곧장 소년체전을 준비하는 소년들이 등장한다.

주인공 명수는 달리기 하나로 전남의 '껌둥 말(다크호스)'이 된다. 엉겁결에 시작된 합숙소 생활은 힘들지만 재미도 있다. 열세 명의 사내아이들은 자유 시간을 자유롭게 보내려고 있는 머리를 다 굴리지만 번번이 코치에게 걸린다. 또 명수는 국가대표가 되고 싶다는 정태를 이기려고 갖은 애를 쓰다가 귀한 가르침을 얻는다.

> "명수야, 달리기는 말이제, 누구를 이길라고 허는 기 아녀. 자기 자신과의 싸움이제. 한 걸음 한 걸음 내딛음서 자기 기록허고 싸우는 겨. 그라지 않고 무조건 앞에 달리는 놈만 잡을라고 허믄 이길 수 읎당께."

어찌 달리기만 그렇겠는가. 인생이 그렇다. 이렇게 아이들은 뛰고 구르면서 몸과 마음이 한 뼘씩 자란다. 자유를 향한 소년들의 월담은 대부분 실패하지만 때론 성공해 만화방에 가기도 하고, 크고 작은 소동이 걸쭉한 사투리와 어우러져 읽는 재미가 쏠쏠하다. 그러나 중반 이후부터 독자는 믿을 수 없을 만큼 생경한 상황과 맞닥뜨린다. 군인들이 시민들을 "복날 개 잡듯 두들"기는 장면은 명수와 아이들에게 공포인 만큼 독자에게도 충격적이다. 아이들은 놀라고, 고민한다. 저들은 인민군인가, 국군인가……. 결국 도청에서 명수 아버지가 한 구의 시체로 발견되고, 명수와 친구들은 생애 가장 어려운 월경(越境)을 시도한다. 웃음과 눈물이 공존하던 서사가 감동으로 나아가는 것은 여기서부터다.

역사물이나 시대물이 과거를 복원하는 이유는 다양하다. 현재의 문제를 돌파하고자 하나 쉽사리 답을 찾을 수 없을 때 기원으로 거슬러 올라가기도 하며, 최악의 역사를 반복하지 않기 위해 지나간 시간을 복기하기도 한다. 여기서 초점은 언제나 '현재'다. 그러니 과거의 어느 시공간을 꼼꼼하게 묘사하고 복원하는 것만으로는 부족하다. E. H. 카가 말했듯이 역사는 과거와 현재의 대화이다. 하니, 현재와 대화할 수 없는 과거는 어쩌면 박제에 불과한 것인지도 모른다. 그러고 보면 두 가지 방식의 역사·시대물이 있는 것 같다. 과거에 갇힌 소설과 현재와 대화하는 과거를 그려낸 소설. 이 작품은 후자다.

마지막 장을 덮고 나는 한 번 울었다. 이 소설은 액자 구조이고 마지막에 이야기의 처음에 등장했던 시계방이 다시 나온다. 꼼꼼하고 정성스러운 손길로 33년 동안 멈춰있던 시계가 다시 가기 시작한다. 그 긴 세월 멈춰있던 시계를 다시 돌게 한 것은 시계공의 솜씨만은 아닐 터이다. 자신이 쓰러뜨린 물컵의 물을 닦는 시계방 주인에게 끊임없이 미안하다고 말하는 남자의 고개 숙임. 시곗바늘을 다시 움직인 것은 남자의 영혼에서 우러나온 사과와 그가 누구인지 알면서도 묵묵히 시계를 고친 시계방 주인의 깊이를 가늠할 수 없는 마음이다. 마지막 손님을 태운 기차가 떠나고, 회중시계는 주인을 찾아왔다. 그러니 이제 북쪽 마을에도 봄이 올 것이다.

"이 회중시계 땀시 나가 시계공이 되었제. 평생 농사나 짓고 살아야 허나 부다 혔는디, 이 시계 땀시 나 인생이 바뀐 거여. 시계공이 얼매나 멋지냐. 시간을 맹그는 거잖여."

시간은 질기지만 때론 쉽게 끊어지기도 한다. 그리고 그것을 다시 잇는 일은 우리들의 몫이다. 우리가 각자의 인생의 시계공이라는 것, 우리의 시간은 우리가 만든다는 것, 그리고 각자의 시간은 다른 이의 시간과 연결되어 있다는 것. 그러니 쉽게 절망하지 않고 한 걸음 한 걸음 내디디면서 자신과, 시간과, 망각과 싸우는 것. 그것만이 잃어버린 시간을 다시 찾는 방법일 터이다.

『어린이와 문학』 2014년 4월호

실패해도 충분히 멋진 사랑 이야기

1. 반갑다, 동화야!

아동소설과 구별되는 동화만의 특성은 뭘까? 단순함, 함축성 등 여러 가지가 있을 수 있지만 뭐니 뭐니 해도 동화를 동화답게 하는 것은 '환상성'이다. 학교 가는 길에 사자가 짠 하고 나타난다거나, 아파트의 어두운 계단에 쓱 나타난 도깨비가 아이들과 수작하고 놀아도 전혀 이상하지 않은 세계. 그것이 동화다. 그런데 역사적 필요에 의해 등장한 생활동화가 슬그머니 동화의 주류인 양 행세하기 시작하면서부터 동화의 자리가 애매해지기 시작했다. 물론 아기자기한 일상의 이야기도 나름의 재미와 소용이 있다. 그러나 동화도 아니고 소설도 아닌, 생활의 자잘한 소동이나 에피소드를 재미있게 꾸며낸 이야기가 동화의 본령은 아닐 터이다.

여전히 생활동화가 주류인 가운데 최근에 나온 동화다운 동화 두 권이 눈길을 끌었다. 활달하고 놀기 좋아하는 너구리 삼총사(『꼬마 너구리 삼총사』, 창비, 2010)로 사라져 가는 의인동화의 맥을 이은 바 있는 작가 이반디가 이번에도 동물 친구들과 함께 돌아왔다. 『호랑이 눈썹』(한겨레아이들, 2013)에 실린 네 편의 동화는 현실의 규율을 가볍게 뛰어넘는다. 평범한 주인공 아이들은 엄마 없는 하굣길 산속에서 호랑이나 공룡을 만나기도 하고, 우연히 여우가 신던 신발을 신고 투명인간이 되거나, 호랑이 눈썹을 얻어서 아무도 모르는 사람들의 본모습을 냠냠 훔쳐본다. 참 신기하고 재미나다. 무릇 독자들이 한 권의 동화에서 기대하는 바는 자신의 일상과 같은 지지부진한 생활 이야기보다는 현실에서 기대할 수 없는 놀랍고 이상한 이야기일 거라는 점에서 이 이야기들은 우선 반갑다. 게다가 어린이들이 껌벅 죽는 호랑이나 여우 같은 동물들이 대낮의 도시에 떡하니 등장해 뻔뻔하게 사람과 수작을 하거나 거래를 트니 금상첨화다. 동화라면 적어도 이 정도의 '뻥'은 있어야 하지 않을까. 다만 몇몇 이야기는 뭔가 안온하고 기능적이라고 느껴져서 아쉬움을 남겼다. 「호랑이 눈썹」의 경우 가족의 소중함을 깨닫는 홈드라마적 결말로 가는 바람에 기껏 가져온 거대한 호랑이와 옛이야기 속 영물인 '호랑이 눈썹' 이야기가 한바탕 해프닝으로 선회하고 말았다.

그런 의미에서 전경남의 「초등학생 이너구」(『초등학생 이너구』, 문학동네, 2013)는 보다 흥미롭다. 그간 동물이 나오는 동화의 한계로 지적되곤 했던 것이 인간의 필요(실용적인 깨달음이나 교훈 등)에 의해 동물의 동물성을 변형·왜곡한다는 점이었다. 학교에 간 여우가 열심히 공부해서 우등생 효자 여우가 된다거나 하는 것인데, 「초등학생 이너구」는 기존 동물동화의 한계를 살짝 뛰어넘는다. 사실 너구리가 글씨를 배우기 위해 학교에 가는 설정은 기존 동화와 다를 바 없다. 그러나 이너구가 너구리 본래의 동물성을 잃지 않는 것, 글을 띄엄띄엄 배우고 아이들에게 굴 파기를 가르쳐주면서 서로 신나게 어울려 노는 것은 기존 동화들과 많이 다르다. 틀에 박힌 학교의 질서를 한바탕 뒤흔들어 놓고 너구리 이너구는 왔던 곳으로 돌아가 버린다. 인간 세계에서도 끝까지 너구리 꼬리를 가지고 있던 이너구다운 결말이다.

우리에게 동물 이야기가 필요한 이유는 동물에게 '충' '효' 같은 인간의 덕목을 가르치거나 그와 유사한 교훈을 아이들에게 쉽고 재미있게 전달하기 위해서가 아니다. 그보다는 '외부의 존재'를 통해 우리 내부를 새롭게 성찰하기 위함이다. 그렇다면 인간의 옷을 입고 인간의 말을 할지언정 동물로서의 본능과 고유함을 저버리지 않는 동물다운 동물을 더 부지런히 그려내야 하지 않을까. 보다 과감한 상상력과 더 스케일이 큰 이야기로 독자를 사로잡을 동화를 기다린다.

2. 리얼리즘소설의 두 가지 양상

이번 계절에 나를 사로잡은 아동소설은 상반된 반응을 불러일으킨, 그러나 각자의 에너지로 가득한 두 편의 이야기다. 한 편은 낄낄대면서 다른 한 편은 씩씩대면서 읽었다.

먼저 진형민의 『기호 3번 안석뽕』(창비, 2013)은 아동문학 특유의 활기로 가득하다. 서사의 한 축은 전교 회장 선거를 둘러싸고 부각되는 일등과 꼴등의 서열 문제이고, 다른 한 축은 재래시장 대 대형마트라는 현시대의 '뜨거운 감자'다. 보통 이런 문제들은 정통 리얼리즘의 기법으로 날카롭고 진지하게 다루어지기 마련이다. 하지만 그러다 보면 이야기가 심각하고 무거워져 독자의 관심에서 멀어지기 십상인데, 작가는 주인공 소년과 개성적인 조연들의 톡톡 튀는 화법으로 심각한 사회문제를 맛깔나게 이야기하는 데 성공한다. 이러한 여유와 유머는 아동 독자의 접근을 용이하게 할 뿐 아니라, 갑을 관계가 분명해서 대항하기 어려운 대상을 향한 가장 효과적인 저항일 수 있다는 점에서도 의미가 있다.

지난해 가장 '핫'한 콘텐츠 중 하나였던 팟캐스트 방송 〈나는 꼼수다〉는 신자유주의와 그 첨병 노릇을 하는 정부와 우리 사회의 파놉티콘적 시스템을 상대로 야유하고, 농담을 던지고, 침을 뱉어 절대권력을 희화화했다. 이 작품 역시 '일등만 기억하는 더러운 세상'을 은근히 조롱하고 '돈 있고 힘 있는 놈들'이 기실 무뢰배에 지나지 않음을 까발린다. 그러나 이 작품의 진정한 재미는 공부는 못해도 기죽지 않고 몰려다니며 온갖 희한한 일을 벌이는 '거봉파' 소년들에게서 나온다. 발로 뛰는 소년들이 내놓은 기발한 공약은 내가 이제껏 본 어떤 공약보다도 화끈하고 마음에 쏙 들었으며, 이들이 무리 지어 어두운 하늘을 향해 곧은 발차기를 날리는 결말은 시원하고 믿음직스럽다. 우리 사회 곳곳에 있는 진짜 '거봉파' 소년들이 이 이야기를 읽고 힘을 냈으면 좋겠다.

이에 비해 장주식의 『소년소녀 무중력 비행 중』(문학동네, 2013)은 무겁고 진중한, 이른바 정통 리얼리즘 아동소설이다. 마치 학교에 현미경을 들이댄 듯한 이 작품을 읽은 첫 느낌은 '헉!'과 '응?'이었다. 작품에 대한 사전 정보 없이 읽었는데 읽는 도중에 가슴에 불이 붙었다. '이건 해도 너무하는데?'에서 시작해, 김남중표 서늘한 단편들을 장편으로도 만나는 건가, 우리에게도 『초콜릿 전쟁』(로버트 코마이어, 안인희 옮김, 비룡소, 2004)이 생기는 건가, 별별 생각을 다 했다. 반은 우려이고 반은 기대였는데 전자는 현실성을 후자는 문학성을 염두에 둔 것이었다. 작품은 내 우려나 기대와는 전혀 다른 방식의 결론을 맺었는데 처음에는 이것이 좀 뜨악했다. 하지만 다시 읽어보니 작품의 의도가 현실 고발보다는 회복에 있음을 알 수 있었다. "어른이 아이의 울타리가 되지 못"하는 현실과 그로 인해 발을 땅에 붙이지 못하는 아이들을 "무중력 비행 중"인 상태로 명명한 작가의 의도가 소통과 회복으로 뻗어가는 것은 어찌 보면 당연한 귀결일 수도 있겠다.

하지만 이 작품의 강력한 에너지는 소망스러운 결말보다는 어디로 튈지 모르는 교실의 풍경을 그려낸 초반에 있다. 소정을 중심으로 한 다양한 줄다리기, 특히 담임과의 힘겨루기는 우리 학교가 아이들에게만 괴로운 곳이 아니라 어른인 선생님에게도 힘든 전쟁터임을 사실적으로 보여준다. 게다가 독자의 예상치를 번번이 넘어서는 소정의 모습은 작품에 강한 흡인력을 부여하여 이야기에서 눈을 뗄 수 없게 한다. 긍정의 에너지뿐 아니라 부정의 에너지도 강력한 힘이 될 수 있다는 사실을 여실히 드러낸 보기 드문 아동소설이다.

끝으로 이 작품에서 악마적이라 할 만큼 강렬한 인상을 남기는 서두와 희망의 끈을 놓치지 않으려는 결말이 빚어낸 기묘한 불완전 협화음이야말로 오늘 우리 아동문학이 서있는 고민의 자리라는 생각이 들었다. 아이들에게 어떤 현실을 보여줄 것인가? 있는 현실과 있어야 할 현실 사이에서 우리 동화와 아동소설은 어떤 길을 걸어야 하는가? 정답은 없다. 하지만 아동문학이 함께 어깨를 걸고 발맞추어 나아가야 할 대상은 우리 사회 곳곳에 있는 '거봉파' 아이들이라는 점만은 분명하다. 그들이 '루저'가 되지 않고 자기 목소리를 내면서 살 수 있도록, 석뽕이의 뒤를 이을 조조가 다음 선거에서는 어쩌면 이길 수 있도록, 아동문학은 그들의 등 뒤를 지켜주며 응원하면 될 것이다. 『기호 3번 안석뽕』에서 교감선생님이 그러했던 것처럼. '무중력 비행 중'인 아이들에게 그 정도 중력이면 충분하다.

3. "탈북자라고 다 똑같지는 않습니다."

탈북자는 최근 우리 문학과 영화가 새롭게 찾아낸 우물이다. 탈북자를 소재로 한 작품들이 꾸준히 만들어지고 있으며, 소기의 성과를 낸 작품들도 드물지 않다. 조해진의 장편소설『로기완을 만났다』(창비, 2011)나 박정범 감독의 영화 〈무산일기〉(2010)가 이룬 성취는 그야말로 눈부시다. 우리 아동청소년문학도 비교적 이른 시기부터 탈북자들에게 관심을 쏟았다. 그러나 들인 공에 비해 아직 이렇다 할 만한 대표작이 없는 게 사실이다. 아마도 그 이유는 탈북자를 바라보는 우리의 시선에 있지 않을까 싶다. 그저 불쌍한 사람들이니 우리가 도와줘야 한다는 시혜자적 시선도 씁쓸하지만, 그들의 아픔에 지나치게 감정이입을 하는 것 역시 그들을 이해하는 데 방해가 된다.

박경희의『류명성 통일빵집』(뜨인돌, 2013)은 남북 청소년들이 서로 이해해 가는 과정을 담은 단편소설집이다. 제목의 '통일빵집'만 봤을 땐 뻔한 탈북 이야기가 또 나왔구나 싶었는데 한 장 두 장 읽으면서 묘하게 마음이 차분해졌다. 이는 작가가 탈북 청소년들을 동정하지 않고 담담하게, 수평적 시선에서 바라보려고 노력한 결과로 보인다. 덕분에 소설 속 탈북 청소년들도 꿈과 욕망을 가진 '사람'으로 그려졌다.

그런데 책을 덮고 나서 가장 인상에 남는 인물은 탈북 청소년이 아닌 「빨래」에 나오는 남한 청소년 주희였다. 아버지의 재혼으로 탈북 모녀를 가족으로 받아들여야 하는 주희는 짜증이 나서 가출도 하고, 거침없이 독설을 던진다. 그런 주희가 내 마음에 쏙 들어온 순간은 동생 연숙의 낙서를 보고 자신과 비슷하거나 혹은 더 힘들 것 같다고 생각하면서도 막상 얼굴을 보면 그런 생각이 깡그리 사라지는 자신을 발견하고 의아해할 때였다. 여기서 주희는 정말 '사람' 같았다. 머리로는 알겠는데 가슴이 따라주지 않는 상황이 얼마나 많은가. 아니나 다를까 그 생각이 끝나자마자 주희는 '우리가 내는 세금이 탈북자 지원금' 운운하며 동생에게 시비를 건다. 이렇게 강렬한 주희에 비해 여섯 편의 이야기에 나오는 탈북 청소년들은 그저 착하게, 묵묵히, 살려고 발버둥치는 인물로 그려져 별다른 인상이 남지 않았다.

백인백색이라 했다. 살아온 과정이 다르고 꿈이 다르니 앞으로 살아갈 날들도 다를 테다. 그런데 단지 배고파서 국경을 넘었다는 이유 하나만으로(사실은 국경을 넘은 이유도 훨씬 다양하다) 우리는 그들의 성과 이름을 모두 지우고 그저 불쌍한 '탈북자'로만 보고 있는 것은 아닌지. 「오뚝이 열쇠고리」의 기철이가 다경이에게 던지는 질문은 사실 우리 모두를 향한 질문이다. "내가 불쌍하니?" 탈북자를 탈북자로만 그리면 그들은 결코 우리 사회의 일원이 될 수 없다. 그들에게도 우리와 같은 욕망, 분노, 웃음이 있다. 그들도 각자의 향기와 이름을 가진 우리와 별로 다를 바 없는 사람이다. 그러니 그들이 우리와 어떻게 '다른가'가 아니라 어떻게 '같은가'를 그릴 때, 각자의 빛깔과 향기에 알맞은 이름을 불러줄 때, 그들은 우리 사회의 진정한 구성원이 될 수 있을 것이다.

4. '중딩 초식남'의 연애담

그간 청소년소설에서는 대부분 청소년의 성과 사랑을 어둡게 다루었다. 첫사랑의 아찔함을 달콤 발랄하게 표현한 작품들도 있지만 대개 단편이었고, 장편의 경우 성폭행이나 원치 않는 임신과 출산, 낙태 등 성의 부정적인 측면이 주로 다루어졌다. 그리고 이런 어두운 사랑의 주인공은 대부분 고등학생이었다. 작가들이 의도했든 그렇지 않든 결과적으로 사랑은(특히 성은) 유예되어야만 했고, 궁금하고 몸이 달아오르지만 그래서 더욱더 알면 안 되는 것으로 치부되었다.

김혜정의 『레즈 러브』(살림, 2013)는 이런 시류에 반대라도 하듯, 중학생 남자아이들의 연애담을 재미있게 풀어놓는다. 하지만 재미있다고 해서 이들의 연애가 가볍기만 한 것은 아니다. 처음엔 신상 나이키 운동화를 걸고 시작된 내기였지만 어느새 '여친' 만들기 프로젝트는 가슴을 둥둥 뛰게도 했다가 쫄쫄 졸이게도 하는 나름 진지한 것으로 변한다. 소설 곳곳에는 사랑에 대한 빛나는 잠언들이 포진해 있다. 주인공 소년들도 그 잠언을 따라 각자의 연애를 고민하고 갈등하고 방황하면서 조금씩 자신과 세상을 알아간다.

그러나 사실 내가 이 작품에 꽂힌 이유는 단순하다. 사회적으로 야릇하게 이미지화된 중학생 남자아이들을 왜곡하지 않고 있는 그대로 그렸기 때문이다. 나는 이 이야기가 그냥 '중딩' 남학생들이 주인공인 연애담이라 솔깃했고, 무엇보다 그들이 평범한 소년이라는 점이 정말 좋았다. 주인공 태민의 말처럼 모든 사람들이 "한목소리로 십 대가 문제"라고 외치는 시대다. 특히 중학생 남자아이들은 짐승과 종이 한 장 차이밖에 나지 않는 외계인 취급을 받기 일쑤인데 정말 모든 중학생이 그런 건 아니지 않은가. 태민이는 이렇게 항변한다. "사십 대 아저씨 몇 명이 나쁜 짓을 했다고 사십 대 전체를 다 나쁘다고 매도하지 않으면서, 사회에서는 십 대 몇 명이 잘못을 하면 십 대 전체를 문제라고 싸잡아 비난한다." 이 부분에서 나는 이 소년들에게 빠져들기로 작정했다. 중2병, 지랄병, 외계인, 예비 범죄자가 아니라 평범 그 자체인 태민과 까불이 엄살꾼 우진, 그리고 덩치만 큰 전교 일등 석준. 내가 중학생일 때에도 지금도 교실에는 이렇게 유별날 것 없는 아이들이 훨씬 많다. 그러고 보면 어느 때나 '요즘 애들은 문제'였고, '세상은 말세'였다. 그래도 여태까지 우리는 잘 살아왔고, 앞으로도 그럴 것이다. 그러니 이제 좀 아이들을 믿어도 되지 않을까. 아이들은 믿어준 만큼 자란다는 말도 있으니.

이 글을 쓰면서 내가 청소년 시절에 좋아했던 책은 무엇이었나 생각해 봤다. 나를 혹하게 했던 이야기들은 첫째가 사랑 이야기였고, 둘째가 재미있는 이야기였다. 내가 그런 이야기들에 끌렸던 이유는 내 삶이 사랑이나 재미와는 거리가 멀어서 그것들을 간절하게 원했기 때문이었다. 나는 삶에서 누릴 수 없는 것들을 이야기 속에서 찾았다. 그렇다고 왕자나 공주처럼 특별한 인물을 좋아하지는 않았다. 나는 나와 비슷한 사람들이 책 속에서 어떻게 사랑을 하는지, 혹은 어떻게 재밌게 사는지 알고 싶었다. 그리고 적어도 사랑에 관해서라면 실패할망정 최선을 다해 자신의 전 존재를 던져 사랑하는 인물에 온통 마음을 빼앗겼다. 지금의 청소년들이 그때의 나와 많이 다를 거라고 생각하지 않는다. 청소년을 걱정하고 가르치려 드는 이야기는 이미 충분하다. 이제 사랑에 최선을 다하는, 그래서 실패해도 충분히 멋진 사랑 이야기가 많이 그려지길 바란다.

『창비어린이』 2013년 여름호

부디, 더 많이 사랑하기를!

　내 첫사랑은 초등학교 5학년 때였다. 담임선생님이 가을 운동회에 세울 매스게임 선수들을 교실 앞으로 모았다. 책상을 뒤로 밀어내고 만든 공간에서 몇몇 남학생들이 3단으로 탑을 쌓았다. 쪼그리고 있던 탑이 하나씩 일어나 드디어 맨 위에 선 남학생의 머리가 교실 천장에 닿은 순간, 나는 꼭대기의 그 아이를 좋아하게 되어버렸다. 저 아이가 떨어지면 어쩌나 전전긍긍할 때 귓가에 울리던 심장소리라니. 평소 같이 놀고 이야기도 잘하던 사이였는데 나 혼자 어색해지고 말았다. 그때 이후 멀리서도 나는 그 아이의 목소리를 알아차렸다. 그 애가 어떻게 웃는지 어떻게 달리는지 알았고, 기분 좋을 때 고개가 살짝 오른쪽으로 꺾이는 버릇도 알게 되었다.

　『사랑이 훅!』(진형민, 창비, 2018)은 초등학생들의 사랑을 진지하게 다룬다. 여기에는 가랑비에 옷 젖는 줄 모르고 찾아온 사랑도, 통념을 깨는 사랑도, 가슴 아픈 짝사랑도 있다. 가랑비 같은 사랑의 주인공은 '맨날 뭘 흘리고 까먹는' 박담과 그런 담이 옆에 늘 서있는 김호태다. 만날 붙어

다니고 음료수 한 병을 아무렇지도 않게 입 대고 마시는 친구였는데, 그게 "어우, 야아." 할 일임을 뒤늦게 알고 난 후 담이가 "우리 사귀나? 아님, 사귀자." 하고 둘은 사귀게 된다. 사귀고 나서 담이는 갑자기 호태가 열 배쯤 더 좋아지고 전에는 알지 못했던 많은 것들을 알게 된다. 사랑은 이렇게 서로를, 세상을 알아가게 만든다. 당연해서 생각하지 않았던 일들을 곱씹게 하고, 5년 동안 날마다 걸었던 길도 처음 걷는 길처럼 새롭게 보게 하는 게 사랑이다.

통념을 깨는 사랑은 엄선정과 이종수의 몫이다. 선정과 종수의 만남은 "역전 골"에 비유되거나 "탄식"거리가 되는데, 이것은 모두가 "이종수가 반장 엄선정의 상대가 안 된"다고 생각하기 때문이다. 그러니까 이 관계에서 권력은 선정이 가진 듯한데, 흥미롭게도 사랑의 종지부를 찍는 주체는 종수다. 꼴찌에 가까운 종수의 공부를 돕겠다는 선정의 호의가 낳은 이 커플의 결별은 마치 사랑에 서툰 우리의 자화상 같다. 있는 그대로를 사랑하지 못하고, 그를 도와 발전시키고 싶다는 자신의 마음에 사랑이라는 이름을 붙여 요구받은 적 없는 호의를 베풀고, 뜻대로 되지 않자 혼자 상처받고 화내다 제풀에 떨어지는 미숙한 사랑. 반면 선정이를 '그냥 좋아한' 종수는 "이제 너 그만 만나고 싶"다고 이별을 고하니, 둘 사이에서 진짜 힘(사랑)은 종수가 가지고 있었던 것인지도 모르겠다.

짝사랑의 주인공은 신지은이다. 지은은 밤마다 안고 자는 토끼 인형이 없으면 곤란할 만큼 겁이 많지만, 자기도 모르게 좋아져 버린 호태를 따라 담이 할머니 집에 가는 용기를 발휘한다. 짝인 담이에게 호태랑 좋아하는 사이가 아니라는 점을 미리 확인하기도 했지만, 자주 그렇듯 이런 사랑은 미끄러진다. 누군가 그러지 않았던가. 사랑은 타이밍이라고! 지은이가 용기를 낸 시점은 이미 담이와 호태의 사랑이 시작된 이후였다. 지은은 뒤늦게 모든 걸 알아차리지만 이런 종류의 이야기에서 손쉽게 사용되는 비겁한 꼼수를 써서 모두를 진흙탕으로 끌고 들어가지 않는다. 대신 지은은 담이 오빠 박겸에게 담이 험담을 하기도 하고, 하루에도 열두 번씩 바뀌는 자기 마음을 들여다보고 씨름하면서 '혼자 오래, 엄청 아팠다가' 다시 일어선다.

지은이가 사랑의 열병을 건강하게 통과한 데에는 스스로의 노력이 가장 컸다. 하지만 있는 그대로의 지은이를 인정하고 받아준 겸이가 없었다면 그 과정은 아마도 더 지난했을 터이다. 자기가 친구한테 자꾸 뭘 속이는 것 같아서 기분이 안 좋다는 지은의 말에 겸이는 이렇게 말한다. "네가 얘기를 하든 안 하든 다 그럴 만한 이유가 있겠지." 나는 지은이가 아닌데도 이 말에 큰 위로를 받았다. 마치 괜찮다고, 잘해왔고 지금도 잘하고 있다고 말하면서 내 등을 가만가만 쓸어주는 것 같았다. 허세와 위악으로 가득한 십 대들의 위험한 가짜 사랑 이야기(왜 십 대의 사랑은 다 이렇게 그려질까!)에 지친 나에게 이들의 무구한 사랑 이야기는 깊은 위로와 맑은 기쁨이 되었다.

이제 다시 처음으로 돌아가 보자. 소박한 내 경험에 의하면 사랑은 '알아보는 것'이다. 없던 것을 만들어 있게 하거나 부족한 것을 채워서 완전하게 하는 게 아니라, 있었는데 미처 몰랐던 부분을 새롭게 발견하는 것. 그렇게 알아보고 알아가는 것이 사랑이다. 담이는 호태와 사귀기로 한 후 계단을 혼자 걷던 호태의 마음이 어땠을지를 알게 된다. 하지만 "평생 너를 지켜줄게."라는 생일 축하 카드는 가볍고 단호하게 거절한다. 자신은 그렇게 지켜지는 존재가 아님을 알기 때문이다. 또 호태랑 같이 있고 싶지만 수영 대신 권투를 계속하기로 한다. 역시 지금, 자기가 가장 원하는 게 권투라는 걸 알기 때문이다. 사랑이 담이에게 준 가장 큰 선물은 '자신에 대한 앎'이다.

사랑을 하면서 아이들은 눈부시게 성장한다. 자신을 알아가고, 상대를 알아가며, 세상을 배우고, 모든 것에 서서히 눈을 뜬다. 이미 수많은 실패를 했고 여전히 실패 중인 어른들은 겁을 낸다. 아이들이 우리처럼 실패한 사랑을 할까봐. 그런데 곰곰이 생각해 보면 실패한 사랑 같은 것은 없다. 이루어진 사랑과 이루어지지 못한 사랑이 있을 뿐이지, 사랑에 성공과 실패 따위란 애초에 없는 것이다. 그러니 이루어진 박담과 김호태 커플의 사랑도 예쁘지만 이루어지지 못한 신지은의 사랑도 아름답다. 스스로에게 부끄럽지 않은 이종수도 멋지고, "안 하던 짓을 해야 비로소 알게 되는 것도 있"으니, 앞으로는 "엄마보다 자기 자신을 더 믿어보기로" 한 엄선정도 미쁘다.

알다시피 이 모든 것을 가능하게 한 것은 사랑이다. 그러니 부디, 더 많이 사랑하기를! 사랑을 응원하는 사랑 이야기가 더 많아지기를! 책임과 속죄, 두려움과 공포뿐인 일그러진 사랑보다 최선을 다해 사랑하고, 그만큼 울고 아파하면서 당당하고 멋진 어른으로 성장할 수 있는 사랑을 하는 그런 사랑 이야기가 넘쳐나기를 바란다. 사랑, 만세!

『어린이책이야기』 2018년 겨울호

아동소설의 현재와 개인의 발견

1. 다시, 왜 주인공인가?

모든 서사문학이 그러하지만, 특히 아동문학에서 주인공의 형상은 중요하다. 책을 읽는 아이들의 눈은 온통 주인공을 향해 있고, 주인공의 희로애락은 그대로 독자에게 옮겨간다. 아이들은 주인공이 웃을 때 함께 웃고, 주인공이 문제를 해결하면 같이 박수를 치며 환호한다. 주인공의 눈물을 통해 타인의 고통을 짐작하고, 무어라 규정할 수 없는 자신의 아픔을 다독이기도 한다. 주인공은 어린이 그 자체이며 몇몇 예외적인 경우를 제외하면 주인공의 캐릭터가 아동 서사의 성패를 좌우한다고 해도 과언이 아니다. 피노키오, 삐삐 롱스타킹, 톰 소여 등이 태어난 나라와 시대를 뛰어넘어 전 세계 어린이들의 사랑과 지지를 받는 이유를 생각해 보면 아동문학에서 주인공이 차지하는 비중은 새삼스럽다.

우선 불필요한 혼동을 줄이기 위해서 동화와 아동소설은 명확히 다른 장르라는 점을 기억하자. 인물을 중심으로 볼 때 민담과 동화의 인물은 전형적이고 평면적이라는 공통점이 있다. 그러나 민담과 동화의 인물은 다르다. 민담의 주인공은 권선징악이나 인과응보 같은 주제를 전달하기 위해 기능적으로 사용되는 데 비해 빼어난 동화의 주인공은 고유한 개성으로 반짝거린다. 즉 민담의 주인공은 다른 민담의 인물과 바꿔도 지장이 없으나, 동화의 주인공은 꼭 그 성격을 가진 인물이어야 하기 때문에 대체 불가능하다. 삐삐를 생각해 보면 단박에 알 수 있다. 삐삐 롱스타킹은 평면적인 인물이지만 신데렐라나 인어공주와 바꿀 수 없다.

아동소설의 인물은 동화의 인물과 달리 개성적이고 입체적이다. 소설의 인물은 『데미안』의 전언처럼 '태어나기 위해 하나의 세계를 파괴하지 않으면 안 되는' 인물로, 현실과 끊임없이 갈등하며 변화하고 성장한다. 그러나 현실의 규율을 뛰어넘을 수 없다. 소설의 인물이 손쉽게 현실을 뛰어넘는 경우 그 인물의 성장은 가짜가 되어버리기 때문이다. 이를테면 '소설로 시작해서 동화로 끝난다'는 우리 아동소설의 고질적 병통(문제 제기는 현실적인데 비해 갈등 해소 양상이 낭만적이고 작위적인)을 안고 있는 작품 속 인물은 민담의 인물처럼 작가의 신념이나 주제를 전달하기 위한 수단으로 사용되는 데 그친다. 소설에 미치지 못하는 인물로 굴러떨어지는 것이다.

현재 우리 아동 서사는 1990년대 후반 이래 급변한 아동문학장 안팎의 발전적 풍토 위에서 꽃피운 결과물이다. 특히 아동소설 분야에서 그 변화는 가시적이다. 한때 어린이문학에 '문학'이 모자란다[31]는 지적이 있었으나 이후 '동화의 소설화 경향'이라는 말이 생겨날 만큼 명확한 자기 세계와 문학적 성취를 보여준 작가들의 작품이 다수 등장해 우리 아동문학에 새로운 바람을 불어넣기도 했다. 그러나 몇몇 작품들에서 볼 수 있듯, 미학적 완성도가 곧바로 작품의 정치적·윤리적 성취로 이어지는

---

31 김이구, 「어린이문학, '문학'이 모자란다」, 『말』 2003년 7월호

않는다.[32] 게다가 현실 고발에 치중한 작품들에서 공통적으로 나타나는 무력한 인물 형상은, 아동문학에서 현실과 어린이를 보는 작가의 관점이 얼마나 중요한지를 곱씹게 한다.

지난 2009년 여름, 『창비어린이』는 "아동문학의 새로운 주인공을 찾아서"라는 특집을 마련해 창남이와 몽실이 이후 우리 아동문학의 인물이 어떻게 변해왔는가를 점검하고 새로운 방향을 모색한 바 있다. 거기서 원종찬은 우리 아동문학이 달라진 '현실'의 변화에 눈길을 준 것에 비하면 '어린이'에 대한 시선은 크게 바뀌지 않아, 새로운 주인공의 탄생에 걸림돌이 되고 있다고 말했다.[33] 그로부터 6년의 시간이 흘렀다. 현재 우리 아동 서사, 특히 아동소설은 어떻게 바뀌었을까? 현실을 있는 그대로 반영하거나 현실에 먹혀버리지 않고, 변화하는 현실과 맞서는 활기찬 인물들은 얼마나 많아졌을까? '현실'과 '어린이' 사이에서 현재 우리 작가들의 시선은 어디에 머물러있을까?

2. 통념을 뚫고 나온 '개인'

한윤섭의 『봉주르, 뚜르』(문학동네, 2010)는 분단을 소재로 어린이 주인공의 성장을 그린 작품이다. 이야기는 열두 살 봉주가 직장을 옮기는 아빠를 따라 프랑스 파리에서 뚜르로 이사를 하면서 시작된다. 이사한 첫날 밤, 봉주는 자기 방 책상 귀퉁이에서 한글로 된 낙서를 발견한다. "사랑하는 나의 조국, 사랑하는 나의 가족" 그리고 한 뼘 떨어진 위치의 "살

---

32 조은숙, 「동화는 해피엔딩?」, 『창비어린이』 2009년 가을호
33 원종찬, 「아동문학의 주인공과 아동관에 대하여」, 『창비어린이』 2009년 여름호

아야 한다". 누가 봐도 범상한 말이 아니다. 게다가 여기는 한국이 아니라 프랑스의 소도시 뚜르이지 않은가. 봉주의 가슴은 뛰기 시작한다. 봉주는 낙서의 주인공을 찾아 나선다. 추리소설의 탐정처럼. 마침내 봉주는 전학 간 첫날 학교에서 만난 일본인 토시가 일본 사람이 아니라 조선민주주의인민공화국[34] 사람이었다는 것과 낙서의 임자가 토시의 삼촌이라는 사실을 알아낸다.

그간 탈북을 소재로 한 아동 서사에서 탈북민은 한국(인)의 관점에서 가난하고 불쌍한 이방인으로 해석·재현되었다. 예를 들면 그들이 고국을 떠난 다양한 사연은 굶주림이라는 극단적인 이유로 대체되었고, 기아를 드러내기 위해 어린 주인공의 왜소한 체구가 강조되었다. 공화국 말과 한국말의 마땅한 차이는 무시되고 몇 가지 관용구를 중심으로 희화되거나 영어에 서툴러 고생하는 모습을 보여주는데, 이는 쉽게 그들의 무능함으로 치환된다. 문제는 이렇게 왜곡된 재현이 깊은 성찰 없이 '선의'를 앞세워 반복·재생산되면서 탈북민들에 대한 부정적인 통념을 강화시킨다는 데 있다. 이런 작품들 속에서 탈북민은 욕망도, 개성도, 이름도 없이 '집단'으로 존재한다.

바로 여기에 『봉주르, 뚜르』의 토시가 갖는 선진성이 있다. 토시는 우리의 통념이 만들어낸 탈북민의 표상을 거의 가지고 있지 않다. 토시는 가난하지 않고 굶주림의 기억도 없다(있었을지도 모르지만 작가는 묘사하지 않았다). 일본인으로 일본어를 쓰며 살지만, 간혹 튀어나오는 '한국말'[35]은 응당 서툴지 않다(토시 스스로 강조하듯 토시는 공화국에서 태어나 공화국 말을

---

34 작품에서 토시가 말하는 것처럼 북한의 정식 국명은 조선민주주의인민공화국이다. 북한이라는 말은 우리를 중심으로 한 상대적인 지칭이기 때문에 이 글에서는 그 대신 조선민주주의인민공화국을 사용하되 주인공 토시처럼 줄여 '공화국'이라 지칭하고, 맥락상 필요한 경우에만 북한이라 쓰도록 한다. 대한민국은 줄여서 한국이라고 쓴다.
35 봉주의 입장에서 한국말이지만 토시에게는 공화국 말이다.

쓰니 억양이 다를 수 있으나 이 부분 역시 강조되지 않는다). 공식어인 프랑스어에 곤란을 느끼지도 않고, 체구는 작지만 수영이나 달리기 실력은 놀랄 만하다. 무엇보다 토시의 근성과 자존심은 봉주에게 결코 뒤지지 않는다. 토시는 '가난하고 불쌍한, 그래서 도와주어야 하는 탈북자'라는 우리의 통념을 뚫고 '개별자' 토시로 봉주 앞에, 독자 앞에 우뚝 선다.

토시는 탈북이나 디아스포라를 다룬 우리 아동 서사에서 분기점이 될 만한 인물이다. 분단이나 탈북을 소재로 한 기존 작품들은 민족의 슬픔이나 분단의 아픔을 이야기하기 위해 등장인물을 기능적으로 호출하는 경우가 많았다. 이런 인물들은 누구로 대체되어도 무방한 민담의 인물이지 산문의 육체를 가진 개성적인 소설의 인물이 아니다. 비슷한 이야기들에서 몽실이를 제외하면 떠오르는 인물이 없다는 점은 이러한 사실을 잘 보여준다. 그리고 『봉주르, 뚜르』의 토시는 대의를 위해 헌신하는 이념 전달형 인물이 아니다. 작품에서 토시와 그 가족은 민족이나 국가와 비교해도 그 무게가 다르지 않은 소중한 '개인'으로 그려진다. 낙서의 내용처럼 그들은 조국을 사랑하지만 살아야 한다는 절박한 명제 앞에서 갈등하고 선택하는 개인이다. 덕분에 독자는 토시를 통해 북한과 북한 주민을 바라보는 우리의 시각이 얼마나 편협했는지 깨닫게 된다.

"난 조선민주주의인민공화국 사람이야."

(중략)

"그래, 조선족에 대해서 많이 들어봤어. 만나본 적도 있고. 그런데 사실 조선족들이 사는 나라에 대해 아는 것은 별로 없어. 중국에 있는 것 같은데, 중국 어디쯤에 있니?"

내가 토시의 나라에 대해 모르는 것이 미안했다. 그래서 좀더 친절하게 보이려고 부드럽게 말했다.

"너, 북한은 알아?"

토시가 물었다.

"<u>당연히 알지.</u> 우리 수업 시간에도 북한에 대해서 말했었잖아." (밑줄 강조 필자)

낙서의 주인을 쫓는 봉주의 추궁을 피하던 토시가 스스로의 존엄을 지키기 위해 봉주에게 자신이 누구인지를 말하는 장면이다. 그런데 정작 봉주는 토시의 고백을 전혀 알아듣지 못한다. 여기서 봉주의 대사는 의미심장하다. 봉주는 북한에 대해서 많이 들어봤고, 텔레비전이나 거리에서 그들을 본 적도 있다. 하지만 사실 아는 것은 별로 없다. 그런데도 당연히 그들에 대해 알고 있다고 생각한다. 이것은 탈북민이나 다문화 주체 등 소수자에 대한 우리 인식의 얄팍함을 드러낸다. 실제 우리는 그(들)에 대해 아는 바가 없다. 그의 이름은 무엇인지, 어떤 향기를 가진 사람인지, 왜 고국을 떠나 이곳에 있는지……. 우리에게는 북한이지만 그들에게는 조선민주주의인민공화국이다. 우리는 이렇게 그들의 조국의 이름도, 그들의 진짜 이름도 모른다(우리는 끝까지 토시의 가족이 부르는 토시의 진짜 이름을 알지 못한다). 그런데도 당연히 그들에 대해 안다고 생각한다. 우리는 좀처럼 자신의 시선을 의심하지 않는다. 지독한 자기모순이자 오만이다.

그런데 우리가 이야기하는 아동문학의 등장인물과 관련해 이 자기모순은 흥미로운 시사점을 준다. 아무래도 이 눈먼 확신은 어린이를 보는 어른의 시각과 상당히 닮아있다. 어른들은 어린이에 대해 많이 들어봤고, 그들을 만나본 적도 있다(같이 살기도 하며, 모든 어른은 한때 어린이였다). 하지만 가끔 어른들은 어린이에 대해 '아는 것이 별로 없다'는 사실을 실감

한다. 그럼에도 동시에 '당연히 어린이를 알고 있다'고 생각한다. 정말 어른들은 어린이를 아는가? 어른은 어린이를 온전한 인격체, 하나의 세계, 개별자로 보고 있는가? 혹시 '탈북자'나 '다문화'처럼 '어린이'라는 명칭의 집단으로 보고 있지는 않은가? 우리 아동문학에 삐삐나 톰 소여 같은 인물이 잘 나타나지 않는 이유는, 어른이 어린이를 미성숙한 '집단'으로, 가르치고 도와주어야 할 '대상'으로 보고 있기 때문은 아닐까? 어린이가 처한 현실의 불편부당함을 고발하기 위해 어린이를 무력하고 수동적인 존재로 그리는 방식은 온당한가?

3. '나'와 싸우고 '나'를 만나는 아이

여기 여름의 한복판을 자전거로 통과하는 소년이 있다. 『불량한 자전거 여행』(김남중, 창비, 2009)의 주인공 호진이는 가출 중이다. 학원 문제로 엄마랑 다투다 그것이 부모님의 싸움으로 번지고, 그 와중에 아빠에게 생전 처음으로 뺨을 맞자 집을 나왔다. 보통 호진이와 유사한 갈등을 가진 인물의 이야기는 뻔한 방향으로 흐르기 쉽다. 학교, 학원, 집을 뱅뱅 돌며 갈등이 심화되다가 급작스러운 계기로 부모나 아이가 회개하고 갈등은 봉합된다. 이런 이야기들에서 아이는 주인공처럼 보이지만 실제로는 어른의 신념을 전달하는 꼭두각시에 불과하다. 어른이 옳다고 믿는 방향으로 이끌어가기 위해 구성된 사건 속에 배치된 인물이기 때문이다. 주어진 답을 향해 가는 길 이외에 다른 선택의 여지가 없는 이런 인물에게는 질문이 없다.

반면 『불량한 자전거 여행』의 호진이는 스스로 질문하고 답을 찾는 살아있는 인물이다. "나도 궁금했다. 엄마는 나를 학원에 보내기 위해 일을 하는 걸까, 일을 하기 위해 나를 학원에 보내는 걸까?" 학원 문제로 불거진 엄마 아빠와의 갈등 중에 호진이는 사랑이라는 이름으로 자신을 억압하는 굴레를 박차고 집을 나간다. 가출은 학교와 학원을 오가며 자신의 것이 아닌 삶을 사는 '어린이'였던 호진이가 진짜 '호진이'로 거듭나는 기회가 된다. 이는 작가가 '부모의 과도한 욕망에 희생되는 아이'라는 현실을 비판하는 데 서사를 소모하는 대신 아이 자체에, 그 생명력에 주목한 결과이다. 김남중은 부서진 현실보다 자전거라는 소재를 통해 소년이 자신의 생기와 가능성을 발견하고 펼치는 데 초점을 맞춘다.

가출해서 삼촌을 찾아간 호진이는 자전거로 우리나라를 종단하는 여행 팀의 일원이 된다. 자전거에 오르고 난 이후에 호진이는 페달을 밟는 일 이외는 다른 생각을 할 틈이 없다. 호진이를 숨막히게 하는 엄마도, 아빠의 폭력도, 두 분의 이혼도 멀리 물러난다. 구지레한 현실 대신 작열하는 여름의 태양과 페달을 밟지 않으면 멈춰버리는 자전거를 굴리기 위해 흘리는 땀만 존재하는 공간. 이 사실적인 공간은 답답한 현실의 알레고리로 전락한 최근의 비좁은 판타지 공간보다 더 폭넓게, 더 현실적으로 인물을 자라게 한다. 12일 동안 1,100킬로미터를 오로지 자기 힘과 땀으로 통과한 호진이는 이전과는 다른 사람이 된다. 자전거 위에서 호진이는 자기를 만나고, 누군가의 조종에 휘둘리는 종이 인형이 아닌 '호진이'로 살 기회를 갖는다.

호진이가 자전거 여행을 통해 이렇게 훌쩍 자랄 수 있었던 이유는, 무엇보다 곁에서 호시탐탐 도와줄 기회를 노리는 어른 등장인물이 없었기 때문이다. 함께 자전거를 타는 일행들은 각자 자기 몫의 사연을 짊어지고 자기와의 싸움을 하느라 여념이 없고, 삼촌 역시 호진이에게 자전거를 탈 기회를 줄 뿐 그 어떤 조언도, 설교도 하지 않는다.

> 다들 싸우고 있었다. 나도 싸우는 중이다. 처음에는 싸움 상대가 가지
> 산인 줄 알았다. 하지만 높이 오를수록 알 수 있었다. 산은 그냥 가만히 있
> 을 뿐이다. 나와 싸우는 거다. 내 속에 있는 나, 포기하고 싶은 나와 싸우
> 는 거다.

자전거로 산을 오를 때, 아무도 도와줄 수 없다. 할 수 있는 일이라곤
같이 자전거를 타면서 힘내라고 응원하고 속도를 맞춰주는 것뿐이다. 그
것이면 충분하다. 스스로 페달을 밟지 않으면 자전거는 굴러가지 않기
때문이다. 이 작품에서 자전거 타기는 인생의 은유다. 그리고 인생은 어
른이나 아이 누구에게나 공평하다. 아무도 남의 자전거를 대신 타줄 수
없다.

『불량한 자전거 여행』에서 호진이라는 인물과 그의 성장이 각별하게
와닿는 이유는 작가가 '아무도 타인의 인생을 대신해 줄 수 없다'는 삶의
진실을 어른 등장인물의 설교가 아닌 아이의 땀으로 온전하게 구현하고
있기 때문이다. 이 작품에서 작가는 자전거 여행에 참가한 열두 명 사이
에 생득적인 위계나 차별을 두지 않는다. 외국인이나 한국인이나, 남자나
여자나, 어른이나 아이나 모두 똑같다. 호진이는 팀에서 가장 어리지만
적은 나이가 어떤 장애나 특별한 배려의 이유가 되지 않는다. 덕분에 호
진이가 자전거 위에서 보낸 12일은 온전히 호진이의 것일 수 있었고, 자
전거 위에서 흘린 정직한 땀은 호진이에게 무엇과도 바꿀 수 없는 선물
을 준다. 그것은 부모님의 화해나 가족의 회복이 아니라, 포기하고 싶은
자신과 싸워서 발견한 '나'이자 내 안에 숨어있던 '가능성'이다.

무리할 필요는 없었다. 일등 한다고 상을 주는 것도 아니고 몸부림친다고 일등을 할 수 있는 것도 아니다. (중략) 그런 사람들을 이길 수는 없었다. 꼭 이겨야 하는 것도 아니다. 다른 사람들이 늦지 않게, 방해되지 않게 내 속도만 내면 그만이다.

하지만 나도 뭔가 잘하는 것이 있으면 좋겠다는 생각이 들었다.

'난 뭘 잘하지?'

생각나는 게 하나도 없었지만 마음이 급하지는 않았다. 집을 떠난 뒤로 여유가 생겼다. 아직 모를 뿐이다. 내 속에 뭐가 들어있는지 아직 모른다. 공부를 못하면 세상이 끝나는 줄 아는 엄마와, 엄마와 같은 생각이지만 표현을 하지 않을 뿐인 아빠가 떠올랐다. 하지만 난 공부가 싫다. 억지로 시키는 건 더 싫다. 그래서 공부를 하지 않았다. 대신 이렇게 온몸으로 부딪혀 땀흘릴 수 있는 거라면 할 수 있을 것 같았다. 안개 속 같던 머릿속에 어렴풋이 불빛이 비치는 것 같았다.

여행 전에 타인의 기준에 비추어 스스로를 쓰레기 같다고 생각했던 호진이는 여행이 끝나갈 무렵 있는 그대로의 자신을 받아들일 수 있을 만큼 성장한다. 그래서 호진이는 아빠에게 전화를 한다. "아빠가 때린 데, 지금도 아파. 많이." 이 고백은 호진이가 자신과 부모의 상처를 외면하지 않고 응시할 수 있는 힘을 얻었기에 가능했다. 부모님은 호진이에게 여전히 쉽지 않은 문제지만, 호진이가 몸으로 발견한 자신의 가능성은 자신을 그리고 타인을 이해하는 기반이 된다. 호진이는 자전거 팀의 트럭을 훔친 영규 아저씨가 나쁜 사람이 아닐지도 모른다는 생각을 하고, 고등학교도 못 나오고 취직도 못 했다는 한심한 삼촌 대신 남과 다른 일을 하는, 좋아하는 일을 하는 삼촌을 새롭게 발견한다.

『불량한 자전거 여행』의 호진이는 아동문학에서 어린이를 보는 어른의 시각이 얼마나 중요한지를 잘 보여준다. 어린이도 온전한 하나의 세계이며, 스스로 해결해야만 하는 삶의 고통과 슬픔이 있다. 아무도 그것을 대신해 줄 수 없다는 사실을 인정할 때, 즉 어른과 어린이가 근본적으로 크게 다르지 않음을 인정할 때 어린이 주인공이 살아나고 이야기가 살아난다.

4. '그냥 막' 노는 아이

김동해와 공희주는 아웃사이더다. 김동해는 야구밖에 모르는 야구선수인데 너무 솔직해서 야구부에서 쫓겨난다. "김동해, 넌 내일부터 나오지 마라." 공희주는 공만 좋아하고 공부엔 도통 관심이 없어 학원에서 쫓겨난다. "공희주, 넌 내일부터 안 나와도 된다." 진형민의 『소리 질러, 운동장』(창비, 2015)은 이렇게 쫓겨난 자들이 만든 "막야구부"가 학교 야구부와 운동장을 걸고 한판 승부를 벌이는 이야기다.

김동해와 공희주가 만든 막야구부는 이 이야기의 핵심이다. '막'은 '마구'의 준말로 보통 동사나 명사 앞에 붙어 그 의미를 다소 하찮게 만든다. 가령 '하다'와 '말'은 가치중립적이다. 그런데 여기에 '막'이 붙은 '막하다'와 '막말'에는 함부로 혹은 분별없음의 뜻이 첨가되고, 원말의 가치가 하락한다. 그러니 막야구는 야구에 비길 것이 못 된다. 감독님의 말대로 막야구는 "그냥 막 놀고 먹는 야구"고 야구부는 "학교의 명예를 위해 싸우는 야구"이기 때문에 야구부에 방해가 되는 막야구부가 운동장을 떠나는 게 당연하다. 그런데 정말 명예를 위해 싸우는 것은 노는 것보다 가치 있는 일일까? 진형민은 막야구 대 야구의 대립 구도를 통해 진지함과 놀이, 미래와 현재, 순종과 불순종의 마땅한 위계를 흔든다. 그리고 묻는다. 무엇이 진짜이고 무엇이 가짜인가. 진짜와 가짜는 불변하는가.

그동안 아이들을 놀지 못하게 하는 현실을 비판하는 이야기는 많았지만 막상 아이들을 실컷 놀게 하는 이야기는 드물었다. 아마도 현실을 비판하는 것보다 현실을 극복할 힘이나 대안을 찾는 게 훨씬 어렵기 때문일 터이다. 또다른 이유는 어른의 시선, 그 자체의 한계에 있다. 어른의 눈앞에 과도한 경쟁과 학업으로 지치고 병든 아이가 있다. 이때 통상 아이를 안타깝게 여기는(그러나 아이의 힘과 가능성, 상상력은 알지 못하는) 어른은 아이를 억압하는 현실을 꼬집고 고발한다. 놀지 못하게 하는 현실이 병통이라면 마음껏 놀게 내버려 두면 되는데 어른들은 그럴 수 없다. 어른의 시선이 현재보다는 미래에, 진짜보다는 가짜(인데 진짜라고 믿는 것)에 닿아있기 때문이다. 어른들은 두렵다. 어른들이 볼 때 실컷 놀고 난 끝에는 명예 없음, 유명하지 않음, 그래서 시시한 삶만 있기 때문이다.

『소리 질러, 운동장』의 아이들은 어른들의 이런 생각을 비웃기라도 하듯 실컷 논다. 그것도 '그냥 막' 논다. 김동해와 공희주는 놀고 난 다음을 생각하지 않고 논다. 둘이 고민하는 것은 어떻게 하면 좋아하는 야구를 할 수 있을까 하는 것뿐이다. 막야구부도 그렇게 탄생했다. 야구부가 이미 있어서 똑같은 것은 만들 수 없다는 선생님의 말에 아이들은 모집 벽보에 '막' 자를 붙여넣는다. "**막** 야구부 모집. **막** 야구하고 싶은 사람 수업 끝나고 운동장으로 오세요. 매일 편 갈라 **막** 야구합니다. 그냥 **막** 노는 겁니다. 추신: 여자 남자 누구나 막 대환영." 그야말로 대찬 '막'의 상상력이다. 이 아이들을 통해서 '막'은 '분별없이, 함부로'에서 '몹시 세차게'[36]로, 부정에서 긍정으로 전화한다. 막야구부는 엄격한 룰이나 고정된 성별[37] 따위를 세차게 뛰어넘는다. "막 야구하고 싶은" 자신의 욕구에 충실하고, "그냥 막 노는" 지금 이 순간의 행복에 집중한다.

이것이야말로 아이들이 가진 생명의 힘이며 어린이의 본성이다. 아이들은 길이 없으면 만든다. 진창 위라도 자갈밭이라도 개의치 않는다. 바짓단과 신발, 발바닥을 걱정하는 것은 어른들이다. 아이들은 바짓단이 더러워져도 신발 밑창에 구멍이 뚫리거나 발바닥에 상처가 나도 아슬아슬하고 재미있기만 하면 어디든 간다. 어른들이 명예, 장래 따위를 내세워 아이들의 땅(운동장)을 빼앗아 버리지만 않는다면 아이들은 그 안에서 자기들만의 방식으로 뻗어나간다. 머리를 맞대고 시험문제를 풀고 토론을 하며, 좀 달라도 어울려 놀고, 떳떳하게 최선을 다한 승부를 벌인다.

"너 나한테 화 안 났어?"

"왜 내가 너한테 화가 나?"

"내가 너 아웃이라고 했잖아."

"진짜 아웃이었던 거 아냐?"

"그건 그렇지만……."

"너 원래 거짓말 못 하잖아. 그래서 야구부 잘렸다며?"

"그건 그렇지만……."

"떡볶이 먹으러 갈 거야, 말 거야?"

공희주가 주머니 속 동전들을 짤랑이며 김동해를 빤히 건너다보았다. 순

---

36 국어사전에 등록된 '마구'에는 실제 두 가지 뜻이 함께 수록되어 있다.

37 이 작품에서 공희주라는 캐릭터는 기억할 만하다. 공희주는 우리 동화가 상당히 오랜 시간 내면화하고 있던 고정된 성별 역할을 가뿐히 뛰어넘는다. 무엇보다 공희주 투쟁을 통해 개성을 얻는 것이 아니라, 원래 그런 인물로 그려졌다는 점은 특기할 만하다.

간 김동해는 자기가 아까 왜 "아웃!"을 외쳤는지 그 이유를 알 것만 같았다. 바로 공희주의 눈빛 때문이었다. 공희주의 눈빛이 '세이프라고 말해!' 하지 않고 '진실을 말해!' 했기 때문이었다.

야구부에 있을 때 김동해는 이웃 학교와의 중요한 경기에서 정직하게 자기 팀이 "아웃!"이라고 말했다가 팀에서 쫓겨났다. 운동장을 건 야구부와 막야구부의 시합에서 같은 상황에 처한 김동해는 고민한다. "스포츠 정신 별거 아니라고, 지면 모든 게 끝이라고, 이번 경기는 어떻게든 이겨야 한다고" 그러니 "공희주, 세이프!" 하고 말할 작정이었는데 막판에 공희주의 눈빛을 보고 자기도 모르게 "아웃!"을 외친다. 간신히 비겼지만 막야구부에서, 공희주의 마음에서 쫓겨날까봐 풀죽은 김동해에게 공희주의 빤한 눈빛이 말한다. '스포츠 정신은 중요하다고. 져도 끝난 게 아니라고. 중요한 건 이기는 게 아니라, 정정당당함이라고.' 이것이야말로 아이들 속에서, 놀이 속에서 발견한 인간의 가능성이자 쫓겨난 자들의 복권이다. 노는 것, 특히 뒤를 생각하지 않고 '그냥 막' 노는 것은 이렇게 의미 있고 가치 있는 일이다.

진형민은 아이들의 땅(운동장)을 빼앗은 부조리한 현실을 비판하는 대신 아이들이 자신의 힘으로 빼앗긴 운동장을 다시 찾는 이야기를 썼다. 이 과정을 좇으며 독자는 진짜와 가짜, 진지함과 놀이, 미래와 현재 등을 구별하는 현실의 위계가 그렇게 단단하지 않으며 어쩌면 허구일 수도 있다는 사실을 깨닫는다. 아동문학이 현실보다 어린이 자체에 초점을 맞추는 것은 이렇게 긴요한 일이다. 현실에 붙박인 시선은 현실 바깥을 사유할 수 없으며, 오히려 현실에 무릎 꿇어 아이들(주인공과 독자)을 소외시키는 결과를 낳기 쉽다. 반면 어린이 자체가 갖는 생기와 가능성에 집중하면 현실만 볼 때는 도저히 발견할 수 없는 비밀의 문이 열린다. 『소리 질러, 운동장』은 그 가능성을 보여준 작품이다.

그러나 『소리 질러, 운동장』의 성취를 가능하게 한 두 주인공과 주변 인물의 형상은 이 이야기가 동화인지 소설인지 헷갈리게 만든다. 통상 5학년이면 소설의 인물이고, 무엇보다 이 작품이 제기하는 문제는 소설적이다. 그런데 김동해와 공희주는 실제 인간이 지닌 복합성이 없다는 점에서 동화적 인물에 더 가깝다. 수평 비교가 갖는 단순화의 위험이 있지만 『봉주르, 뚜르』의 아이들과 『소리 질러, 운동장』의 아이들을 비교했을 때 이들이 도저히 같은 나이라고 느껴지지 않는 현상을 어떻게 해석해야 할까. 무엇보다 감독님의 순박한 인물 형상은 "정정당당한 승부로 얻은 운동장 150조각"의 의미를 반감시킨다. 감독님이 "한 사람 앞에 운동장 한 조각"이라는 자신이 파놓은 함정에 빠진 셈이기는 하지만, 그래도 "막 야단치고 억지 부려서 아이들을 쫓아내" 버리는 게 진짜 현실에 더 가깝지 않을까. 그 때문에 아이들이 얻은 승리는 절반의 승리로 읽힌다.

5. 어린이가 주인이 되는 문학

시대가, 현실이 악하고 위험해졌다고 아동문학의 인물이 덩달아 위축될 까닭은 없다. 그것은 현실에 포박된 어른의 시각이며 어린이를 모르는 어른의 관점이다. 일제 강점기나 해방 직후의 현실이 지금보다 나았을까? 방정환의 탐정소설이나 이원수, 손창섭의 장편 아동소설이 창조한 주인공들은 엄혹한 현실 속에서도 어린이에 대한 믿음으로 현실에 압도당하지 않은 결과물이다. 오늘의 주인공도 크게 다르지 않다. 어른의 과도

한 선의가 물러날 때, 어른의 시선이 갖는 일방성이 의심될 때, 어린이 주인공은 살아나고 이야기도 살아난다. 그러니 관건은 '현실'이 아니라 언제나 '어린이'여야만 한다.

길러지는 것은 신비하지 않아요.
소나 돼지나 염소나 닭
모두 시시해요.
그러나, 다람쥐는
볼수록 신기해요.
어디서 죽는 줄 모르는
하늘의 새
바라볼수록 신기해요.
길러지는 것은
아무리 덩치가 커도
볼품없어요.
나는
아무도 나를
기르지 못하게 하겠어요.
나는 나 혼자 자라겠어요.

(임길택, 「나 혼자 자라겠어요」 전문)

다람쥐가, 하늘의 새가 신비한 이유는 알 수 없기 때문이다. 다람쥐는 눈에 보였다가 금세 사라져 버리고 새는 왜, 어디로 가는지 도무지 알 수 없다. 이들은 모두 어린이처럼 '비밀'을 가진 존재다. 이들이 시시하고 볼

품없어지는 때는 새장에 갇히는 순간이다. 포획되어 길러지는 순간 비밀을, 색깔을, 의미를 잃어버린다. 아이는 이 사실을 잘 알고 있다. 자신이 다람쥐이고 새이기 때문이다. 그러니 아무도 나를 기르지 못하게, 나 혼자 자라겠다는 아이의 목소리는 얼마나 당당하고 아름다운가. 우리 아동문학이 이런 주인공들을 더 많이 가질 때, 비로소 어린이가 아동문학의 주인이 될 수 있을 것이다.

『창비어린이』 2015년 가을호

장편, '가능성'으로서의 문학

1. 문학과 현실

2006년, 이른바 '동화의 소설화'라 불린 새로운 경향이 아동문학계를 뜨겁게 달궜다. 개별 작품에 따라 성취의 차이는 있지만, 당시 나는 전반적으로 '소설화 경향'의 작품들에 대해 공감하는 바가 컸다. 일부 소설화 경향의 작품들은 '아동문학에 문학이 부족하다'는 오랜 우려를 불식시키기에 충분한 미학적 성취를 이루었을 뿐 아니라, 기존의 현실 재현 관성에 강한 의문을 제기하는 것으로 보였기 때문이다. 이를테면 왕따나 가정·학교폭력 등 민감한 현실 문제를 제기한 작품이 결말에 이르러 왕왕 현실에서는 가능하지 않은 낭만적 해결을 도모하는 경향을 보였는데, 이는 독자에게 명확한 답(혹은 거짓 위안)을 제시하려는 왜곡된 계몽의 산물임에도 불구하고 '동화다움'이라는 기이한 면죄부를 받기도 했다. 그런데 소설화 경향의 작품들은 그런 결말은 거짓말이라고, 아이들이 처한 현실과 어른이 처한 현실은 크게 다르지 않다고 말하는 것처럼 보였다.

'소설화 경향'의 작품들을 보는 내 시각에 미세한 변화가 생긴 것은 우리 사회의 민주주의가 급속도로 후퇴하기 시작한 2009년 이후이다.

2006년에서 겨우 3여 년이 지났고 정권이 바뀌었을 뿐인데, 우리가 발딛고 있는 현실은 영화처럼 변했다. 2009년 용산 참사와 쌍용자동차 해고 사태를 시작으로 공권력이 자행한 인권유린은 현재 법과 제도로 우리 사회에 뿌리내리고 있다. 이는 우리가 획득했다고 믿었던 민주주의의 허약성을 보여준다. 이런 상황에서 문학은 무엇을 할 수 있으며, 무엇을 해야 하는가. 역사를 거슬러 올라가면 한국 아동문학은 이럴 때 현실과 싸웠다. 방정환, 마해송, 이주홍, 현덕, 이원수, 이오덕, 권정생으로 이어지는 현실주의 아동문학의 계보가 산증인이다. 그런데 최근 현실주의'적' 작품들을 보면 여러 가지 의구심이 든다. 역사적 계보를 구성하는 현실주의 작품들이 불합리한 현실과 싸워 현실을 이겨냈다면, 최근의 현실주의'적' 작품은 현실과 싸우지만 현실에 먹혀버리고 있지 않은가라는 생각이 들기 때문이다.

물론 여기서 2006년 소설화 경향의 작품들과 최근 현실주의'적' 작품들이 갖는 근본적인 차이점은 반드시 고려되어야 한다. 당시 소설화 경향의 작품들은 단편이었다. 단편이 단일한 사건과 갈등을 통해 삶의 한 진실을 낯설고 예리하게 드러내는 것임을 감안하면 소설화 경향의 작품들은 미학적인 정당성을 갖는다. 게다가 반짝거린다고 믿었던 우리 삶과 현실의 어두운 구석을 찾아 조명했다는 의의가 있다. 그러나 최근 일부 장편에서 현실의 급속한 후퇴를 작품 속에 반영하는 일단의 경향은 재고의 여지가 많다. 장편이 현실을 비판할 목적으로 어린이를 포함한 소수자를 무력한 희생자로 재현하는 방식은 현실 고발이라는 목표에는 도달할 수 있을지 모른다. 그러나 미처 발견하지 못한, 우리 안에 있는 가능성의 세계를 보여주는 장편 고유의 미학에는 도달하지 못한다. 문학과 현실은 일대일의 반영 관계가 아니다. 특히 장편이 재현하는 세계는 '있는 현실'이 아니라 '있어야 할 현실'에 가까우며, 그 현실을 얼마나 핍진하게 그려냈느냐의 여부가 작품의 성패를 좌우한다고 볼 때, 우리가 처한 현실보다 중요한 것은 현실과 어린이를 바라보는 우리의 관점이다.

이 글에서는 2013년 이후, 현실 문제를 깊이 있게 파고든 장편소설들을 살펴보려 한다.[38] 이는 현실주의로 명명된 우리 아동문학 고유의 특성이 최근의 작품에서 어떤 식으로 발전·계승되고 있는지, 혹시 퇴행의 징후를 보인다면 그 이유는 무엇인지를 점검하기 위해서이다. 결국 현실주의란 문학이 현실을 어떻게 보고, 읽고, 해석하는가의 문제이며, 아동문학의 경우 현실만큼이나 중요한 것이 어린이라는 존재이다.[39] 현실과 어린이를 보는 시각의 차이가 어떤 차별적인 결과로 나타나는지를 확인함으로써 우리 아동문학의 현재, 특히 리얼리즘 아동문학의 현주소를 점검할 수 있으리라 생각한다.

2. 현실주의의 '유사 현실주의'화

일제 강점기에 꽃을 피운 한국 아동문학은 민족·사회운동의 일환으로 시대 현실과 늘 정면 승부를 벌였다. 현실주의라는 명예로운 전통은 이 과정에서 수립되었으나, 그 그늘에는 아이들의 눈높이와 상상력 대신 어른 작가 중심의 교화 기능에 맞춤한 문학 현실이 있었다. 판타지는 백

---

38 2009년을 전후로 달라진 우리 사회의 양상을 반영한 장편소설이 나타난 것은 2013년 즈음으로 보인다. 단편과 저학년 대상의 작품은 분석 대상에 포함하지 않았다. 또 공포물이나 추리물은 생성 초기의 작품이 거둔 성과를 뛰어넘어 장르의 관습을 갱신할 만큼 유의미한 작품이 출간되었다고 보지 않기 때문에 역시 대상에 넣지 않았다. 리얼리즘 작품을 주로 분석했으나, 판타지나 역사물에서 유의미한 변화를 감지한 작품들은 분석 대상에 넣었다.

39 소설화 경향 논쟁 역시 이 지점에서 발생한 것이다.

일몽으로 치부되어 제대로 꽃피지 못했고 리얼리즘동화나 의인동화, 우화가 주류를 형성했다. 1990년대 후반부터 약 10여 년, 한국 아동문학은 제2의 도약기를 맞는다. 『전봇대 아저씨』(채인선, 창비, 1997) 『문제아』(박기범, 창비, 1999) 『마당을 나온 암탉』(황선미, 사계절, 2000) 『괭이부리말 아이들』(김중미, 창비, 2000) 『해를 삼킨 아이들』(김기정, 창비, 2004) 등은 한국 아동문학의 현실주의 전통을 계승하며 새롭게 발전시킨 작품들이다. 사회 현실을 외면하지 않으면서도 아이들의 눈높이와 입장을 간과하지 않아, 아동문학의 새로운 정전이 되기에 부족함 없는 작품들이 탄생했다. 2006년 소설화 경향의 단편들은 기존 한국 아동문학의 형세를 흔들었고 많은 이견 속에서도 아동문학의 지평을 넓혔다. 이후 주목할 만한 변화는 2010년 이후 장편소설들에서 나타난다. 작가들이 새로운 장르에 도전했고, 개별 장르의 한계를 넘어서는 작품들이 속속 등장했다. 문제는 퇴보하는 현실과 고투한 흔적이 보이는 작품들에서 건강한 현실주의가 아닌 '유사 현실주의'적 경향이 발견된다는 점이다. 현실과 싸우나, 현실에 먹혀버린 것 같은 작품들을 우리는 어떻게 보아야 할까?

이런 우려 속에서 다시 살펴봐야 할 작품은 유은실의 『일수의 탄생』(비룡소, 2013)이다.[40] 꼭 쓸모 있는 사람이 되지 않아도 괜찮다는 이 작품의 메시지는, 타인에게 인정받는 무엇이 되기 위해 현재를 저당잡힌 채 사는 오늘의 아이들에게 긴요하다. 그런데 메시지와 무관하게 이 작품에서는 유은실 특유의 유머나 따스함 대신 냉소와 냉기가 감지된다. 유은실은 소설화 경향의 단편은 물론 『우리 동네 미자씨』(낮은산, 2010)나 『마지막 이벤트』(바람의아이들, 2010/ 비룡소, 2015 개정) 같은 장편에서 어떤 인

---

40 이 작품이 출간되었을 당시, 나는 작품에서 냉소를 읽긴 했으나 전체적으로 우호적인 평가를 한 바 있다("2013년 동화를 돌아보다", 『어린이와 문학』 2014년 3월호). 그러나 시간이 흐른 뒤, 유은실의 작품 세계 전체를 염두에 두고 재독했을 때 작품의 의미는 전과 다르게 해석되었다.

물도 이해와 관용 밖으로 밀쳐버리지 않았다.[41] 그에 비해 이 작품에 등장하는 인물들은 상대적으로 일면적이고 편협하다. 아들에게 목매는 일수 엄마도, 일수를 다그치는 명필 선생도 주어진 역할 이외의 다른 일은 하지 않는다. 그래서 독자는 이 인물들에 공감하기 어렵다. 특히 이 작품에서 중요한 아버지의 대사[42]는 맥락상 '다른 무엇이 되지 않아도, 너 자신으로 충분히 의미가 있다'고 읽히기보다 세상과 자신에 대한 무력함으로, 패배주의로 읽힌다. 전작과 달리 아이들을 옥죄는 현실을 강하게 비판하다 보니 스토리가 인간에 대한 이해로 확장되지 않고, 현실과 어른들에 대한 냉소에 머무르고 말았다.

박효미의 『블랙아웃』(한겨레아이들, 2014) 역시 작가의 전작들과 비교했을 때 상당히 이례적인 모습을 보인다. 사상 초유의 정전 사태라는 가상현실 속 일주일을 그린 이 작품에서 주인공 동희, 동민 남매는 서사가 진행되면서 점점 무력한 관찰자와 피해자의 위치로 물러난다. 이들에게 남는 것은 세상과 사람들을 향한 분노밖에 없다. 작가의 시선이 부조리한 현실의 참담함에 함몰된 나머지 작품은 의도하지 않은 패배주의적 결말로 귀결된다.

유은실과 박효미의 두 작품이 그들의 작품 세계에서 예외적인 것이었다면, 김남중의 『싸움의 달인』(낮은산, 2015)은 단편에서 보이는 김남중 특유의 서늘함이 장편에서 어떤 모습이 되는지를 보여준다. 시작은 그의 기존 장편들처럼 호쾌하다. 주인공이 싸움을 잘하는 법을 인터넷에 묻고, 삼촌의 후배로부터 비법을 전수받는 과정은 구체적이고 진지해서 외려

---

41 『우리 동네 미자씨』의 미자씨나 『마지막 이벤트』의 할아버지 같은 인물들은 이해받기 힘든 사람이거나 가족들에게 상처만 준 사람으로 나오지만 이들을 끌어안는 작가의 미세한 손길 속에서 결국 독자는 삶과 인생의 헤아리기 힘든 복잡함, 다층성을 어렴풋이 깨닫게 된다.

42 "나는 일찌감치 포기한 사람이야. 나는 바라는 게 별로 없어. 너한테도 이 세상에도……. (중략) 그까짓 서예 못하면 어떠니……. (중략) 일수야, 인생 별거 아니다."

웃음을 유발한다. 그러나 중반 이후 이야기는 완전히 다른 지점을 향해 나아간다. 아이들 세계에서 유의미한 결말을 이끌어내는 대신 철거나 용역 깡패 등 현실의 불합리를 드러내고 그것과 싸우는 방향으로 돌아서, 앞의 서사와 동떨어진 것이 된다. 통쾌함과 웃음에서, 비장함과 무력함으로 전회하면서 서사는 아동문학 특유의 건강한 활기를 잃어버린다. 아이들에게 현실의 불합리를 가르쳐주려는 의도를 나쁘다 할 수는 없다. 그러나 반짝하는 깨달음을 주거나 삶의 색다른 면을 보여주는 것으로 충분한 단편과 달리 인간과 세계의 총체성을 구현하는 장편에서 현실 비판에 주안점을 두는 것은 생산적이지 않다. 현실의 모순과 불합리를 드러내는 것에 몰두하다 보면 아이는 주체에서 관찰자의 자리로 밀려나고 계층의 한계를 뼈저리게 깨달은 후, 기껏해야 정신 승리라는 관념적인 결말에 도달할 수밖에 없기 때문이다. 이런 결말은 아동문학이 현실과 어린이 중 어디에 방점을 찍어야 할지 다시 한번 생각하게 한다.

유사한 경향의 판타지로 이병승의 『구만 볼트가 달려간다』(뜨인돌어린이, 2015)가 있다. 경쟁에서 이긴 상위 1퍼센트를 위한 공간 '힐탑'과 하위 10퍼센트가 가는 죽음의 공간 '씨드'. 이 작품에서 작가가 말하고 싶어 하는 바는 명확하고 의도의 선함도 분명하다. 그러나 의도가 선하다고 해서 작품의 미학적·윤리적 질까지 보장되지는 않는다. 이야기에서 끊임없이 윤리적이고 실질적인 선택의 기로 앞에 서는 구만이가 항상 정답만을 선택하는 것이나 구만이의 선함을 드러내고자 친구들을 악으로 설정하는 것은 문제적이며 전혀 현실적이지도 않다. 실제 인간도, 선악도 늘 상대적이고 유동적이다. 그런데 이 작품의 등장인물은 고민하지도 망설이지도 않는다. 작가가 설정한 선악의 이분법이 각각의 역할을 맡은 인물을 통해 다소 폭력적인 방식으로 관철될 뿐이다. 특히 결말 부분에서 이 모든 과정이 "어떤 유혹에도 변하지 않고 올바르게 자기 뜻을 펼칠 인재를 찾기" 위한 시험이었다는 사실이 밝혀지는 지점에 이르면 적잖이 당황하지 않을 수 없다. 이렇게 폭력적인 시험을 통해서 '정의'를 실현할 새로운 인재를 찾는 방식은 과연 정치적·윤리적으로 정당한가. 무한경쟁, 약육강식, 승자독식의 현실을 비판하는 작품이 같은 방식의 시험을 통과한 사람들만 뽑아서 새로운 세상을 만든다는 결말을 냈는데 과연 둘 사이에 무슨 차이가 있는지 궁금하다. 마치 악마와 싸우다 악마가 된 사례를 보는 것 같아 내내 불편하고 안타까웠다. 약육강식(弱肉强食)이 악육선식(惡肉善食)으로만 바뀐 셈인데, 선악은 그렇게 단순하지 않다.

장주식의 『소년소녀 무중력 비행 중』(문학동네, 2013)과 진형민의 『소리 질러, 운동장』(창비, 2015)은 현실적인 문제 제기에 비해 비현실적인 해결로 '소설적 진실'에 도달하지 못했다는 공통점을 갖는다. 반성하고 회개하며 학생들에게 다가가는 『소년소녀 무중력 비행 중』의 교사나, 아이들과의 논리 싸움에서 패배를 인정하고 물러서는 『소리 질러, 운동장』의 야구부 코치가 현실에 있을 수는 있다. 그러나 실제 있었던 일과 문학의 핍진성은 다르다. 현실을 그대로 모사하는 것은 문학이 아니며, 실제 있었던 일을 문학화할 때는 현실보다 더 촘촘한 개연성으로 무장하는 것이 마땅하다. 물론 도저한 절망 속에서도 어떻게든 희망의 씨앗을 이끌어내는 것이 아동문학의 본령임을 생각할 때, 아이들에게 희망을 주고 싶어 하는 작가의 마음은 그것 자체로 지지받아 마땅하다. 그러나 자기가 원하는 목표에 도달해야만 희망이고 목적을 달성하는 것은 아니다. 원하는 목표에 도달하지 못했더라도, 실패했더라도, 그게 끝이 아니라고 말해주는 것이 문학이다. 낭만적 봉합이라는 미봉책을 써서라도 현실의 문제를 해결하고 싶어 하는 욕망은 어쩌면 우리 사회가 줄곧 외치는 성공과 실패의 이분법을 내면화한 결과물인지도 모른다. 그래서 멋지게, 가치 있게 실패하는 이야기가 절실하다.

현실주의는 불합리한 현실을 자세하게, 혹은 현실보다 더 과도하게 모사하는 것이 아니다. 그런 방식의 현실 재현은 불합리한 현실을 바꿀 수 없을뿐더러 오히려 현실의 불합리를 독자에게 깊이 인식시키고 가해와 피해, 승리와 패배를 생득적이고 자연스러운 것으로 체화시켜 사람들을 무기력하게 만든다. 여러 번 반복했지만, 우리가 꿈꾸는 세계는 현실을 비판하고 모사하는 데서 비롯하지 않는다. 현실을 비판하는 문학이 자칫 현실의 불합리를 더 견고하게 만들 수도 있다는 사실은 현실과 어린이를 보는 우리의 시선을 재점검하게 한다.

3. 현실을 넘어서는 문학

한국 아동문학의 현실주의 전통은 비참한 현실 속에서도 어린이에 대한, 그 생명력에 대한 믿음으로 강고한 현실에 균열을 낸 결과물이다. 일제 강점기나 해방 직후, 분단시대를 거치면서 살아남은 이야기들은 모두 그러하다. 누구보다 현실을 비판적으로 인식하지만, 거기서 멈추지 않고 어린이에게서 현실을 넘어서는 계기를 찾아냈다. 이런 작품들이 우리 아동문학의 역사적 계보를 이루었다. 물론 어린이 말고도 민족이나 계급, 국가 등 꿈꾸고 지향할 목표가 분명히 존재했던 시절과, 그런 거대 담론 자체에서 폭력성을 발견하는 오늘의 현실은 상대적·절대적으로 다른 영토에 놓여있다. 그러나, 그럼에도 불구하고 삶은 계속될 것이며 계속되어야만 하니, 어쩌면 우리에게 어린이는 더욱 중요로운 단 하나의 가치인지도 모른다.

앞에서 작가의 의도와 달리 현실에 잠식당한 작품들을 살펴보았지만, 현실의 불합리를 문제삼는 작품이라고 해서 다 패배주의로 귀결되지는 않는다. 그와 반대편에서 어린이에 주목해 성과를 거둔 작품도 있다. 진형민의 『기호 3번 안석뽕』(창비, 2013)은 아동문학 특유의 활기로 가득하다. 작품은 학교 안팎의 뜨거운 사회문제를 전면에 배치하고 있지만 주인공 소년들의 개성과 톡톡 튀는 화법 덕분에 서사는 무겁거나 비장하지 않다. 권투로 치자면 가볍게 치고 빠지는 경쾌한 잽을 잘 사용하는 셈인데, 현실을 상대로 이 잽을 한 방씩 날릴 때마다 버겁고 답이 보이지 않던 현실의 문제들은 야유와 조롱의 대상으로 전락한다. 무엇보다 무릎을 치게 하는 아이들의 선거공약은 그야말로 현실 전복의 상상력 그 자체다. 이 작품은 현실이 무겁고 암담해도 아이들이 내뿜는 활기, 아이들의 상상력으로 능히 현실을 재구축할 수 있음을 증명한다. 장편소설이 아이들에게 보여주어야 할 현실은 이런 모습이어야 하지 않을까. 더구나 초등학생조차 '수저계급론'을 실제로 받아들이는 게 목하 우리의 현실이라면, 문학이 재현해야 하는 것은 '있는 현실'이 아니라, 잘 보이지 않지만 우리 안에 있는 '가능성으로서의 현실'이 되어야 할 터이다. 잘 보이지 않고, 잘 들리지 않는 것을 문학적 상상력과 핍진함을 통해 '가능태'로 제시하는 것이 장편소설이고 문학이다.

이현의 『플레이 볼』(한겨레아이들, 2016)은 독자가 어디에 방점을 찍고 읽느냐에 따라 다양한 감상이 가능하다. 이를테면 이 작품에는 '최선 같은 건 없다'고 단호하게 말하는 감독이 나온다. 아무리 좋아해도 잘하지 못하면 소용없다는 것인데, 이는 우리 현실의 결과 만능주의, 능력 만능주의와 이어진다. 이 작품에서 불편함을 느낀다면 개인의 노력만으로는 능력을 가질 수 없는 현실(불합리한 시스템)을 비판하지 않고 오히려 받아들이는 듯 보이는 결말에 대한 의문 때문일 것이다. 그러나 불합리한 현실을 조목조목 비판하는 방식이 그다지 생산적이지 않다는 사실을 우리는 앞선 많은 작품에서 이미 확인했다. 이야기 속 불합리한 현실은 사실 감독으로 대변되는 무한경쟁과 승자독식의 시스템만은 아니다. 공부나 하라고 다그치는 아빠도, 영민이에게 밀려난 후 야구를 포기하고 싶어 하는 동구 자신도 시스템을 내면화한 불합리한 현실의 일부다. 그렇기 때문에 어떤 낭만적 대안과 전망보다 동구가 포기하고 싶은 자신을 일으켜, 질 게 확실한 게임을 온전히 감당하는 것으로 끝맺는 결말이 최대치의 희망이 아닐까. 장편소설이 보여줄 수 있는, 보여주어야 하는 가능성은 거짓 낭만의 세계가 아니라 '그럼에도 불구하고'의 세계이다. 야구는 "토너먼트가 아니라 리그"임을 깨닫고 그 깨달음을 현실 속에서 행동으로 옮기는 것. '잘하지 못하고 지고 비참하고 괴롭지만 그럼에도 다시 (인생이라는) 운동장에 서는' 이 결말이야말로 '소설적 진실'이다.

남찬숙의 『혼자 되었을 때 보이는 것』(미세기, 2015)은 왕따라는 우리 현실의 그늘을 새로운 시각으로 바라본다. 보통 왕따나 외톨이를 소재로 하는 작품들은 인물이 왕따가 되기까지의 폭력적인 과정에 서사의 대부분을 할애하고 이후 어른 조력자가 나타나 낭만적인 방식으로 문제를 해결하는 패턴을 보였다. 그런데 이 작품은 왕따를 둘러싼 관습적 재현을 따르지 않는다. 오히려 의도치 않게 외톨이가 된 주인공이 스스로 혼자이기를 '선택'하는 방식으로 나아간다. 이는 '외톨이'를 문제적 상황이 아닌, 성숙을 위한 '고독의 시간'으로 새롭게 해석한 작가의 시각이 만든 결과다. 이 작품은 우리에게 '현실'보다 중요한 것은 '해석'이라는 사실을 다시금 일깨운다. 왕따라는 문제적 현실을 어떻게 해석하느냐에 따라 이야기는 구습에 가까운 관습이 될 수도, 새롭게 계승해야 할 전통이 될 수도 있다. 이 작품에서 하나 더 주목할 것은 주인공이 왕따가 된 이후에 관심을 갖는 친구 민지다. 이전까지 목소리를 들을 수 없을 정도로 존재감이 없었던 민지는 마지막에서 잃어버린 목소리를 되찾는다. 아이들의 연대로 이루어지는 이 장면은 다소 상투적이어서 아쉬움을 남긴다. 그럼에도 지워진 목소리들이 발화하는 이 장면이야말로 보이지 않는 것을 보고 들리지 않는 것을 듣는 일이 장편소설의 본분임을 잘 말해준다.

판타지에서도 우리 아동문학의 관습적인 현실 재현 양상을 뒤집는 새로운 이야기들이 눈에 띈다. 김진희의 『노잣돈 갚기 프로젝트』(문학동네, 2015)는 두 가지 측면에서 새롭다. 먼저 이 이야기는 황금만능주의를 비판함에 있어 돈만 좇는 세상과 사람들이 얼마나 문제인지에 초점을 맞추는 대신, 돈으로 살 수 없는 것들이 있다는 것을 보여줌으로써 돈이 전부가 아니라는 사실을 자연스레 깨닫게 한다. 이러한 새로움은 문제를 해결하는 방식과 과정에서도 드러난다. 주인공 동우가 준희를 위한다며 하는 다양한 행동들이 사실은 철저하게 동우 입장에서만 좋은 일들이었다는 에피소드는, 어른의 이러저러한 선의를 정작 아이들은 원하지 않을 수 있다는 우리 현실(아동문학)의 이면을 돌아보게 한다. 동우는 준희가 축구도 돈가스도 싫어한다는 것을 알고 난 이후 준희를 '관찰'하는 방식으로 방법을 바꾼다. 자기가 좋아하는 것, 자기가 옳다고 믿는 것이 다른 사람에게는 정반대일 수 있으니 그 사람을 정말 위한다면 먼저 잘 관찰해야 한다는 깨달음은 우리 아동문학이 꼼꼼하게 복기해야 할 지점이다. 이 작품에서 판타지는 작가의 주제 의식을 재미있게 풀어가기 위한 도구로 쓰였지만, 도구도 이 정도로 잘 사용했으면 활용도 100퍼센트다.

『여름이 반짝』(김수빈, 문학동네, 2015)은 새침한 서울 소녀와 시골 아이들이 서로 친구가 되어서 마음의 상처를 극복하는 이야기로 작고 깨지기 쉬운, 그래서 더 소중하고 의미 있는 것들을 차분하게 그려낸다. 기존의 판타지나 현실주의 소설이 소재주의라 해도 좋을 만큼 자극적인 방향으로 흐르는 것과 비교할 때 이 작품은 어린이의 생활 가운데서 작지만 소중한 일들을 발견하고 그것에 의미를 부여했다는 점에서 기억할 만하다. 이 작품에서도 판타지는 이야기를 새롭고 재미있게 하는 도구로 사용되지만 '비눗방울'이라는 판타지적 소재가 주제를 풀어내는 데 단단한 몫을 한다는 점에서 새로운 '판타지 사용법'의 모범으로 보아도 좋겠다.

어린이를 대상으로 한 역사소설은 꾸준히 쓰이고 있지만 장르의 관습이나 한계가 비교적 명확한지라 그것을 넘어서는 작품을 만나기란 쉽지 않다. 2013년 이후에 출간된 역사물 중 장르의 관습을 의미 있게 뛰어넘은 것은 김해원의 『오월의 달리기』(푸른숲주니어, 2013)다. 통상 역사물에서 권력을 가진 가해자는 절대 악으로, 힘없는 민중은 절대 선의 피해자로 그려진다. 이러한 이분법은 독자에게 사람이나 역사에 대한 올바른 이해보다는 가해자에 대한 막연한 적개심과 피해자에 대한 순간적인 동정심을 유발하는 데서 그치고 만다. 감정적 환기에 그칠 뿐, 세상과 인간에 대한 독자의 인식의 지평을 넓히는 데 별 도움이 되지 못하는 것이다. 더구나 '다시는 반복되지 말아야 할 슬픈 역사'에 방점을 찍다보면 민중은 아무것도 모르는 무지한 상태에서 무차별적인 공격의 대상(희생자)으로만 그려지기 일쑤인데, 이런 방식의 역사 재현은 역사를 만들고 역사를 살아낸 민중을 욕되게 한다. 『오월의 달리기』는 역사 속 인물을 불쌍한 희생자나 피해자로 그리는 대신 그 시간을 온몸으로 살아낸, 역사를 만든 사람으로 그린다. 아버지의 죽음을 알리기 위해 월경(越境)을 시도한 소년들, 마지막까지 도청을 사수한 미스터 박의 형상은 이들이 무력한 희생자가 아니라 인간의 존엄을 지키기 위해 최선을 다해 싸운 자들이라는 사실을 말해준다. 또 액자 구조인 이 작품에서 과거와 현재를 이어주는 액자 밖 이야기는 박제로 남을 과거의 역사를 오늘로 불러내 역사에 새로운 생명을 불어넣는다. 좋은 역사소설은 과거에 묶인 시간과 사람을 지금 이곳의 현실로 불러온다. 그렇게 재탄생한 역사는 오늘 우리가 걷는 길을 점검하게 하고, 우리의 오늘이 그때 그 시절 그 사람들 덕분에 가능했음을 깨닫게 한다.

4. 새롭게 쓰일 현실주의 전통

이현의 『로봇의 별 1~3』(푸른숲주니어, 2010) 이후 아동소설 분야에서 이렇다 할 만한 SF가 나오지 않는 이유는 뭘까? 『지도에 없는 마을』(최양선, 창비, 2012), 『열세번째 아이』(이은용, 문학동네, 2012) 등 꾸준히 SF 작품이 발표되고 공모 당선작으로 주목을 받기도 했으나 어느 정도 시간이 지난 후 다시 보았을 때 크게 의미 있는 발자국을 남기지 못했다는 생각을 떨치기 어렵다. 여러 가지 이유가 있겠지만 무엇보다 SF라는 장르에 대한 선입견이 작품 창작에 걸림돌이 되었다고 보인다. 환경파괴나 빈부에 따른 극심한 계층·계급 차이 등 디스토피아적 미래를 그리는 것에 얽매인 나머지 대부분의 이야기가 천편일률적 양상을 띠고 말았다. 그러니 여전히 『로봇의 별』을 뛰어넘는 작품이 나오지 않는 것도 이상한 일은 아니다.

그러나 최근 출간된 청소년 SF 단편들은 이 문제에 대한 돌파구를 제시한다. 정소연의 소설집 『옆집의 영희씨』(창비, 2015)나 최영희의 「전설의 동영상」(『안녕, 베타』, 사계절, 2015)이 대표적이다. 이 작품들은 우리의 선입견과 달리 미래는 꼭 디스토피아가 아닐 수도 있으며, 결연한 투쟁이나 지나친 비장미 없이도 싸울 수 있고 자기 멋대로, 마음 가는 대로 하는 것이 싸움 자체를 무화시키는 가장 좋은 방법이 될 수 있다는 사실을 보여준다.

청소년소설이 돌파구를 마련하면서 새로운 서사의 가능성을 모색하는 모습은 아동소설에 시사하는 바가 크다. 현실은 팍팍하고, 나쁜 인간들이 판을 치고, 갈수록 앞이 보이지 않는 게 사실이지만 그게 유일한 진실은 아니지 않은가. 그건 어른들만의 사실인 경우가 많다. 이 와중에도 아이들은 울고, 웃고, 사랑하며 무수한 꿈을 꾼다. 아이들이 보는 현실과 어른이 보는 현실이 같으리라고 단정하는 것도 오산이지만, 어른의 눈에 보이는 속악한 현실을 왜 아이들에게 알려주어야 한다고 생각하는지, 그리고 아이들에게 현실의 무도함을 알려주는 지금 우리의 방식이 올바른지 다시 점검해 봐야 할 시점이다. 이 말은 어린이들의 눈을 가리고 꽃노래나 불러주자는 말이 아니다. '나'의 정의가, '나'의 진실이 '너'에게는 정의나 진실이 아닐 수 있다는 말이다. 그리고 좀더 낮은 곳에서 가늘게 눈을 뜨고 보면 우리가 사는 세상이 그렇게 나쁘지만은 않다. 보이지 않는 곳에서 십시일반으로 힘을 모으는 사람들이 있고, 타인의 슬픔에 귀기울이고 옆에서 함께 우는 사람들도 여전히 존재한다. 그래서 우리는 오늘을 살 수 있다.

그렇다면 아동문학은 어떤 세계를 그려야 할까. 이 역시 단 하나의 진리는 아니지만 나는 적어도 지금과 같은 시대에 아동문학은 최선을 다해, 기어이, 보이지 않는 것들을 보고 들리지 않는 것들에 귀기울여야 한다고 생각한다. 잘 보이지 않지만 우리 안에 확실히 존재하는 희망의 얼굴과 목소리, 그것을 찾아내 잘 보이고 잘 들리게 형상화하는 것이 지금 아동문학이 해야 할 일이며 그것이 우리가 현실주의를 올바르게 계승하는 방법이다.

『창비어린이』 2016년 가을호

3부
모색과 연결,

앞으로 나아가기

어린이가 찾는 동시, 어떻게 가능할까

1. 달라진 환경, 달라진 독자

벌써 3년 전이다. 지역 도서관 의뢰로 초등학교와 중학교를 방문해 학생들을 만났다. 도서관에서 선정한 당해 발간 작품들을 대상으로 학생들과 이야기를 나누는 일이었다. 학생들과의 만남은 재미있었고, 반응도 좋은 편이었다.

어느 정도 서로에게 솔직해졌을 무렵, 학생들에게 물었다. 이 책이 재미있냐고. 학교에서 읽으라고 정해주지 않았어도 이 책을 읽었겠느냐고. 한 학급 스물다섯 명 안팎의 학생 중, 지정 도서가 아니어도 읽었을 거라고 한 학생은 한 명도 없었다(초등학교 6학년 5개 학급, 중학교 2학년 2개 학급). 물론 생각보다 재미있었다는 학생도 늘 세네 명 있었다. 학생들에게 다시 물었다. 제일 재미있는 건 뭐냐고. 초등학생들은 게임이라고 대답했고, 중학생(여자중학교)들은 웹툰과 웹소설을 꼽았다.

게임의 어떤 점이 재미있느냐는 물음에 교실이 소란해졌다. '시간이 금방 지나간다.' '노력하면 레벨 업을 할 수 있다.' '친구들과 같이 할 수 있어서 좋다.' 등등의 대답이 쏟아졌다. 게임은 사람들이 좋아하고 간절히

원하지만 현실에서는 이루기 어려운 다양한 갈망을 비교적 쉽게 채워준다. 공부도 운동도 예상한 것보다 훨씬 오랜 시간 자신과 싸우고 버텨내야만 미미한 열매를 얻는 현실에 비해, 게임은 시간과 물질을 들인 만큼 레벨 업 할 수 있으니 거기서 얻는 성취감은 생각보다 달콤하다. 게다가 누군가와 함께 경험을 공유하고 그것을 바탕으로 공동의 적과 싸워 승리한다는 게임의 기본 서사는 인간관계와 자기 효능감이라는 두 마리 토끼를 한 번에 잡는 경험을 제공해 주니, 아이들이 빠질 만하다.

웹툰과 웹소설에 대한 반응도 열광적이었다. 재미있게 본 웹툰, 혹은 소개해 주고 싶은 웹소설을 말해보라고 했더니 제목이 줄줄 쏟아졌다. 불러준 제목을 칠판에 죽 적어놓고 뭐가 그렇게 재밌는지 알려달라고 하니 공통적인 반응이 '여주인공의 주체성'이었다. 기존의 이야기들에서는 볼 수 없는 여자주인공 캐릭터, 남자주인공을 뒷받침하는 조연이 아니라 여성이 진짜 주인공인 이야기들이라서 너무 좋단다.

게임에 대한 대답은 예상 범위를 벗어나지 않았으나 웹툰과 웹소설에 대한 반응은 예상과 많이 달랐다. '정말 기존 이야기들과 그렇게 다르다고?' 아이들이 추천한 작품들을 읽지 않을 수 없었다. 작품별 편차는 컸고 기대를 넘어서지 못하는 작품도 있었지만, 생각할 거리를 잔뜩 남긴 의외의 작품도 있었다.

내가 만난 소수의 학생과 그들의 경험이 전체 아동청소년의 경험을 대표한다고 생각하지 않는다. 어딘가에는 문학을 사랑하는 소녀, 소년들이 있을 것이고, 그렇지 않다 해도 이걸로 '문학의 죽음' 운운할 생각은 없다. 개인적으로 음모론을 신뢰하지 않을뿐더러, 대안 없이 제기되는 위기론 역시 음모론만큼이나 소모적이라고 생각하기 때문이다. 다만 상기와 같은 사례를 통해 우리가 곱씹어야 할 것은 시대의 감수성이 확연히 달라졌다는 사실이다. 어린이나 젊은이는 더이상 기성세대가 주는 지식과 기술을 잠자코 배우고 익히지 않는다. 아동청소년은 수동적인 소비자를 넘어 뉴미디어의 주체로 부상했다. 어쩌면 아동청소년문학이, 그리고 동시가 그렇게 변한 독자를 인지하지 못하거나 인지하려 들지 않을 뿐인지도 모른다.

2. 어린이를 위한, 나를 위한, 독자를 위한

앞에서 게임, 웹툰, 웹소설에 열광하는 아이들의 감수성을 이야기했지만, 동화와 동시가 게임이나 웹툰처럼 되어야 한다는 말은 아니다. 장르별로 추구하는 재미나 목표도 다를뿐더러, 문화예술 생태계의 다양성을 위해서도 장르별 독자성을 지키는 일은 중요하다. 다만 문학장이 급속하게 재편되는 현시점에서 우리 동시가 점검해야 할 지점은 비교적 명확해 보인다. 하나는 동시가 다른 장르와 어떤 점에서 차별성과 독자성을 갖는가, 즉 동시의 정체성에 관한 자의식을 점검하는 일이고 다른 하나는 동시가 독자와 어떤 관계를 맺을 것인지에 관한 방법론적 점검이다. 전자는 따로 길게 논의해야 할 분야인 데다 필자의 능력 밖인지라, 여기서는 후자에 대한 짧은 견해를 밝히고 논의를 갈무리하려 한다.

독자와 관계 맺는 방식으로 한정하면 게임이나 웹 서사에서 동시가 벤치마킹할 것들이 있다. 먼저 게임이나 웹 서사와 같은 뉴미디어 서사는 사용자 혹은 독자에 대한 관심이 지대하다. 물론 동시도 독자인 어린이를 바라보지만, 뉴미디어 서사가 독자에게 갖는 관심은 동시와는 썩 다르다. 게임과 웹 서사는 독자를 보다 구체적으로 상상한다. 동시의 독자가 '어린이'로 뭉뚱그려지는 방식과 대조적이다. 뉴미디어 서사는 자신의 독자가 여성인지 남성인지, 나아가 십 대인지 청년인지 중년인지 세분하는 것은 물론, 장르의 규약을 두고 독자와 치열하게 밀고 당긴다. 독자의 기대지평을 분석하고, 어떤 지점에서 기대를 충족하고 어떤 지점에서 기대를 배반할 것인지 꼼꼼하게 계산한다.

뉴미디어 서사는 독자를 이야기에 붙들어 맬 수 있는 모든 방법을 강구하고 이를 위해 전력질주한다. 독자들이 뉴미디어 서사에서 느끼는 재미는 이토록 적극적으로 독자를 상상하고, 독자와 함께하고자 노력하는 데에서 발생한다. 말초적이고 자극적인 지점이 있으나, 모든 뉴미디어 서사가 그렇지는 않으니 자극성을 들어 뉴미디어 서사를 폄하하는 것은 문제의 본질을 흐리는 일이다. 우리가 돌아볼 것은 뉴미디어 서사의 취약점이 아니라 우리 동시가 아동 독자에게 환영받지 못하는 현실이다. 동시 안팎에서 성별도 나이도 취향도 갖지 못한 채, 그저 보편적인 '어린이'로만 투박하게 뭉개져 존재하는 어린이라는 현실 말이다.

작품 바깥의 어린이(독자)가 명확하지 않은데, 작품 속 어린이가 명확하게 그려질 리 만무하다. 내 동시를 읽을 독자가 눈앞에 선명하게 그려지지 않는다면, 내 독자가 좋아하는 것과 싫어하는 것을 세밀하게 알지 못한다면 독자의 마음을 사로잡는 동시를 쓸 수 있을까? '모든 어린이'라는 막연한 독자를 상정한 동시는 결국 눈, 코, 입이 없는 두루뭉술한 어린이가 그려진 동시, 어른의 마음에 들지는 모르나 정작 어린이들에게는 사랑받지 못하는 동시가 될 수밖에 없다.

한동안 '어린이를 위한' 동시를 쓴다는 말이 유행했고, 또 한동안은 '나를 위한' 시를 쓴다는 말이 널리 퍼졌다. 물론 이 두 흐름에서 좋은 동시가 나오지 않은 것은 아니다. 그러나 장애인을 위한, 다문화를 위한 작품이 좋은 결과를 맺기 어려운 것처럼 어린이를 위한 동시의 발걸음도 그리 녹록하지 않다. 이미 수없이 말해진 바, 누군가를 위한 이야기는 그 '누구'를 주체화하는 대신 대상화하기 쉽기 때문이다. 또 대상화된 자들이 작품에서 느끼는 감각은 기쁨과 재미라기보다 수치와 불쾌함, 혹은 지루함일 가능성이 높다.

동시가 항상 부딪히는 어려움이자 아동문학의 영원한 딜레마가 바로 어린이이다. 어른이 어린이를 대상으로 쓴다는, 발신자와 수신자가 일치하지 않아서 생기는 이 딜레마는 아마도 영원히 해소되지 않을 문제이지만 그래도 어린이는 아동문학의 근원이자 목적이며 특유의 생명력의 원천이다. 어른이 자신의 시선을 버리고, 최대한 아이의 눈높이에 맞출 때 발견되는 희망과 연대의 세계. 우리 동시가 자기만족의 문학이 아니라 독자와 소통하는 장르가 되기를 원한다면, 독자를 바라보는 관점의 실질적인 변화가 절실하다.

3. 백인백색의 동시

좋은 동시는 어린이의 마음을 잘 담아내는 시다. 어른들만의 마음으로 동시를 쓴다면 아무도 읽으려 하지 않을 것이다. 그러므로 좋은 동시란 어린이가 이해할 수 있도록 쉽게 써야 된다. 하지만 동시라고 해서 무조건 이해하기 쉬워야 되는 것이 아니다. 껌의 단물이 다 빠질 때까지 씹듯, 다시 읽어보며 깊은 뜻을 알 수 있는 동시도 좋은 동시다. (「내가 생각하는 좋은 동시란?」, 『동시 먹는 달팽이』 2018년 가을호)

세종참샘초등학교 5학년 최윤 학생이 쓴 글이다. 이 짧은 글에 좋은 동시에 대한 정의가 거의 다 담겨있다. 최윤 학생은 어른의 마음이 아닌 어린이의 마음을 담아내는 시가 좋은 동시라고 말한다. 아무나가 독자인 애매한 시는 어린이의 마음을 진정으로 담지 못한다. 동시는 단 한 사람을 위한 시일지라도 반복해 읽으며 새로운 의미를 발견할 수 있는 시가 되어야 한다. 그러니까 이름도 빛깔도 없는 장삼이사의 동시가 아니라 아이들 수만큼이나 많고 다양한 백인백색의 동시가 우리가 개척해야 할 지점이라고 말하고 있는 셈이다.

동시뿐 아니라, 그 무엇에도 거센 유행의 바람이 부는 시대다. 한 채널에서 트로트가 히트하면 온 채널이 트로트를 방송해 트로트에 신물이 나게 하는 기이한 시대이기도 하다. 좋은 시도와 건강한 흐름을 형성하는 것은 바람직하지만, 소위 한번 뜨면 모두 덤벼들어 새로운 시도를 금방 구태로 만드는 어리석음을 반복하지 않아야겠다. 실제 아이들이 백인백색이듯 아이들을 담은 동시도 백 가지, 천 가지 색깔이었으면 한다. 아이들 수만큼이나 다양한 동시. 누구와 견주어도 새로운 각자만의 색깔을 가진 동시. 아이들의 마음과 바람을 잘 담은 동시. 그리하여 어린이 스스로 기꺼이 찾는 동시. 우리 동시가 어린이와 함께 뛰고 어린이와 함께 자라는 어린이의 친구가 되기를 바란다.

『동시 먹는 달팽이』 2021년 가을호

혼돈 속의 모색,
'옛이야기 방식의 창작동화'가
나아가야 할 길

지난 4월 21일 연세대학교 김대중도서관에서 계간 『창비어린이』 창간 7주년 기념 세미나 "옛이야기와 새이야기―옛이야기 방식의 창작동화를 말하다"가 열렸다. 세미나 장소였던 국제회의실 통로에 여분의 의자를 들여놓고도 모인 청중을 다 소화하지 못했으니, 옛이야기에 대한 아동문학계의 뜨거운 관심을 엿볼 수 있었다.

이번 세미나는 옛이야기가 주목의 대상이 되고 이를 기반으로 한 창작물이 다양하게 나오는 데 비해 이렇다 할 만한 현장 비평이 원활하게 이루어지지 않는 실정에서, 현단계 창작물의 성과와 한계를 짚어보고 창작에 도움이 될 만한 비평적 담론을 이끌어내기 위한 자리였다. 그러나 주최 측에서 선택한 '옛이야기 방식의 창작동화'라는 성글고 큰 용어에서 짐작할 수 있듯, 이 분야는 아직까지 매우 유동적이고 대다수가 합의할 수 있는 이론적 기틀이 마련되어 있지 않다. 이번 세미나 역시 이를 둘러싼 논의의 난맥상을 확인하는 것에 그친 감이 있다. 발제자와 토론자들 각자의 문제의식을 넘어 공통의 화제에 이르거나 새로운 논의를 이끌어내지는 못했지만, 덕분에 옛이야기 방식의 창작동화를 두고 이야기할 때 꼭 생각해 봐야 할 중요한 문제들을 상당 부분 전면화했다. 장르 설정 혹은 범주화 문제에서부터 패러디물과 이데올로기 문제, 옛이야기와 동화 그리고 판타지의 관계, '대칭적 세계관'이라는 말로 대변되는 신화적 세계관의 현대적 재현 문제 등이 그것이다. 아쉽게도 필자 역시 논자들 이상의 '무엇'을 제기할 만한 안목을 가지고 있지 못하기에 여기서는 세미나에서 언급된 논점들 중 개인적으로 의문이 나거나 쉽사리 동의할 수 없는 지점들을 중심으로 이야기를 해보고자 한다.

창작옛이야기는 판타지의 씨앗인가

『창비어린이』 2010년 여름호에 특집으로 실린 세미나 발제문과 토론문을 읽으면서 눈에 띈 것은 옛이야기와 판타지의 접점에 관한 부분이었다. 세미나에 참여한 대부분의 논자들이 옛이야기 방식의 창작동화를 논하는 데 있어 다소의 차이는 있을망정 (한국적) 판타지를 염두에 두고 있었다. 이는 옛이야기의 초현실적 속성과 판타지의 환상성이 쉽게 겹쳐지기 때문이기도 하지만, 2000년대 초반 이후 아동문학에서 장르의 하나로 판타지의 정립을 고민하는 과정에서 나타난 현상이기도 하다. 당시우리 판타지의 후진성(시공간의 협소함과 작위성)을 극복하고 외국의 작품과 구별되는 우리만의 판타지를 창조하자는 요청에 대한 해답을 옛이야기와 신화에서 찾으려는 일군의 시도들이 있었다. 때문에 현단계 옛이야기에 대한 고민 속에는 일정 부분 '판타지'에 대한 갈증이 숨어있다.

세미나에서 논란의 초점이 된 '창작옛이야기'에 대한 김환희의 정의도 결국은 판타지와 관련있다. "일상 현실과는 다른 옛날이라는 시공간"을 강조한 김환희의 장르 설정을 두고 토론자와 청중이 문제 제기를 했을 때 그는 "우리 나름의 판타지문학을 창작하기 위해서"라는 대답을 내놓았다. 또 "성장형 창작옛이야기가 풍부하게 쏟아져 나와야만 (중략) 완성도 높은 성장 판타지가 창작될 수 있다"는 언급은 창작옛이야기라는 범주를 앞으로의 판타지문학 창작을 염두에 두고 설정했음을 시사한다. 우리의 장편 판타지 작품들이 특히 이차세계의 시공간을 제대로 장악하지 못하는 한계를 지니고 있기 때문에 김환희의 주장은 일면 설득력이 있다. 그의 말대로라면 임정자의 『흰산 도로랑』(우리교육, 2008/ 문학동네, 2019 개정)이나 임어진의 『이야기 도둑』(문학동네, 2006)에서 만들어진 옛이야기의 시공간이 앞으로의 판타지 창작에서 내적 리얼리티를 꽃피울 수 있는 씨앗으로 작용할 가능성도 있기 때문이다.

그러나 판타지와 옛이야기에 대한 장르적 합의도 이루어내지 못한 상태에서 이를 우리 문학의 실정에 대한 고려나 장·단편의 서술 특성에 대한 구별 없이 막연하게 연결시키다 보니 논자의 의도는 제대로 전달되지 못하고 혼란만 가중되었다. 때문에 '19세기 유럽사회와 현재 우리나라 창작옛이야기의 창작 배경의 공통점과 차이점'에 대한 김찬정의 의문이나 '장편은 옛이야기의 형식적 특질을 거의 다 잃어버렸기 때문에 창작옛이야기로 보기 어렵고, 창작옛이야기의 장르로서의 존재 가능성은 짧은 이야기에 있다'고 보는 유영진의 지적은 타당하다.

김환희는 창작옛이야기를 판타지의 전조 혹은 씨앗으로 초점화하면서 얻은 것보다 잃은 것이 더 많아 보인다. 현단계 창작옛이야기의 장르적 정체성이나 성과 혹은 한계를 이야기할 때 '판타지로의 연결 가능성'을 전면화하는 것은, 창작옛이야기라는 새로운 창작물 전체를 끌어안을 수 있는 적절한 평가 기준은 아닌 듯하다. 결국 김환희의 논의 속에서 창작옛이야기는 독자적인 장르로 설 수 있는 가능성을 찾지 못했고 이는 강정연이나 김소연 같은 작가들이 만들어낸 창작옛이야기의 현재적 가치나 한계를 적실하게 밝혀내지 못하는 결과를 낳았다. 때문에 옛이야기 방식의 창작동화의 성장과 발전 가능성을 모색하려 한다면 성급한 범주화보다는 창작옛이야기의 독자적인 장르로서의 가능성과 한국적 판타지의 디딤돌이 될 가능성 모두를 유연하게 열어두는 편이 더 바람직하다. 특히 판타지와의 연계를 생각한다면 옛이야기의 전근대적 시공간과 초월적 경험을 근대성의 문제와 어떻게 효과적으로 연결할 것인지에 더 깊이 천착해야만 한다.

옛이야기와 신화의 '신화화'에 대한 경계

김환희의 발제가 과감하게 일반론을 제시함으로써 창작옛이야기를 두고 다양한 논쟁점을 부각시킨 데 비해 염희경은 개별 작품의 실상에 접근하는 방식을 선택했다. 일종의 귀납법을 택한 셈인데 개별 작품에 대한 분석들은 상당히 설득력이 있음에도 불구하고 전체 주제와 긴밀하게 맞물려 있지 않아 옛이야기 방식의 창작동화를 새롭게 이해하거나 막힌 창작의 물꼬를 터주지는 못했다.

예를 들어 문선이의 『마두의 말씨앗』(사계절, 2007)을 평가할 때 "교훈적 의도가 강해 쉽게 화해의 결말로 유도된 것"을 아쉬움으로 꼽았고, 임정진의 『이야기 하나 주면 안 잡아먹지』(창비, 2010)를 분석하는 부분에서는 "호랑이에게 이야기를 들려주는 인물이 동아가 아니라 주변 어른들인 점"을 들어 아쉬움을 나타냈다. 일면 타당한 지적이나, 이는 리얼리즘에 기반을 둔 작품을 평가하는 기준과 다를 바가 없다. 옛이야기를 기반으로 한 작품을 '옛이야기의 창조적 변용'이라는 관점에서 평가하려면 창작물이 옛이야기와 어떤 관련을 맺고 있는지에 초점을 맞춰야 한다. 옛이야기를 오늘에 가져올 때 작가에 따라 다양한 의도와 지향이 있을 수 있으며, 이것이 작품 안에서 제대로 성취되었는지 여부를 찬찬히 따지는 것은 중요하다. 작가가 창작 의도를 잘 풀어내 작품 안에서 성취한 것과, 시도했으나 성취하지 못한 것을 밝히고 그 이유를 찾아낸다면 이후 작가의 창작에 참고가 되지 않을까.

염희경의 글에서 생산적인 지점은 신화적 상상력의 복원을 시도한 작품들을 분석하는 부분이다. 그는 오늘의 현실이 "인간과 자연의 대칭적 사유가 살아있던 신화시대로 돌아갈 수 없음"을 명확히 한다. 이는 우리 신화와 옛이야기를 호출하는 작품들이 이른바 '대칭적 세계관' 혹은 '신화적 사유'로 대변되는 신화와 옛이야기의 세계에 지나치게 절대적인 의미를 부여하는 것에 대한 경계로 읽힌다. 나는 이것을 '옛이야기와 신화의 신화화'라고 보는데, 옛이야기와 신화 자체에 초점을 맞추어 이를 적극적으로 끌어오는 작품일수록 이 '신화화'의 함정에 빠지기 쉽다.

근대 성취를 위해 박차를 가했던 전세기와는 달리 20세기적 근대주의가 반성의 대상이 된 지금, 탈근대적 문제의식을 가지고 과거로 돌아가는 것은 의미가 있다. 그러나 옛이야기나 신화를 절대화해 그것에 얽매여 있으면 그 자체가 또 하나의 억압이자 족쇄가 될 수 있다는 사실을 간과해서는 안 된다. 더구나 신화시대로 가는 문은 이미 닫힌 지 오래다. 이러한 시대에 자연 그리고 신화와 옛이야기를 대하는 우리의 자세와 자리를 다시 한번 생각해 볼 필요가 있다.

판타지에 대한 공식적인 접근(간절한 소망 혹은 치명적인 결핍을 지닌 인물이 이차세계에 들어가 문제를 해결한다는)이 자유롭고 개성적인 판타지 창작을 가로막은 것처럼, 옛이야기나 신화의 세계관에 절대적인 의미를 부여하면 옛이야기 방식의 창작동화가 자유롭게 성장하는 데 걸림돌이 될 수 있다. 일부 작품들이 시원(始原)으로 승격된 옛이야기나 신화의 세계에 갇혀 어린이 독자와 소통하지 못하거나, 현대 즉 오늘과 구체적으로 대화하지 못한다는 사실이 '옛이야기와 신화의 신화화'를 경계해야 하는 이유다. 이러한 작품은 실천성의 측면에서도 운동성을 잃어버린 박제와 같은 존재이기에 탈근대적인 전망 역시 공허하기만 하다.

작가의 필요와 창작 의도에 따라 옛이야기는 도구가 될 수도 있고 그 자체로 목적이 될 수도 있다. 전자는 옛이야기를 너무 수단화해 이야기 본래의 의미와 의도를 현저하게 왜곡하지 않아야 하고 후자는 옛이야기 자체를 신화화하지 않는다면, 옛이야기와 현재가 접점을 찾아나가는 새로운 어린이 서사물의 탄생을 기대해 볼 수 있으리라 생각한다.

다양성과 소통을 향해 나아가기를

현단계 옛이야기 방식의 창작동화는 장르의 정체성을 수립해 가는 과정에 있다. 그것이 판타지나 리얼리즘의 갱신으로 연결이 되건 그렇지 않건 옛이야기가 지닌 매력과 가치는 반감되지 않을 터이다. 옛이야기의 매력은 단순하지 않다. 옛이야기는 끊임없이 다시 쓰이고 새로 쓰이며 놀라운 생명력으로 자기 가치를 증명해 왔다. 발랄한 전복을 통해 고정관념을 뒤엎고 해체하는 옛이야기의 성격은 옛이야기를 빌려온 창작동화가 나아가야 할 방향을 암시한다. 그것은 주지한 바와 같이 옛이야기를 시원의 고정불변한 진공상태의 진리로 되돌리는 방향이 아니다. 온고지신 정신의 핵심이 옛것으로 돌아가는 게 아니라 옛것을 통해 새것을 알고 재창조하는 데 있는 것처럼, 옛이야기를 기반으로 한 창작동화는 시원으로만 기능하려는 신화화의 불통에 저항하며 다양성과 소통을 향해 나아가야 한다.

이를 위해서 작가에게는 자신과 세계의 고정관념에 부딪히는 용기가, 평론가와 연구자에게는 작품을 기다리는 인내와 개인의 취향을 뛰어넘는 감식안이 요구된다. 또한 탈락과 배제의 강고한 울타리보다는 소통과 유연성을 전제로 한 평가 기준이 필요하겠다.

『창비어린이』 2010년 가을호

잃어버린 재미를 찾아서

뭐니 뭐니 해도 '옛이야기'의 미덕은 '재미'에 있다. 입이 헤벌어진 것도, 해가 서쪽으로 넘어간 것도 모를 만큼 정신을 쏙 빼놓게 하는 이야기의 재미. 울던 아이를 대번에 뚝 그치게 한 것도 곶감이 아니라 이야기라는 것을 알 만한 사람은 다 안다. 물론 우리 옛이야기가 가진 강점은 여기에 하나가 더 보태져 완성된다. 재밌게 이야기를 듣고 집에 가는 길에 슬며시 '욕심부리지 말아야지.' '부지런해져야지.'라고 생각하게 하는 것.

지난 몇 년 동안 꾸준히 옛이야기의 옷을 입은 창작동화들이 출간되었지만 재미와 교훈이라는 두 마리 토끼를 다 잡은 이야기는 쉽게 눈에 띄지 않았다. 그간 이런 형식의 작품들은 '신화 혹은 옛이야기적 사유'라는 담론 속에서 문명 비판, 사회 비판이라는 주제(교훈)를 부각시키는 데 치우쳐 이야기 본연의 재미를 잃어버리거나, 어린이 독자와의 연결고리를 찾지 못하고 관념으로 흐른 경우가 많았다. 그런데 최근에 나온 『이야기하나 주면 안 잡아먹지』(임어진, 창비, 2010)는 재미와 교훈이라는 이중 목표에 어느 정도 근접한 모습을 보여 반가웠다.

이 작품에서 재미의 핵심은 옛이야기 속 호랑이가 대낮 도시 한복판에 버젓이 나타나 아이를 협박한다는 설정과 호랑이 자체에 있다. "떡 하나 주면 안 잡아먹지." 했던 옛이야기 속 호랑이 캐릭터에 코믹함을 덧입혀 만들어낸 이 뻔뻔한 호랑이는 "이야기 하나 주면 안 잡아먹지." 하고 외치지만 한 번 이야기를 듣고 나서도 계속 나타나 또다른 이야기를 요구한다. 덕분에 주인공 동아는 호랑이와 함께 역무원 누나, 호랑마트의 갈깃머리 아줌마, 어린이집 버스 기사 아저씨를 만나고 그들이 풀어놓는 이야기에 푹 빠져든다. 이러한 설정은 엄마 없는 집에 가기 싫고, 동생을 돌보기 싫으며, '콩 벌'과 '콩반찬'이 싫은, 아이들에게는 절실하지만 동화 속에서는 자칫 진부해지기 쉬운 문제들이 옛이야기의 상상력을 입고 현실의 벽을 훌쩍 뛰어넘게 한다. 그리고 어느새 한 뼘 자란 동아의 마음을 짐작하게 하는 결말은 동아의 이야기에 비춰 자신을 읽을 어린이 독자에게 은연중 자기 안의 두려움과 세상에 맞설 수 있는 '내면의 힘'을 키워준다. 다만 구전설화에서는 서사가 반복·축적되며 고조된 갈등과 긴장이 대단원으로 이어지는 데 비해, 이 작품에서는 네 편의 이야기가 병렬적으로 연결되는 데 그쳐 폭발적인 결말을 보여주지 못한다는 아쉬움이 남는다.

어른에게는 귀엽고 사소해 보일지라도 아이들에게는 그들만의 세계가, 그리고 그들의 존재만큼이나 심각한 그들만의 고민이 있다. 원하는 걸 들어주는 엄마 아빠를 갖고 싶어서 요정을 찾아가 설탕 두 조각을 얻어 온 렝켄(미하엘 엔데, 『마법의 설탕 두 조각』, 유혜자 옮김, 한길사, 2001)처럼, 별명 시합에서 늘 이기고 싶고 '하지 마.' 대신 뭐든 하라고 말하는 '계속해 엄마'를 갖고 싶은 아이들의 마음. 『이야기 하나 주면 안 잡아먹지』는 이야기 속의 용기 있는 주인공이 되고 싶은 우리 아이들의 바람을 현실의 끈과 잘 접목시켜 새로운 옛이야기를 만들어내는 데 성공했다. 생경한 교훈이나 고답적인 주제의 전파보다는 재미에 방점을 찍고 아이들의 고민과 욕망을 나누는 방식이 옛이야기를 오늘에 다시 불러오는 작품들이 추구해야 할 방향의 하나가 아닐까.

『창비어린이』 2010년 봄호

'지금, 여기' 한국 청소년문학의 지형도

1.

오세란 평론가의 두번째 평론집이 나왔다. 첫 평론집 『청소년문학의 정체성을 묻다』(창비, 2015) 이후 6년 만이다. 그의 첫 평론집이 '성장'이라는 키워드를 중심으로 했다면 이번 평론집 『기묘하고 아름다운 청소년문학의 세계』(사계절, 2021)의 핵심에는 '소수성'이 있다. 퀴어, 포스트휴먼, 페미니즘 등의 핵심 키워드에서 느낄 수 있듯, 짧은 시간 동안 우리 청소년문학은 그야말로 눈부시게 성장하고 변화했다. 정체성을 탐구하고 고민하던 청소년문학이 내부의 지워진 형상과 감추어진 목소리에 주목하기 시작했으니 가히 괄목상대할 만한 변화다.

이 책의 핵심이라 할 수 있는 1부에 실린 네 편의 글은 당대성 그 자체다. 특히 책의 서두에 실린 「관계의 정동과 고백의 의미, 퀴어 청소년소설」은 이 평론집의 얼굴이라 할 만하다. 퀴어 서사의 과거와 현재를 진단하고 미래를 호출하는 저자의 시각은 "어떠한 특수한 성 정체성에 대한 주장도 불안정하게" 만드는 이른바 "퀴어한 질문"에 근거한 것으로, 이 '퀴어한 질문'은 책 전체를 가로지르는 핵심이다. '어떠한 특수한 성 정체성에 대한 주장도 불안정하게 만든다'는 것은 결국 고정불변한 단 하나의 진리를 향한 근원적인 의심인 바 성인 중심, 인간 중심, 남성 중심, 비장애인 중심, 가진 자 중심으로 시스템화된 이 세계에 대한 불신과 다르지 않다. 그간 마땅하다고 여겨진 것들을 새롭게 바라보는 이러한 시각은 「인간다움의 재해석, 포스트휴먼과 청소년소설」을 비롯한 다른 글로 이어지며 '소수성'이라는 테마를 든든하게 뒷받침한다.

1부의 후반을 구성하는 「청소년소설다움을 넘어서」와 「해시태그로 문학을 이야기할 수 있을까?」는 최근 들어 급속히 '장르소설화'하는 청소년소설과 꾸준히 창작되고 있는 리얼리즘 청소년소설을 점검하는 글이다. 독자는 이 글을 통해 거듭되는 장르 간 합종연횡으로 약진하는 장르소설의 현주소를 파악할 수 있으며, 리얼리즘소설들이 희망과 좌절을 오가며 자기 갱신에 투신하는 과정을 점검할 수 있다. 두 글 모두 '청소년소설다움' 혹은 '청소년'이라는 경계가 어떻게 청소년소설을 옥죄고 있는지 주목한다는 점에서 이 글들은 '성장'의 이모저모를 살핀 첫 평론집의 시각을 이어가고 있다.

2부는 '청소년 주체'를 핵심에 둔 다양한 글을 모았다. 2부에서 개인적으로 가장 흥미로웠던 글은 2021년 봄의 좌담, 「독서들로부터: 페미니즘과 청소년 독서교육 현장」이었다. 청소년, 페미니즘, 독서교육을 누빔점으로 하나의 현상을 보는 다양한 관점과 목소리가 녹아있어 신선했다.

우선 이 좌담은 "정규수업에서 페미니즘 이슈에 대해 잘못 말하면 그야말로 난장판이 되"는 교육장의 현실과, 2020년 '나다움 어린이책 사태'가 보여준 우리 사회의 보수성, 그리고 아동청소년책에 대한 고정관념에도 불구하고 꾸준히 앞으로 나아가고 있는 현장을 조명한다. 또 페미니즘이나 퀴어로 대표되는 다른 시각, 다른 관점에 배타적인 현실을 어떻게 뚫고 나갈 것인지에 관해 구체적이고 현실적인 대안들이 제시되어 시원하다. 더불어 소위 정전으로 진행되는 정규수업에서 학생들이 ① '여성적' '남성적'이라는 구분에 대한 의문을 갖기 시작했고 ② 왜 그 작품이 고전, 즉 정전이냐고 묻기 시작했으며 ③ 번역서에서 성별에 따라 달라지는 문체에 대해 문제를 제기하기 시작했다는 것이다. 이런 질문들은 이 책의 저자가 여일하게 주장하고 있는 '퀴어한 질문'의 연장선이다.

교육 현장에서 『82년생 김지영』(조남주, 민음사, 2016)을 두고 육두문자가 날아다니고, 아동청소년문학 연구와 평론의 장에서 언젠가부터 페미니즘이 함께 이야기하기 불편한 것이 되어버렸다. 그럼에도 이 '퀴어한 질문'들의 존재가 우리에게 여전히 공생할 수 있는 미래가 있음을 확인시켜준다. 마땅하고 당연한 것에 의문을 갖는 자세, 그리고 그 마땅함을 질문할 수 있는 용기보다 더 큰 희망이 있을까. 질문은 언제나 정답보다 힘이 세다. 문학의 역사가 이를 말해준다.

3부는 고인이 된 박지리 작가와 김이구 평론가에 대한 글이다. 저자의 말대로 두 분을 지금 여기에서 만날 수는 없지만, 그들이 뿌린 씨앗이 우리 아동청소년문학을 안팎으로 두텁게 만들었다는 사실에는 누구도 이견이 없을 것이다.

'청소년문학은 무엇인가'라는 정체성을 탐색하던 초창기를 거쳐 타자의 호출과 주체의 견고함에 대한 의심에 이르기까지 우리 청소년문학은 부지런히 변화의 역사를 써왔다. '지금, 여기'에서 오늘도 새로워지고 있는 청소년문학의 지형도를 점검하고 싶다면 이 책이 좋은 안내서가 되어주리라 믿는다.

2.

전반적으로 반갑고 즐거운 독서였으나, 작품을 해석하고 평가하는 데 있어 몇 가지 동의하기 어려운 지점들이 있었다. 저자는 「인간다움의 재해석, 포스트휴먼과 청소년소설」에서 듀나의 『우리 미나리 좀 챙겨 주세요』(창비, 2021)가 그린 미래사회에 주목한다. 듀나가 그린 세계는 인간 대 비인간의 갈등을 넘어 다양한 존재들(생물학적 인간, 메카 공룡, 메카 인간, 구시대 재현 로봇 등)이 공존하는 미래사회다. 사건은 평화롭던 고생물 공원에 나타난 한 무리가 메카 공룡과 메카 인간에게 20세기적 혐오 발언을 하고 행패를 부리며 시작된다. 알고 보면 이 장면은 "폭력적이고 어리석고 비겁한 생물학적 인간들이 오염물질을 뿜어내며 지구와 자신들을 파괴하던 옛날"이 얼마나 어리석은지를 보여주기 위해 재현된 로봇이 오류를 일으켜 전시된 박물관을 빠져나와 벌인 사건이다. 저자는 이 장면이 ① 미래의 시선에서 보면 현재 우리 사회에 만연한 혐오 표현이 대부분 허탈하고 무의미한 것임을 보여주고 ② 부적절한 것을 그대로 기억하고 복원하는 일이 과연 적절한 일인지를 묻고 ③ 휴머니즘이라는 이름으로 지속된 인간 중심주의의 허약함을 보여준다고 평가한다. 그러면서 이 작품이 "우리의 기존 생각을 넘어선 세계를 가볍고 선명하게 보여주지만 이런 사회가 도래하기까지의 진지한 갈등은 생략되어" 아쉽다고 말한다. 나는 전자에는 완전히 동의하지만 후자의 평가에는 동의하기 어려웠다. 왜냐하면 이 작품의 의도는 저자가 이미 평가한 ①~③에 있으며, 이런 사회에 도달하기까지의 갈등을 그리는 것은 전혀 다른 이야기이기 때문이다.

소설은 갈등의 문학이지만 갈등과 재현이 지지부진하다면, 그래서 더 이상 돌파구가 보이지 않는다면 현실과 완전히 다른 세계를 그려 또다른 가능성을 보여주는 것도 방법이지 않을까. 있는 현실을 그리는 일도 문학이지만, 있어야 할 현실을 그리는 일도 문학이다. 게다가 SF의 형식을 빌려 있는 현실을 모사하고 비판하는 작품은 이미 너무 많다. 더구나 생물학적 인간부터 메카 인간, 로봇까지 다양한 존재들이 겉보기로는 전혀 구별할 수 없는 상태로 어울려 살아가는 미래사회에 어떻게 하면 우리가 도달할 수 있을까, 어떻게 하면 그 과정의 갈등을 극복할 수 있을까를 고민하는 것은 사회과학이나 정치학의 영역이지 소설의 일은 아닌 듯싶다.

어찌 보면 사소한 지점에 천착하는 게 아니냐는 반문이 있을 수 있겠으나 장르문학, 그중에서도 SF가 폭발적으로 창작되는 현시점에서 우리 아동청소년 SF의 건강한 확산을 위해서는 보다 정치한 평가가 필요하다고 생각한다. 작품의 해석을 둘러싼 정치한 평가와 토론은 창작과 비평이 겉돌지 않고 든든한 동반자가 되는 시작점이라고 믿기 때문이다.

다음으로 저자는 「청소년소설 속 아이들은, 자기 서사의 주인공이고 싶다」라는 글에서 일부 청소년소설이 "일상은 일상대로 사건은 사건대로" 그리는 방식에 대해 아쉬움을 토로한다. 그는 "신체는 권력이 새겨지는 장소"라는 푸코의 말을 인용해 일상에 녹아있는 미시 권력 체계를 사건화하는 것의 중요성을 말한다. 푸코의 말이나 이를 인용한 저자의 의도는 충분히 공감하지만, 장편소설을 평가하는 데 있어 인물의 일상이 중심 사건과 밀접하게 결합되지 못했다는 점이 과연 그렇게 큰 문제인지 곱씹지 않을 수 없다. 이러한 평가는 일부 역사소설을 해석하는 데에서도 동일하게 드러난다. 분석하고 있는 작품에서 소설의 주요 주제와 큰 관련이 없어 보이는 설명이나 묘사, 대화들을 들어 "이런 식의 서술이 박진감 있는 서사 진행을 방해한다."거나 "주변의 서술을 과감히 덜어내는 것이 오히려 흥미진진한 서사를 만들어낼 수 있다."라고 평가하는데 이는 장편소설의 미학에 대한 오해에서 비롯한 것이 아닐까. 저자의 기준은 장편이 아닌 단편소설들을 평가할 때 적절한 잣대로 보인다. 짧은 분량 안에서 군더더기 없이 목표를 향해 돌진하는 단편소설과 달리 장편은 그야말로 폭발적인 대단원에 도달하기까지 지루하고 고된 과정을 쌓고 쌓는 이야기이다. 그 과정에서 주제와 별 상관없어 보이는 장면이나 대화가 인물의 성격을 드러내거나, 사건의 전환을 촉매하거나, 사건을 보는 다양한 시각을 제시해 갈등을 예비 혹은 확대한다면 충분하지 않을까? 이에 비추어봤을 때 최상희의 단편 「그래도 될까」(『닻다의 목격』, 사계절, 2021)의 등장인물들이 필연적인 이유나 별다른 논리적 설명 없이 식물로 변해가는 것에 대해 "관념적"이라거나 "내적 논리를 갖췄다고 보기엔 모호하다."라고 평가하는 것은 알맞지 않다. 이는 단편에, 그리고 「그래도 될까」와 같은 판타지적 SF 작품에 대한 적절한 평가 기준은 아닌 듯하다.

3.

작품의 해석과 평가에 있어 몇 가지 이견을 제시했지만 큰 틀에서 이 책의 관점과 방향에 공명하는 바가 크다. 무엇보다 저자는 가장 오랜 시간 우리 청소년문학에 애정을 가지고 그 발전 과정을 지켜본 성실한 연구자이다. 무수한 신간들을 누구보다 발 빠르게 읽고 각각의 작품에 적합한 이름을 불러주기 위해 노력한 그의 시간들에 박수를 보낸다.

『아동청소년문학연구』 2022년 6월호

2011년, 열여덟 청춘의 생활 보고서

현재 대한민국에서 열여덟 살은 어떤 존재인가? '낭랑 18세'의 가슴 설레는 낭만과 꿈은 '입시'라는 괴물에 가려진 지 오래고, 더이상 개천에서 용이 나지 않는 현실은 아이들을 절망하게 한다. 현실이 이래서인지 우리 청소년문학은 출범 초기부터 상당 기간 동안 진중하고 진지한, 그래서 너무 무거운 이야기들로 채워졌다. 그런 흐름에 반발이라도 하듯 최근에는 밝고 유쾌한 이야기들이 앞다퉈 쏟아지고 있다. 주인공은 외로워도 슬퍼도 울지 않고 세상을 향해 거침없는 하이킥을 날린다. 그런데 왜일까? 그런 주인공들이 믿음직해 보이지 않는 이유는.

『정범기 추락 사건』(정은숙, 창비, 2011)은 오늘의 대한민국을 사는 열여덟 '고딩'의 이야기를 다룬 연작소설이다. 기찬, 지영, 유나, 일진, 범기는 고등학교 교실 어디서나 볼 수 있음직한 인물들로, 작품에 따라 주연과 조연으로 자리를 바꿔가며 등장한다. 각각의 이야기는 하나의 단편으로 충분한 완결성을 갖지만, 차례차례 읽다보면 단면으로만 보였던 인물의 또다른 측면이 제시되어 독자로 하여금 사람과 삶의 다면성을 깨닫게 한다. 예를 들어 「좀도둑과 목격자」에서 "날라리"로 나오는 지영은 「지금 아니면 못 할 일」에서는 생활의 남루함을 온몸으로 보여주면서도 꿈을 잃지 않으려 노력하는 소녀로 그려진다. 또 「못 먹어도 go!」에서 "사차원"으로 묘사되는 일진은 「울지 않는 이유」에서 남이나 환경을 탓하는 대신 자기를 성찰하는 성숙한 인물로 형상화된다. 표제작인 「정범기 추락 사건」 역시 한 가지 사건을 바라보는 다섯 명의 각기 다른 시선을 통해 '내 눈에 보이는 것이 전부가 아닐 수 있음'을 말한다. 특히 주인공인 범기는 갑갑하다 못해 실소가 나올 만큼 우직한 인물이다. 그러나 "꼴통" 범기가 악전고투하면서 찾아낸 깨달음은 인물의 우직함만큼이나 믿음직스러우니, 이런 믿음직함은 '쿨'함을 내세운 작품들에서는 발견할 수 없는 보석이다.

이 연작소설이 갖는 또 하나의 장점은 재미다. 가난에서 비롯된 상대적 박탈감과 절도, 성추행, 성적과 진학에 대한 부담감, 기본적인 사회정의의 실현 등과 같은 지극히 현실적이고 심각한 문제를 다루면서도 이야기가 무겁지만은 않다. 그 까닭은 추리의 요소를 적절하게 이용하고 있기 때문이다. 특히 친구의 물건을 훔치는 기찬과 괴한에게 성추행을 당하는 지영의 이야기를 다룬 첫 작품 「좀도둑과 목격자」는 단박에 독자의 시선을 사로잡는다. 내용의 심각성에도 불구하고 "변태"를 추적하고 목격자를 추리하는 과정의 흥미와 박진감 넘치는 전개는 소재의 무거움은 덜어주고 주제는 효과적으로 전달한다. 여기에 차마 입 밖으로 꺼내지는 못하고 마음속으로만 외치는 인물의 속생각이 유머러스하게 묘사되어, 연작 전체의 분위기를 밝게 만든다.

그러나 첫 작품 「좀도둑과 목격자」와 마지막 작품 「정범기 추락 사건」 사이의 세 작품은 다소 힘이 빠진다. 앞서 언급한 두 작품보다 긴장감이

덜한 대신 침착하고 자분자분한 맛은 있으나, 어딘지 모르게 설교조가 느껴지는 것도 사실이다. 「못 먹어도 go!」에서 자신의 남자친구가 기성 정치인들처럼 "뒤로 시켜먼 속을 숨기고 있"다는 것을 깨달은 유나가, 첫 키스의 짜릿함을 박치기 키스로 갚아주고 돌아서서 노래방에 간 것까지는 좋았으나 "좌절하기엔 아까운, 못 먹어도 고(go) 할 나이, 유나는 아직 열여덟 살이었다."라는 마지막 문장은 성급한 작가의 목소리로 들린다. 열여덟 청춘을 향한 작가의 전언과도 같은 이 문장은 전지적 시점에서 비롯했다. 주인공인 기찬을 일인칭으로 내세운 「좀도둑과 목격자」에서 독자들은 기찬의 호흡에 맞춰 함께 뛰고 범인을 쫓고 때로는 불안해한다. 인물과 마찬가지로 앞으로 일어날 사건에 대한 사전 정보가 없기 때문이다. 그래서 독자는 오히려 인물과 사건에 자신을 더 밀착시키며 적극적인 독서를 할 수 있다. 반면 전지적 시점으로 서술되는 이후의 작품들에서는 독자가 구경꾼의 위치에 머무르기 쉽다. 모든 것을 알고 있는 화자(작가)는 설명도 많고 그것이 때로는 설교가 되기도 하니, 이래저래 긴장감이 떨어질 수밖에 없다. 열여덟이 '지금'을 즐기고 '못 먹어도 고(go)'를 외치며 앞으로 나아가야 한다고 직접 말하지 않았다면, 그래서 독자가 인물과 함께 끝까지 숨차게 뛸 수 있었다면 좋았겠다는 아쉬움이 남는다.

머리로 선명하게 그리지는 못해도 어렴풋하게나마 몸으로 깨닫는 것이 '진짜'가 아닐까. 수영하는 법을 만날 말로 듣는 것과 직접 물에 뛰어들어 보는 것이 전혀 다른 일인 것처럼 말이다.

『창비어린이』 2011년 겨울호

'성장'이라는 양날의 검

 '청소년문학이란 무엇인가'라는 질문을 받는다면 뭐라고 대답할 수 있을까. 청소년을 위한 문학? 청소년이 흥미를 느낄 만한 소재나 주제를 다룬 문학? 청소년이 주인공인 문학? 모두 일리가 있지만, 뭔가 시원하지 않다. 그도 그럴 것이 애초에 어떤 대상의 본질을 언어로 설명하는 일은 불가능에 가깝다. 대상이 고정불변하지도 않거니와, 본질은 언어로 표현되는 순간 대상에서 미끄러지기 십상이기 때문이다. "청소년. 성년과 어린이의 중간 시기. 1318. 통상 중학교와 고등학교의 시기에 해당됨." 위키백과는 청소년을 이렇게 설명하지만 이게 청소년을 온전히 해명한다고 생각하는 사람은 없을 것이다.

 저 정의는 그야말로 통상적이며, 그만큼 대상과 멀다. 청소년이 그럴진대 청소년문학은 오죽할까. 그렇다면 청소년문학을 이야기할 때 빠지지 않는 '성장'이라는 단어는 청소년문학의 본질에 얼마나 가까울까. 우선 말할 수 있는 것은 청소년문학에서 성장은 '양날의 검'과 같다는 점이다. 성장은 청소년문학의 핵심적인 정체성 중 하나이지만, 성장에 대한 단선

적이고 자의적인 이해는 청소년문학에 대한 오해를 불러오고 청소년문학의 발전을 가로막는다. 『청소년문학의 정체성을 묻다』(오세란, 창비, 2015)는 이렇게 청소년문학을 둘러싼 수많은 고정화된 개념들과 정면승부를 벌인다.

이 책의 핵심이라 할 수 있는 1부는 이론비평과 실제비평이 어우러져 평론을 읽는 재미를 느끼게 해준다. 특히 표제작인 「청소년문학의 정체성을 묻다」와 소설 『개밥바라기별』(황석영, 문학동네, 2008)을 여타의 청소년소설과 비교 분석한 「청소년문학과 청소년문학이 아닌 것」은 이 평론집의 백미다. 오세란은 '성장'이라는 키워드를 중심으로 청소년문학의 본질(청소년소설은 성장소설인가?)과 현재(청소년소설은 장르문학인가?) 그리고 미래(청소년소설은 건전해야 하는가?)를 묻는다. 이 질문들을 통과하며 그는 청소년기를 미성숙·미성년의 시기로 규정하는 통념에 의문을 제기하고 청소년이나 청소년기에 대한 고정관념을 깰 것을 요청한다.

나아가 오세란은 "대체 청소년소설은 청소년소설이 아닌 소설과 무엇이 다른지" "청소년 화자를 내세운 일반문학과 청소년소설의 차이는 무엇인지" "초등학생을 대상으로 한 아동소설과 청소년소설의 변별점은 무엇인지" "최근 일반문학에서 새롭게 변화되고 있는 '성장' 코드는 청소년소설과도 연결될 수 있을지" 등의 질문을 던진다. 이처럼 성장이라는 누빔점을 두고 청소년소설과 아동소설, 일반소설을 두루 교차시킨 끝에 그가 발견한 청소년문학의 핵심은 '청소년 주체'이다. 그는 "결국 청소년소설을 규정짓는 것은 성장소설의 형식이 아니라 청소년 화자를 대상화하지 않고 주체화하려는 의지"임을 언명한다.

청소년문학을 독립된 새로운 장르로 호명하려는 그의 분투는 마침내 성장소설의 협소한 '성장'이라는 개념에서 청소년소설을 건져낸다. 그는 청소년소설 속의 "성장은 다양한 주제·내용··인물·사건이 결합해 나타나는 결과이지 목적은 될 수 없"음을 명확히 한다. 청소년소설은 성장소설의 형태를 띨 수 있지만 모든 성장소설이 다 청소년소설이 될 수 있는 것은 아니라는 의미다. 그런데 성장이 청소년소설의 최종 목적지가 아님을 역설하는 그의 글이 종종 개별 작품으로 들어가 작품의 성취나 한계를 이야기할 때 다시 성장이라는 잣대를 꺼내는 것을 어떻게 생각해야 할까. 성장의 환원론. 어쩌면 이건 우리 청소년소설이 자리한, 그리고 함께 뚫고 나가야 할 지점이 딱 그곳임을 보여주는 것인지도 모른다.

때로는 무릎을 치면서, 때로는 물음표를 던지면서 이 책을 읽었다. 물음표는 간혹 '동의할 수 없음'이기도 했지만, 대부분 청소년문학이라는 알 수 없는 본질에 다가갔다 멀어지는 과정의 무한 반복에 가까웠다. 필자의 안내를 따라가면서 나는 긴 시간 궁금해했으나 명확히 파악하기 어려웠던, 이것인가 하면 저것의 모습으로 나타나던, 청소년문학이라는 그 무지의 지형도를 더 확실하게 파악할 수 있었다. 청소년문학을 사랑하고 청소년문학을 알고 싶어 하는, 청소년문학의 잡히지 않는 본질에 다가가고 싶은 다른 독자들에게 이 책이 어떤 질문을 던져줄지 궁금하다.

『창비어린이』 2016년 봄호

문학이 해야 할 일

1. 내가 죽어 네가 사는

영화 〈파울볼〉을 봤다. 독립 야구단 '고양 원더스'에 대한 다큐멘터리영화인데, 원더스는 그 이름처럼 궁금하고 이상하고 경이로운 팀이었다. 야구에서 파울은 한 번 더 공을 칠 수 있는 기회를 말한다. 페어그라운드 바깥에 공이 떨어졌지만 다시 기회가 주어진다는 점에서 파울볼은 실패나 끝이 아니다. 프로구단에서 방출되거나 지명을 받지 못한 선수들에게 재기의 기회를 마련해 주고자 창단된 원더스의 도전은 3년을 채우지 못하고 끝났다. 그렇다면 이들은 실패했는가? 영화의 마지막에 나온 한 선수의 말은 실패와 성공에 대한 우리의 고정관념을 뒤집는다. "버틸 때까지 버텨보려고요. 어떤 일이 벌어질지 모르니까." 모두 다 끝났다는데도 끝까지 자신을 놓지 않는 그의 말과 행동은 독립 야구단 고양 원더스의 결말에 대한 궁금증과 이상함을 경이로움으로 바꾸었다. 그렇다. 성공이나 실패는 결과가 아니라 과정이 말해주며, 그 과정은 결국 삶을 대하는 태도다.

임정자의 『할머니의 마지막 손님』(한겨레아이들, 2015)은 영화 〈파울볼〉처럼 이상하고 경이로운 이야기다. 이 이야기는 일생을 이름도 없이 '가이나' '야야' '며늘아가' '여보' '새댁' '정수 엄마'로 불린 할머니, 평생 최선을 다했지만 편해 본 적도 풍족해 본 적도 없는 할머니의 삶을 낮은 목소리로 들려준다. 할머니가 주인공인 데다가 갈등을 극적으로 부각시키지도 않아 굴곡 없이 흐르는 이야기는 독자의 시선을 끌기 어려워 보인다. 게다가 판형도 애매하고 삽화나 스토리도 세련되지 않았다. 그런데도 이 모든 것이 어우러져 묘하게 사람의 마음을 붙잡는다. 섬마을에서 홀로 민박을 하는 할머니의 이야기는 매 장마다 손님을 기다리는 할머니의 노래로 시작된다. 그리고 할머니가 그토록 기다리는 손님이 단순한 민박 손님이 아니라는 게 드러나면서 이야기는 다른 국면으로 접어든다.

아무도 없는 집에서 홀로 손님을 맞이하며 "한평생 열심히 살았네! 수고했네!"라고 자신에게 말해주고 새털처럼 가볍게 떠나는 할머니의 마지막 길은 내 가슴을 뻐근하게 했다. 오랜 세월 차가운 파도에 쓸리면서도 견뎌내어 마침내 동글동글해진 갯돌처럼, 자신의 삶을 분노와 원한으로 소진하지 않고 이를 악물고 버텨낸 할머니의 삶은 처연하게 아름답다. 누가 이 삶을 패배의 역사로 읽겠는가. 많은 어린이들에게 환영받을 만한 이야기는 아니지만, 역사는 이런 사람들로 이어져 오늘에 이르렀다고 믿는다. 그간 옛이야기나 신화를 통해 여성적 삶의 의미와 가치를 꾸준히 조명해 온 임정자가 그린 할머니의 삶은 '네가 죽어 내가 살고, 내가 죽어 네가 사는' 우리 민초의 삶이다. 실패와 성공의 이분법 속에서 지쳐가는 아이들이 차분하게 읽어보면 좋겠다.

2. 만나서 반갑습니다

독자들이 신인 작가의 이야기를 만나는 방법은 크게 두 가지다. 하나는 공모전에서 수상한 경우이고 다른 하나는 출판사에 보낸 원고가 채택되어 출간된 경우인데, 통상 후자보다 전자가 더 주목을 받는다. 치열한 공모 과정을 거친 작품인 만큼 아무래도 그만한 대우를 받기 때문이다. 온오프라인 서점에서도 눈에 띄는 자리에 배치되고, 당선작을 내놓은 출판사에서도 신경을 쓰니 여하간 다른 신간들에 비해 독자의 눈에 띌 가능성이 높다. 반면 후자는 소리소문 없이 출간되는 경우가 많아서 입소문을 타지 않으면 새로운 책의 홍수에 묻혀버리는 안타까운 일도 생긴다. 이렇게 출발점이 좀 다르기는 하지만 작품은 결국 이야기의 맛 그 자체로 승부를 본다. 공모전 당선작이라고 항상 성공적이지는 않으며, 조용히 출간되었다고 해서 주목을 받지 못하는 것도 아니다. 다행히 이번 계절에는 양쪽 모두에서 쏠쏠한 재미를 주는 작품들을 만났다.

김진희의 『노잣돈 갚기 프로젝트』(문학동네, 2015)는 제15회 문학동네어린이문학상 수상작이다. 학교폭력의 가해자인 동우와 피해자인 준희가 서로를 이해하고 친구가 되는 과정을 그렸는데 뻔한 이야기를 풀어가는 솜씨가 만만치 않다. 먼저 이 작품은 설정이 세다. 이야기가 시작되자마자 죽은 주인공이 과제를 안고 이승으로 돌아오는데 정해진 기한 안에 과제를 해결하지 못하면 다시 죽는다니, 이만하면 이야기의 전개를 흥미롭게 지켜보지 않을 수 없다. 게다가 보통 설정이 센 작품들은 설정에 공을 들이다가 정작 주제는 김빠지는 방식으로 풀어나가기 일쑤인데 이 작품은 서사를 차근차근 쌓아가면서 설득력 있게 주제를 풀어간다. 예를

들어 동우가 이승으로 돌아오려고 준희의 곳간에서 빌린 노자를 갚기
위해 세운 프로젝트는 줄줄이 실패하고, 오히려 의도하지 않았을 때 노
자 장부의 노자 빚이 조금씩 사라진다. 무엇 때문인지 정확히 설명해 주
지 않기에, 동우가 답답해하며 동분서주하는 만큼 독자도 함께 왜 그럴
까를 생각하게 된다. 이 과정에서 돈이면 무엇이든 다 된다는 생각은 잘
못됐으며, 인간관계는 '프로젝트' 따위로 해결할 수 없다는 주제에 자연
스럽게 다가간다. 신인 작가가 재미와 교훈이라는 두 마리 토끼를 다 잡
은 셈인데, 다음에는 어떤 이야기를 들고나올지 기대된다.

유승희의 『참깨밭 너구리』(책읽는곰, 2015)는 우리 동화에서 만나기 쉽지
않았던 너구리 캐릭터를 주인공으로 내세웠다. 그간 단편에서는 종종 보
았지만 이렇게 두툼한 장편을 감당할 만큼 만만찮은 너구리는 처음이다.
게다가 이 녀석은 자기 생각도 취향도 분명해서 확실히 주인공에 값한다.
틀에 박힌 사람의 정형성을 꼬집고, 우주 밀도나 상수 따위를 계산하며
빅뱅 이론을 떠드는 물리학자 너구리라니. 아니나 다를까 시골에서 조
용히 그림을 그리려던 화가 아저씨도 이 뻔뻔한 너구리에게 점점 마음을
빼앗긴다. 그러나 너구리가 연구에 몰두한 나머지 마을 사람들의 물건에
손을 대면서 이야기는 예상과 다른 방향으로 흐른다. 보통 이야기가 예
상과 다른 결말로 가면 독자는 놀라거나 실망하기 마련인데 이 경우는
후자에 가깝다. 마을 사람들이 너구리 사냥에 나서고 결국 너구리의 죽
음으로 끝나는 결말은 아무래도 아쉽다.

이 이야기에서 작가의 의도는 "너구리가 마음놓고 머물 수 있는 곳은
이 세상 어디일까요?"라는 질문에 있다. 그리고 이 질문은 수많은 다른
질문을 그 안에 품고 있다. '아이들이 마음껏, 있는 그대로의 자신을 만나
고 사랑할 수 있는 세상은 어디일까?' '나와 조금 다른 이들이 마음놓고

함께 살 수 있는 세상은 어디일까?' 등등. 모두 아동문학이 고민해야 할 질문들이다. 그런데 그런 세상은 꿈꾼다고 만들어지지 않는다. 꿈꾸되 구체적으로 행동하고 실천하지 않으면 몽상에 그치고 만다. 이는 아동문학의 결말이 갖는 중요성을 새삼 돌아보게 한다. 이 작품에서 너구리의 죽음과 더불어 "다음 생에는 어느 별에서든 선생님과 같은 생물로 태어나 같이 웃고 떠들 수 있으면 좋겠다"는 너구리의 마지막 노트는 나를 울게 했지만, 감정적 환기 이외의 실천적인 측면에서는 오히려 손해라는 생각이 들었다. 정말 좋은 세상은 너구리는 너구리대로 사람은 사람대로, 달라도 함께 어울려 살 수 있는 세상이지 한쪽이 다른 한쪽과 같아지는 세상은 아니지 않을까. 오히려 너구리가 피 묻은 목도리를 두르고 어디 먼 곳으로 달아났다면, 거기서 또다른 꿈을 꾸며 실험을 계속할 수 있지 않았을까.

3. 시리즈물과 재미

누군가 아동문학의 첫째 미덕을 꼽으라면 나는 '재미'를 택하겠다. '해리 포터' 시리즈를 본격문학으로 볼지 논쟁이 있었지만 나는 한국형 해리 포터를 기다려온 지 오래다. 이유는 간단하다. 자고로 이야기는 재미있어야 하고, 재미있는 이야기는 길수록 좋기 때문이다. 그래서 시리즈물로 나온 아동문학을 관심 있게 지켜보며 아이들이 흠뻑 빠져들 만한 작품을 기다려왔는지도 모른다. 무엇보다 어린이 독자들이 책에서 기대하는 것은 재미다. 그리고 정말 재미있는 이야기는 은근히 배우는 것이 있고 사람을 한 뼘 자라게 한다. 아이들은 그런 작품을 귀신처럼 찾아낸다.

그러니 만화나 게임, 과도한 학업에 독자를 빼앗겼다고 불평할 게 아니라, 다른 장르와 구별되는 아동문학만의 진지한 재미를 구축해 나아가야 한다.

김남중의 '나는 바람이다' 시리즈(비룡소, 2013~2019)는 그간 우리 아동문학이 내놓은 시리즈가 대부분 추리 서사인 것에 견주어 볼 때 바다를 배경으로 한 모험 서사라서 특별하다. 2013년에 출간된 1, 2권에서 주인공 해풍이는 하멜 일행을 따라 조선을 떠나 일본의 나가사키를 거쳐 태평양으로 나아갔다. 이번에 나온 3권과 4권은 전보다 이야기에 속도감과 활기가 붙었다. 1, 2권에서 해풍이가 다소 수동적으로 그려졌다면 3, 4권에서의 해풍이는 적극적이다. 자신의 존재 가치를 증명하기 위해 위험한 돛대 타기도 마다하지 않고, 금지된 성벽을 넘어 자바인 마을로 가기도 한다. 해풍이의 이런 행동은 새로운 사건과 갈등을 유발하고, 해풍이의 크고 작은 선택이 서사의 향방을 결정한다. 인물이 사건에 끌려다니지 않고 사건을 만들면서 이야기가 모험 서사다운 역동성을 갖게 되었으니, '소년 서사'에 능숙한 김남중의 장기가 잘 발휘된 셈이다.

또 이 작품에 그려지는 제국주의와 모험의 상관관계도 흥미롭다. 유럽의 식민지 개척과 그 궤를 함께하는 모험 서사는 선주민과 그들의 땅, 문화를 문명 이전의 열등한 것으로 보고 착취하며, 그 과정을 스펙터클한 모험으로 묘사한다는 점에서 전형적인 제국주의의 산물이다. 그러나 이 작품에서 작가는 바타비아인 아디의 눈을 통해 제국주의의 추악한 욕망을 드러냄으로써 전형적인 모험 서사의 한계를 넘어선다. 다만 아디가 다소 애매하게 그려진 점은 아쉽다. 아디는 동인도회사에서 볼 때는 "해적"이지만 그를 따르는 자바인들에게는 "영웅"이고 위나 같은 사람이 볼 때는 "썩은 위정자의 후손"이다. 이렇게 문제적인 인물의 복잡성을 잘 살렸다면 이야기가 더 풍부해지지 않았을까.

천효정의 『건방이의 건방진 수련기 2』(비룡소, 2015)는 재미의 측면에서 이번 계절 최고의 작품이다. 이 시리즈는 특징과 장점이 분명하다. 먼저 무협 장르의 가장 큰 특성 중 하나인 신체 단련이 주는 짜릿함을 잘 살렸다. 평범한 소년이 운명적인 만남(과 수련)을 통해 무술의 달인으로 거듭난다는 드라마틱한 설정은 책은 지루하다고 말하는 아이들도 단번에 사로잡을 만하다. 난관을 겪지만 언제나 선이 악을 이긴다는 장르물의 익숙한 메시지도 독자에게 큰 만족감을 준다. 특히 보편적 정의의 위상이 흔들리는 지금 같은 때, '정의는 반드시 이긴다'를 이토록 호방하게 말하는 것만으로도 독자는 심리적 만족과 안정감을 느낀다. 또 무협물은 활극과 로맨스의 요소가 적절히 섞인 장르인데, 이 작품의 로맨스는 아직까지는 어른들에게서만 나타난다. 건방이와 초아의 사부님들이 벌이는 닭살 애정 행각은 다소 희화화된 면이 있지만 그래서 더 웃음을 주기도 한다.

2권은 1권에서 차곡차곡 쌓은 이야기의 구조를 반복·변주한다. 무협물의 기본적인 대결 구도는 유지하되 새로운 악당 캐릭터를 등장시키는데, 새 캐릭터들도 만만치 않거니와 주인공과 주변 인물의 성격이 조금씩 깊어지면서 이야기도 커지고 깊어진다. 시리즈물로서 이 작품의 성공적인 순항을 점칠 수 있게 하는 지점이다. 그간 시도되었던 시리즈물이 상당 부분 인물의 성장이나 변화 없이 새로운 사건의 단순 병렬로 이어졌던 데 비하면 '나는 바람이다'와 '건방이의 건방진 수련기'는 제대로 된 시리즈물로서의 발전 가능성을 충분히 가지고 있으니 후속작을 기대해 볼 만하다.

4. 아이들의 등 뒤에서

김중미의 『모두 깜언』(창비, 2015)은 강화도 소녀 유정이의 성장기다. 유정이는 겉으로는 씩씩하고 아무 문제 없어 보이지만 사실 가슴속에 품은 상처가 많다. 유정이가 사는 살문리도 봄이면 나물과 꽃이 지천이고 마을 뒤로는 멋진 산이 병풍처럼 둘러서 있지만 마을의 속사정은 말이 아니다. 에프티에이(FTA)에 구제역, 크고 작은 정부 정책까지 모두 죽어라 죽어라 하는 통에 어른이고 아이고 할 것 없이 피해의식과 패배주의에 휩싸여 있다. 그렇다고 작품이 비관이나 걸기로 가득 차있는 것은 아니다. 화나면 말을 더듬는 유정이의 모습을 광수가 기막히게 흉내내는 장면에서는 웃음이 '빵' 터지고, 유정이와 우주가 '썸'을 타는 장면은 두근두근 조바심이 난다. 또 처음에는 넉살만 좋고 생각은 없어 보였던 광수가 실은 속 깊은 남자라는 사실을 알게 될 때는 새삼 반하게 된다. 이토록 주요 인물들이 오롯이 살아있는 이유는 13년간 강화에서 생활한 작가의 경험이 바탕이 되었기 때문이다.

사실 처음 농촌의 패배주의와 관련된 부분을 읽을 때 나는 괜히 예민해져서 이걸 어떻게 해결하나 하고 조바심을 냈다. 그런데 끝까지 다 읽어도 이야기 속에서 뾰족한 방법은 나오지 않았다. 그저 서로를 믿고 기대어 한 뼘씩 자란 아이들이 저마다의 자리에 든든하게 서있을 뿐이었다. 그런데 그게 답이고, 삶과 문학의 진실이었다. 작가의 말에서 김중미는 사람과 사람을 맺어주는 "결핍의 힘"에 대해 말한다. 그리고 그 힘을 마을과 학교 공부방에서 만나는 청소년들에게 배웠다고 한다. 아무리 힘들고 어려워도 유정이와 광수, 우주와 지희가 서로 믿고 보듬은 것처럼 우리가 그렇게 함께 갈 수 있다면, 우리는 덜 외로울 터이고 더 살맛 나는 세상을 만들 수 있을 것이다. 그렇다. 어떤 정책이 죽어가는 농촌을, 말라붙은 삶의 터전을 근본에서부터 살릴 수 있겠는가. 그저 사람이다. 언제나 함께하는 사람이 희망이고 답이다. 김중미는 살문리의 각박한 현실 속에서도 아이들을 통해 부단히 희망을 길어 올린다. 그리고 그 희망을 또다른 아이들에게 들려준다. "언제나 혼자보다 여럿이 나은 법"이며, 우리는 그렇게 함께 기대어 살아가는 존재라고. 그러니 우리는 서로에게 언제나 "깜언"(베트남어로 '고맙습니다')이라고.

누군가의 믿음, 관심, 사랑이 사람을 자라게 한다. 너른 들판 같은 광수의 속내, 든든히 뒤를 지키고 선 할머니, 작은아빠, 작은엄마의 사랑이 유정이를 훌쩍 자라게 한 것처럼 우리 아동청소년문학도 우리 아이들을 그렇게 믿어주었으면 좋겠다. 가르치고 바꾸고 정답을 쥐여주려 하는 대신, 아이들과 함께 놀고 아이들을 믿고 늘 아이들 등 뒤에 서있는 것. 그것이 문학이 해야 할 일인지도 모른다.

『창비어린이』 2015년 여름호

하드보일드한 '복불복'의 세계를
가슴으로 통과하는 '한국형 탐정'의 부활

남녀노소를 막론하고 온 국민에게 사랑받는 주말 예능프로그램이 있다. 이름만 들으면 누구나 아는 그 프로그램을 보고 웃으면서도 나는 늘 마음 한구석이 찜찜했다. 웃음의 핵심이었던 일명 '복불복' 게임이 진행될 때 멤버들은 이구동성으로 외친다. "나만 아니면 돼!" 이후 케이블 예능프로그램에서 뒤에 "너여야만 해!"까지 붙어서 완성된 이 구호에서 나는 우리 사회의 '하드보일드'한 면을 보았다. 게임의 승패가 개인의 실력이나 노력이 아닌 운으로 결정된다는 점도 문제랄 수 있다. 하지만 그보다는 누군가는 반드시 마셔야 하는 '고배'를 설정해 놓고, 그것을 내가 마시지 않기 위해서는 나 아닌 네가 희생자가 되어야만 한다는 '배틀 로얄'의 지옥도 같은 시스템을 아무렇지도 않게 웃음의 코드로 사용하고 있다는 오싹함. 그것이 '내가 웃는 게 웃는 게 아닌' 이유였다.

『명탐정의 아들』(최상희, 비룡소, 2012)은 어느새 우리 아이들의 일상이 되어버린 '나만 아니면 돼!'의 세계를 진중하지만 유머러스하게 그린다. 주인공은 중학생 소년 고기왕. 고기왕은 고기를 좋아한다는 뜻이 아니라

"생각 없는 아빠"가 지어준 부끄러운 이름이다. 철없는 아빠는 엄마가 아프리카로 발령받아 떠나자마자 살던 집과 가게를 몰래 처분하고 '크리스마스 푸딩의 모험'이라는 카페를 연다. 애거사 크리스티의 추리소설 이름을 빌려온 카페의 정체는 탐정이 되고 싶었던 아빠가 연 '명탐정 고명달 사무소'. 탐정 제도가 없는 우리나라에서 고작 집 나간 개나 고양이를 찾아 달라는 게 의뢰의 전부인 사무실에 어느 날 미모의 여대생 오윤희가 찾아온다. 사라진 행운의 열쇠 '온리럭키'의 행방과 열쇠의 주인인 여동생 오유리의 학교생활을 조사해 달라는 것. 그런데 조사를 시작하기도 전에 덜컥 오유리의 사망 소식이 들리고, 기왕은 처음의 생각과 달리 사건에 깊이 개입하게 된다.

전 세계에 열 개밖에 없다는 행운의 열쇠 온리럭키! 그리고 열쇠의 주인인 15세 소녀의 죽음과 사라진 열쇠! 소녀의 죽음은 자살인가 타살인가? 범인은 누구인가? 추리물의 구도를 빌려 흥미진진하게 펼쳐지는 이야기가 가닿는 지점은 우리 아이들이 처한 잔인한 복불복의 현실이다. "오유리는 두더지게임 같은 거야. 화가 풀릴 때까지 두들기고 나면 속시원해지잖니? 하지만 그건 그냥 게임이잖아. 반 애들도 심심하면 장난으로 그랬지. 이유? 그러니까 아이들도 이유는 모르는 것 같았어." "오유리 같은 애는 수도 없이 생겨날 거야. 밟히지 않기 위해서는 먼저 밟아야 하는 걸 애들은 알거든. 우리 그렇게 배우지 않았니? 살아남으려면 약한 것들을 밟고 올라서야 한다고. 그게 살아남는 방법이잖아." 왕따, 학교폭력, 자살이라는 아프고 황망한 현실. 그런데 "마치 신나는 뉴스거리"처럼, 아이들을 "무슨 극악무도한 짐승"처럼 취급하면서 "우 달려들어 실컷 떠들어대는" 바람에 이제는 싫증나 버린 이야기.

『명탐정의 아들』은 이렇게 선정적으로 반복·소비되어 이제는 지겨운 이야기가 되어버린 아이들의 하드보일드한 현실을 '추리'라는 기법을 통해 색다르게 조명한다. 여기에 시종일관 구시렁대는 일인칭 화자 고기왕의 어르고 뺨치는 입말투는 책장을 술술 넘어가게 하고, 만화 속 주인공처럼 강력하게 캐릭터화한 인물들은 자칫 메마르고 비정하게 흐르기 쉬운 이야기에 유머라는 윤기를 더한다. 무엇보다 오유리의 죽음을 추적하는 과정 속에서 점차 모습을 드러내는 고기왕의 어두운 과거와 "빵셔틀" 이성윤을 외면한 기왕의 현재가 겹쳐지면서 완성되는 자기반성이라는 마지막 퍼즐은 이 소설의 백미다. 범죄자의 잘못만 들춰내다가 끝내기 쉬운 장르 특유의 말초적 한계를 넘어서 악마(범죄자)의 거울 속에서 자신의 얼굴을 발견하는 소년들의 건강함은 하드보일드한 이 세계에 그래도 우리에게 여전히 희망이 존재한다고 말해준다.

　『명탐정의 아들』이라는 제목만 보고 추리물의 논리 대결에서 비롯한 지적인 쾌감을 기대하는 독자라면 다소 실망할 수도 있겠다. 이 작품은 추리물의 기본 구도 아래서 시작되지만 범죄자와 탐정 사이의 치열한 두뇌 싸움을 서사의 핵심으로 하는 고전적 추리물의 문법을 충실하게 따르는 작품은 아니다. 대신 이 소설에는 머리보다 가슴으로 일하는 탐정, 응접실에 앉아 있기보다는 발로 뛰어다니며 다양한 모험에 뛰어드는 탐정이 등장한다. 때로 실수도 하지만 피해자와 더 가까이에서, 그를 위해 대신 울어주기도 하는 인간적인 탐정. 이것이야말로 '한국형 탐정'의 전형이며 우리의 고기왕은 그 계보를 충실하게 잇는 소년 탐정이다. 홈스나 뤼팽, 포와로처럼 인구에 회자되는 매력적인 인물 하나 없이 어느새 100년이라는 무거운 역사를 갖게 된 한국 추리문학의 허전한 궤적을 가슴과 발로 메워줄 새로운 탐정의 탄생이 반갑다. 이미 충분히 캐릭터화한 인물들에 조금만 더 색깔을 입힌다면 우리도 일본의 긴다이치 못지않은 소년

탐정을 가질 수 있지 않을까. 고기왕과 몽키, 유가련이 활약할 후속작이 기다려지는 이유이다.

『작가들』 2012년 가을호

'꿰맨 양말'을 이야기하는 방식

세상이 변했다. 많이 변했고, 빨리 변했다. 구멍난 양말을 꿰매 신은 게 엊그제 같은데 요즘 아이들에게 양말 꿰매 신은 이야기를 하면 깔깔대고 웃는다. 혹은 '저건 무슨 소리야.' 하든지. 지나간 시대를 살아온 자들에게는 때묻었지만 소중한 삶의 한 자락일 '꿰맨 양말'이 요즘 아이들에겐 우스개거나 '꼰대의 잔소리'이기 십상이다. 이것이 청소년문학의 어려움이다. '꿰맨 양말'을 어떻게 이야기할 것인가. 어떻게 이야기해야 우스개나 잔소리가 되지 않을까? 여기 꿰맨 양말에 대한 솔깃한 이야기가 있다. 『시간을 파는 상점』(자음과모음, 2012)의 작가 김선영의 신작 『열흘간의 낯선 바람』(자음과모음, 2016)이다.

주인공은 17세 여고생. 이름은 송이든. "자음으로 끝나는 체언의 뒤에 붙어 주로 '~이든 ~이든'의 구성으로 쓰여, 열거된 것들 가운데 어느 것이나 상관없음을 나타내는 보조사" 이든. 아들이든 딸이든 무엇이든 상관없다는 결론하에 부모가 지어준 이름, 송이든. 범상치 않은 이든의 또 다른 이름은 '오크'다. 외모 때문에 붙은 이 별명 역시 결코 평범하지 않다. 사람에게 오크라니. 이든은 이런 현실이 싫다. 그래서 원하는 나를 만들어 내가 주인공인 새로운 세상을 구축한다.

이든이 만든 '초록마녀'는 인스타그램에서 수많은 팔로워를 거느린 스타다. 먹고 자는 것도 잊은 채 보정에 매달린 결과는 연예인급으로 달린 '좋아요' 숫자. 그 숫자들과 수많은 사람들의 만남 신청은 이든에게 "처음 맛보는 존재감"을 선물해 준다. 이든에게 "SNS는 현실보다 더 생동감 있게 살아있는 세계"이고 "같은 반에 실재하는 아이들이 오히려 허상" 같다. 생각하는 대로 이루어지는 세계라니, 매력적이지 않은가. 현실에서는 나를 거들떠보지도 않던 첫사랑이 SNS에서는 만남을 애걸한다. 그러나 여신의 미모를 가진 초록마녀로 사는 행복감은 이든이 가상의 세계를 떠나 현실로 옮겨오는 순간, 산산조각이 난다.

페이스북이나 인스타그램 같은 SNS 속 사진 한 장에 숨은 사람들의 고투는 이미 널리 알려져 있다. 수천수만의 '좋아요'가 달린 사진의 프레임 바깥으로 눈을 돌릴 때, 우리는 간혹 놀란다. 아무도 없는 이른 아침, 공원의 트랙 한가운데 고요히 놓인 한 대의 자전거와 부서지는 햇살. 이 사진에 '좋아요'가 달리는 이유는 많겠지만 아마도 번잡한 도시의 삶에 지친 사람들에게 이른 아침의 공원이 주는 평안과, 그 여유를 즐기는 자의 부지런함이 좋아 보이기 때문일 테다. 그런데 사람이 많은 공원에서 무리하게 통행을 막으며 이 사진을 찍었다는 또다른 사실에 우리는 아연실색한다. 내가 본 건 뭐지? 내가 누른 '좋아요'는 저런 게 아니었는데. 가상과 현실의 차이는 이렇게 종종 우리를 놀라게 한다.

결국 이든은 엄마에게 성형수술을 요구한다. 가상을 현실로 만들겠다는 것이다. 여기에 엄마가 내놓은 해결책은 몽골 여행이다. 여행 후에 성형수술을 생각해 보겠다는 합의하에 받아들인 여행은 시작부터 꼬인다.

함께 가기로 한 여행이었는데 입국심사대 앞에서 엄마는 돌아가 버리고 이든은 온통 모르는 사람들 사이에 남겨진다. 게다가 한 팀으로 묶인 사람들 중에서 말이 통할 것 같은 사람은 하나도 없다. 머리끝부터 발끝까지 핑크색으로 도배를 한 '핑크 할머니'도, 무뚝뚝한 데다 자기처럼 부모가 장난친 것 같은 '허단'이라는 이름을 가진 또래 남자아이도 부담스럽기만 하다. 제대하고 엄마 대신 여행을 왔다는 우석 오빠도 별다를 게 없다. 무엇보다 와이파이가 되지 않아 휴대폰을 쓸 수 없다는 것이 가장 큰 고역이다.

현대인에게 휴대폰은 일종의 만능열쇠다. 그것은 세계와 나를 연결해주는 통로이자, 부담스럽고 버거운 많은 것들로부터 나를 지켜주는 방패이기도 하다. 어른이나 아이나 "어정쩡하고 어색한 시간과 공간"에 놓이면 휴대폰을 집어 든다. 병원이나 터미널 등 각종 대기실에서의 기다림은 말할 것도 없고 엘리베이터가 목적지에 도착하는 짧은 몇 초조차 우리는 견디지 못한다. 꼭 필요해서 사용하기도 하지만 타인과 함께하는 시공간의 어색함을 무마하기 위해 우리는 휴대폰을 본다. 어디를 가나, 언제나, 사람들의 손에는 휴대폰이 들려있다. 각종 SNS에 수시로 접속해 고립되지 않은 나의 존재를 확인하고, 여의치 않을 땐 음악을 듣거나 저장해 둔 사진을 보는 척한다. 그래야 시간을, 타인을, 나를 견딜 수 있다.

그런데 휴대폰을 쓸 수가 없다. 그것도 무릎이 맞닿을 정도로 비좁은, 몽골 횡단열차의 4인용 침대칸 안이다. "열차는 완행으로 느리게 느리게 초원을 걸어가고" 이제 "그야말로 시간을 견딜 수밖에 없는 오프라인의 세계"가 눈앞에 펼쳐진다. 『데카메론』이나 『천일야화』처럼 끝없는 이야기가 펼쳐질 수밖에 없는, 이야기를 위한 완벽한 시공간인 셈이다. 그리고 이어지는 핑크 할머니의 사연은 뭉클하다. 몽골의 사막에서, 초원에서,

별똥별로 끊어지고 이어지는 멤버들의 이야기 속에서 모두 서서히 깨닫는다. 별과 그 곁의 별이 서로에게 빛이 되어주는 것처럼 자신들도 혼자가 아니었음을. 별빛에도 각자 색깔이 있다는 것을.

이 소설은 관계와 소통, 그리고 존재에 대해 말한다. '나는 누구인가'를 묻는 것은 소설의 가장 오랜 주제 중 하나이다. 스스로 눈을 찌른 오이디푸스왕도, 미쳐서 죽어버린 리어왕도 저 질문에서 자유롭지 못했다. 한 사람은 어쩌면 모르는 게 좋았을 자신의 근원을 파헤치다 비극에 이르렀고, 또 한 사람은 자신이 누구인지 몰라서 사랑하는 딸과 자신을 죽음으로 몰아넣었다. 자신을 안다는 것, 존재의 본질에 다가간다는 것은 그만큼 어렵고 고통스러운 일이다. 그러나 그 고통의 심연에서 달아나지 않은 자는 그 누구도 빼앗을 수 없는 '나'를 만나게 된다.

이 거대한 우주 속에 별이 있고 그 별을 바라보는 내가 있다는 생각이 들었다. 저 먼 우주 속, 나의 존재는 먼지보다 더 작을 텐데. (중략) 그런데 신기하게도 한편으로는 나의 존재가, 나라는 생명이 무척 크게 다가왔다. 지금 그때의 심정이 되살아났다. 아니 더 실감났다. 난 아무것도 아닌 것이 아니라 이 우주 속에 당당히 존재하는 하나의 생명이라는 자부심이 저 수많은 별을 보며 되새김질되었다. 오히려 거대하고 드넓은 공간에서 나는 먼지보다 못한 하찮은 존재라고 여길 것 같았는데 내 존재가 이렇게 크게 다가오다니. 이 느낌은 또 무엇일까?

성형수술을 해서 예뻐진 '나'나, 여러 사람의 조언으로 '폼'이나 '색'을 갖게 된 '나'도 나이겠으나, 어쩌면 진정한 나는 지금, 여기 존재하는 그대로의 내가 아닐까. '나는 누구인가'를 아는 것이 중요하다고 말하거나 혹은 '너는 네가 누구인지 아느냐고' 물어보는 청소년소설은 많았다. 그러나 행위(doing)가 아닌 존재(being) 자체로 그 질문에 대답하는 소설은 드물었다. 그래서 풀과 별과 태양을 안은 하늘만 있는 곳에서 이든이 만난 존재 자체로서의 '나'는 오래 기억될 만하다.

이제 처음의 질문으로 돌아갈 시간이다. 꿰맨 양말을 어떻게 이야기할 것인가. 조금 돌려 물으면 이렇게 질문할 수도 있겠다. 꿰맨 양말을 둘러싼 고린내 나는 이야기를 지금 아이들에게 들려줄 필요가 있을까? 다소 성급하지만 대답을 먼저 하자면 나는 들려줄 필요가 있다고 생각한다. '무엇'이 아니라 '어떻게'라는 점만 잊지 않는다면 말이다. '사람이 살아가는 데 있어 필요한 것은 그리 많지 않다'는 가르침은 톨스토이도, 『열흘간의 낯선 바람』도, 그사이에 있었던 수많은 소설들도 이야기했다. 그중 어떤 소설은 성공했고 어떤 소설은 실패했다. 그러니 좋은 주제나 나쁜 주제는 없다. 잘 형상화한 작품과 그렇지 못한 작품이 있을 뿐이다.

『열흘간의 낯선 바람』에서 다루는 외모에 대한 고민이나 SNS의 문제는 꿰맨 양말과 같은 삶의 진실에 다가가는 작가 김선영의 방법이다. 나는 그의 이런 방법론이 청소년 독자와 소통하는 그만의 방식이라고 생각한다. 그리고 한번 읽어보면 알 수 있다. 그의 방법은 우습지도 지겹지도 않다는 것을.

『열흘간의 낯선 바람』 2016년

4부
아이들과
함께

자라는 이야기

"별이 빛나는 더러운 웅덩이" 속에서

『긴긴밤』(문학동네, 2021)은 이상한 이야기다. 이야기의 주인공은 코뿔소와 펭귄인데, 나는 『긴긴밤』 이전에 이런 방식의 동물 이야기를 읽어본 적이 없다. 이 작품은 '펭귄' 하면 흔히 떠오르는 귀여운 동물 이야기도 아니고, 그렇다고 우화도 아니다. 어떻게 해도 손가락 사이로 흘러내리지만, 그래도 정의해 보자면 이것은 늙은 코뿔소와 어린 펭귄의 로드무비이다. 둘의 걸음에는 고통이, 슬픔과 분노가, 그럼에도 불구하고 뜨겁게 붙잡아야만 하는 희망과 오늘이 있다. 길 위에, 듬성하고 촘촘한 둘의 기우뚱한 발자국에, 이 모든 것이 아로새겨져 있다.

이야기는 코뿔소 노든이 가장 평화로웠던 시절에서 시작된다. 눈이 보이지 않으면 눈이 보이는 코끼리와, 다리가 불편하면 다리가 튼튼한 코끼리와 같이 있는 것이 순리인 세계. 코끼리 고아원에서 노든은 유일한 코뿔소였지만 충분히 행복했다. 어느덧 앞날을 선택해야 하는 때가 왔을 때 노든은 고민한다. 걱정 없이 코끼리로 살 것인가, 자기 안에 있는 물음을 좇아 바깥세상으로 나갈 것인가. 노든은 '이미 훌륭한 코끼리이니 이제 훌륭한 코뿔소가 되는 일만 남았다'는 말을 딛고 바깥세상으로 나간다. 노든을 기다리고 있는 삶은 어떤 것일까.

노든의 삶은 우리의 그것과 비슷하다. 우리의 삶이 별처럼 반짝이는 몇몇 순간들과 기나긴 지루함과 고통으로 이루어진 것처럼 노든의 삶 역시 그러하다. 그는 자신의 삶에서 가장 반짝이던 어느 "완벽한 저녁", 모든 것을 잃어버린다. 겨우 목숨만 건진 노든이 분노와 불면에 시달리며 복수를 준비할 때, 앙가부는 노든에게 새로운 꿈을 준다. 그런 앙가부마저 잃고 망연자실한 노든 앞에 까칠한 펭귄 치쿠가 나타난다. 노든은 알이 든 자그마한 양동이를 입에 문 치쿠와 함께 바다를 향해 걸어간다.

우리 삶에는 우리가 자초한 불행도 있지만, 그렇지 않은 불행도 있다. 코끼리 고아원 밖으로 나간 것은 노든의 선택이지만, 느닷없이 찾아온 사냥꾼들과 벼락처럼 떨어진 전쟁은 노든의 선택이 아니다. 전자는 내 몫으로 여기고 견딘다 해도 반복되는 후자의 고통 앞에서 우리는 어떻게 해야 할까.

'완벽한 저녁'이 깨진 이후 노든은 복수심으로 스스로를 불태우지만, 앙가부와 치쿠와 알을 만나 깨닫게 된다. 사는 것보다 죽기가 더 쉬운 세상 속에서 끝까지 살아남아야 하는 이유를.

『긴긴밤』 속 주인공들은 우리의 삶이 촘촘하게 연결되어 있음을 보여준다. 내 삶은 내 것이지만, 또 나만의 것은 아니기에 우리는 안간힘을 써서, 죽을힘을 다해서 살아남아야 한다. 다리가 튼튼한 코끼리가 다리가 불편한 코끼리의 기댈 곳이 되어주는 것처럼, 자연에서 살아가는 게 서툰 노든을 아내가 도와준 것처럼, 오른쪽 눈이 잘 보이지 않는 치쿠의 오른쪽 옆에 항상 윔보가 서있던 것처럼, 앙가부가 노든의 이야기를 듣고 또 들어준 것처럼. 이 작지만 위대한 사랑의 연대는 이어지고 이어져 불운한 검은 반점을 가진 채 버려진 작은 알에 도착한다.

작은 알은 모두의 사랑을 먹고 전쟁의 포화 속에서도 살아남아 세상으로 나온다. 웜보와 치쿠의 생명줄을 잡고 태어난 아기 펭귄은 늙은 코뿔소와 함께 바다를 향해 걸으며 자신의 근원을, 살아야 하는 이유를 듣는다.

"하지만 나는 내가 본 적도 없는 치쿠와 웜보의 몫까지 살기 위해 살아냈다기보다는 나 스스로가 살고 싶어서 악착같이 살아냈다. 그들의 몫까지 산다는 노든의 말을 제대로 이해하게 된 것은 그 후로도 꽤 시간이 지나고 나서의 일이다."

이름도 없는 작은 펭귄은 당돌하고 씩씩하다. 그 누구 때문이 아니라 나 스스로가 살고 싶어서 악착같이 살아냈다는 펭귄은 생명력으로 똘똘 뭉친 어린이 그 자체다. 그는 노든이 해주는 말을 다 이해하지 못하지만 자신이 받은 사랑의 크기만큼 단단하게 자라고, 마침내 자기 자신으로 살기 위해 거대한 바다를 향해 홀로 떠난다. 노든이 코뿔소가 되기 위해 코끼리 고아원을 나온 것처럼, 어린 펭귄은 '이미 훌륭한 코뿔소이니 이제 훌륭한 펭귄이 되는 일만 남았다'는 노든의 격려 속에서 자기만의 길로 나선다.

'나는 누구인가'는 문학의 영원한 화두이다. 숱한 작품이 이것을 이야기했고 앞으로도 더 많은 이야기들이 이에 화답할 것이다. 그럼에도 『긴긴밤』이 수많은 응모작들 가운데 대상작으로 선택된 까닭은 명확하다. 이 작품은 '나로 살아간다는 것'의 고통과 두려움, 환희를 단순하지만 깊이 있게 보여준다. 아무 일도 일어나지 않을 평안한 삶을 박차고 나와 긴긴밤

속으로 들어간 노든, 세상의 전부였던 노든을 떠나 깊고 검푸른 자신의 바다로 들어가는 펭귄의 모습은 독자들에게 큰 울림으로 남을 것이다.

어린 펭귄이 절벽 위에서 얻은 깨달음은 처연하게 아름답다. 그는 절벽 위에서 비로소 세상에 마지막 하나 남은 흰바위코뿔소의 심정, 가족을 위해 목숨을 걸고 뛰어나간 아내의 마음을, 아직 죽지 않은 연인을 뒤로 하고 알을 데리고 도망쳐 나오던 치쿠의 심정을, 그리고 치쿠와 눈을 마주쳤던 웜보의 마음을 이해할 수 있게 된다. 지금의 내가 있기까지 나를 향해 있던 모든 이의 긴긴밤을, 그 눈물과 고통과 연대와 사랑을. 이제 어린 펭귄은 자기 몫의 두려움을 끌어안고 바닷속으로 뛰어들 것이다. 홀로 수많은 긴긴밤을 견뎌낼 것이며, 긴긴밤 하늘에 반짝이는 별처럼 빛나는 무언가를 찾을 것이다.

『긴긴밤』 속 전언처럼 우리 삶은 더러운 웅덩이 같은 곳인지도 모른다. 그러나 이 작품은 그 더러운 웅덩이 속에 빛나는 별이 있다는 사실을 잊지 않고 이야기한다. 오늘도 "별이 빛나는 더러운 웅덩이" 속을 타박타박 걷고 있을 아이들에게 이 책이 작은 버팀목이 되어주리라 믿는다. 힘들고 무서워도 도망가지 않고 소리지르고 울면서 똥을 뿌리는 것이 최선임을, 다리나 눈이 불편한 친구를 놀리는 것이 아니라 그의 불편한 다리와 눈 옆에 자연스레 서는 것이 순리임을, 그렇게 나와 친구를 지키는 것이 더러운 웅덩이를 별빛같이 만드는 일임을 알고 서로에게 기대어 오늘을 버티고 내일로 힘차게 나아가기를. 그러다보면 언젠가 우리는 다시 인사하게 될 것이다. "코와 부리를 맞대고" 눈과 눈으로, 마음과 마음으로, 영혼과 영혼으로.

『긴긴밤』 2021년

필통 속 연필들이 보여준 삶의 철학

의인동화는 어린이문학을 대표하는 하위 장르 중 하나이다. 사람이 아닌 사물이나 동물에 인격을 부여하는 의인화는 현실과 환상의 경계를 넘나드는 아이들의 특성과 맞닿아 어린이 독자의 관심을 끌기 쉽다. 하지만 언젠가부터 의인동화가 아이들이 배워야 할 다양한 사회 규칙이나 도덕관념을 손쉽게 전달하는 수단으로 사용되면서 '의인동화=교훈동화'라는 인식이 생겼다. 교훈이 나쁜 것은 아니지만 교훈이 중심이 되면 인물과 사건이 기능화되고 이야기가 얄팍해져 독자 곁에 좋은 작품으로 오래 머물기는 어렵다. 우리에게 곰돌이 푸나 피터 래빗같이 세대를 넘나들며 길게 사랑받는 작품이 없다는 사실은 여러 가지 시사점을 준다.

『까만 연필의 정체』(길상효, 비룡소, 2022)는 유년동화나 저학년동화에서 롱런할 수 있는 작품이 잘 나오지 않는 저간의 상황을 뚫고 나온 반가운 이야기다. 『까만 연필의 정체』는 지난해 제10회 비룡소문학상을 수상한 『깊은 밤 필통 안에서』(2021)의 후속작이다. 『깊은 밤 필통 안에서』가 기대 이상의 수작이었던 데다, 작년에 작품을 볼 때만 해도 속편이 나오리라고는 전혀 예상하지 못해서 속편이 나왔다는 이야기를 들었을 때는 기대 반 우려 반이었다. 속편이 전편을 뛰어넘기 어렵다는 말은 속설 중에서도 가장 그럴싸하거니와, 유년과 저학년 분야의 시리즈물은 유사한 에피소드의 나열에 그치기 쉬우니 말이다. 하지만 속설을 뒤집는 작품은 언제나 나오기 마련이다.

『까만 연필의 정체』는 전작인 『깊은 밤 필통 안에서』와 세계관을 공유한다. 필통 속 연필들은 주인인 담이와 같다. 이들은 어려서 아직 서툴고 어설프지만 씩씩하고 진지하다. 이 작품의 빼어난 점은 바로 여기에 있다. 작가가 어린이의 서툴고 무력한 면보다 진지하고 진취적인 면에 주목한다는 사실. 그간 논의된 유년이나 저학년동화의 한계는 서툴고 천진해서 '귀여운 어린이'의 모습을 그린다는 점이었다. 하지만 귀여운 어린이란 어린이를 바라보는 어른의 시선에 불과하다. 이 시리즈는 어른이 내려다본 어린이가 아닌, 어른과 같은 눈높이의 어린이를 주인공으로 내세운다. 그러하기에 이야기는 작고 귀여운 존재들이 벌이는 작은 소동극에 머물지 않고, 고개를 끄덕일 수밖에 없는 삶에 대한 통찰로 나아간다.

예를 들어 『깊은 밤 필통 안에서』에서 쓸모와 성취감에 대해 깊은 깨달음을 주었던 딸기 연필은 『까만 연필의 정체』에서 몽당연필이 되어 모두와 헤어져야만 하는 상황에 처한다. 이는 사람으로 치면 죽음과 다를 바 없는 것으로, 「연필의 한살이」는 생명이 있는 모든 존재가 필연적으로 마주치는 죽음과 이별이라는 묵직한 주제 의식을 어린이의 눈높이에서 섬세하게 풀어낸다. 큰 연필에서 작은 연필로, 연필깍지를 낀 연필에서 그조차도 낄 수 없을 만큼 작은 몽당연필이 된 딸기 연필은 필통만 지키는 자신을 안타깝게 여기는 친구들에게 이렇게 말한다. "난 좋은데. 하기 싫은 걸 하다가 마지막을 맞은 게 아니잖아." 한 존재의 시작과 끝을 이

만큼 담백하고 가치 있게 담아내기란 쉬운 일이 아니다. 작품 속 딸기 연필의 모습은 자기 자신으로 최선을 다한 자의 마지막으로 손색이 없거니와, 이런 뒷모습은 지켜보는 자들에게도 깊은 흔적을 남긴다. 그래서 딸기 연필이 필통 손잡이로 돌아오는 결말은 아쉽다. 어린이에게 여지를 남기고 싶어 한 작가의 마음은 이해하지만, 이는 어린이를 진지한 대상으로 바라본 스스로의 시선과 관점에서 한 발 후퇴한 형국이기 때문이다.

아쉬운 점도 있지만 나는 이 시리즈에 거는 기대가 크다. 각 권을 독립된 이야기로 본다면 플롯이나 전체적인 완성도 측면에서 1권이 2권보다 단단해 보이나, 시리즈로 본다면 다른 면을 엿볼 수 있기 때문이다. 2권은 단순히 병렬적인 에피소드의 나열에 그치지 않고, 1권에서 만든 연필의 캐릭터와 설정을 기반으로 보다 넓고 깊은 이야기로 나아간다. 앞서 말한 딸기 연필의 에피소드가 그러하거니와, 1권에서 그려진 연필들의 우정이 2권에 와서는 담이에 대한 믿음과 지지로 자연스럽게 연결되면서 뭉클하고 뿌듯한 우정의 힘을 보여준다. 시리즈가 거듭되면서 이처럼 한 뼘씩 넓어지고 깊어질 수 있다면 '깊은 밤 필통' 시리즈는 한국식 의인동화의 새로운 기원이 될 수 있지 않을까.

이야기를 다 읽고 필통을 열어보았다. 내 필통 속 친구들은 깊은 밤이 되면 무슨 이야기를 나눌까? 자기들끼리 이야기할 때 나를 최고라고 이야기해 줄까? 상상만으로도 가슴이 벅차고 따뜻했다. 편견에 사로잡히지 않고 배움에도 망설이지 않는 필통 속 친구들이 보여준 서로를 향한 지지와 사랑은 이 책을 읽는 아이들에게도 맑은 기쁨과 깊은 위로가 되어 줄 것이다. 이런 게 동화의 힘이다.

『작가들』 2022년 가을호

달콤쌉쌀한 동화의 맛

　많은 사람들이 초콜릿을 좋아하는 이유가 뭘까? 초콜릿의 매력은 뭐니 뭐니 해도 단맛이 휩쓸고 지나간 자리에 남는 쌉쌀함이다. 초콜릿이 가진 단맛과 쓴맛의 절묘한 조화는 마치 우리네 인생 같다. 달거나 쓰기만 했다면 초콜릿은 지금처럼 사랑받지 못했을 것이다. 『복수의 여신』(송미경, 창비, 2021)은 다양한 맛의 초콜릿 상자다. 작품집에 실린 일곱 편의 단편동화는 아이들의 인생도 어른들의 그것처럼 때로는 달고 때로는 눈물나게 쓰다는 사실을, 그래서 어른의 삶과 기실 다르지 않은 어린이의 삶을 잘 보여준다.

　「오빠 믿지?」에는 누구나 혹할 수밖에 없는, "만화 속에서 튀어나온 게 분명"한 멋진 오빠가 나온다. '한 올 한 올 굉장히 검고 윤기 있는 눈썹에 갈색과 여러 가지 색깔이 섞여 반짝이는 눈동자, 거기다 눈을 깜빡일 때마다 엄청나게 많고 긴 속눈썹들이 서로 달라붙었다 떨어지는 오빠의 모습'은 "신비롭"다. 이 특별한 오빠가 알려주는 비밀이나 다양한 특강은 특별하다 못해 희한해서 철석같이 믿기에는 뭔가 찜찜한데, "넌 오빠 믿지?" 한마디면 의심은 씻은 듯 사라진다. 그런데 오빠는 아무래도 가난한 것 같다. 밥을 제대로 먹지 못하는 게 분명한 오빠. 여기까지 보면 우리 동화에서 자주 만나는 가난 이야기인 듯도 싶다. 그런데 끝에 가서 이야기는 오빠를 우주로 보낸다. 단맛이다 싶었는데 씁쓸하다가 눈이 확 틔는 결말로 나아간다.

표제작인 「복수의 여신」은 길모퉁이의 충돌사고처럼 불시에 찾아온 첫사랑의 순간을 포착해 낸다. 친구를 놀리는 같은 반 남자아이들에게 대신 앙갚음을 해주는 우리의 "복수의 여신"은 나 어릴 적에도 지금도 여느 교실에 한 명쯤은 있는 '정의의 사도'다. 작가는 그렇게 씩씩하기만 한 복수의 여신이 백년 복수의 대상인 줄로만 알았던 남자아이에 대한 자신의 감정을 알아가는 과정을 달콤씁쓸하게 그린다. 벼락처럼 찾아온 첫사랑. 그 놀라고, 아프고, 짜릿하고, 황홀한 순간이 군더더기 없이 말끔하게 담겨있다.

이렇게 『복수의 여신』은 예민하게 포착한 일상의 한 지점을 동화적으로 풀어간다. 그것은 가난을 눈물과 아픔으로 재현하는 대신 웃음과 쫀득한 입씨름으로 그려낸 「내 방이 필요해」나, 한국판 로알드 달의 향취가 느껴지는 「최고의 저녁 초대」에서도 잘 나타난다. 반면 「일 분에 한 번씩 엄마를 기다린다」는 가슴 한쪽이 서늘해질 만큼 무겁고 슬프다. 돈 벌러 떠난 엄마를 기다리던 주인공이 엄마의 귀가를 오히려 걱정하게 되기까지, 삶이 서서히 무너져 내리는 과정을 담담한 어조로 그려 더 가슴 깊이까지 파고든다. 일 분에 한 번씩 스윽, 히익 소리를 내며 팔을 돌리는 아빠의 틱장애에 맞춰 아이가 엄마를 부르는 결말은 화인처럼 오래도록 마음에 남는다.

송미경은 그간 동화의 본령에 충실한 동화를 써왔다. 『학교 가기 싫은 아이들이 다니는 학교』(웅진주니어, 2010)나 『일기 먹는 일기장』(상수리, 2011/ 사계절, 2017 개정)을 통해서 그가 보여준 세계는 현실의 규율을 가볍게 뛰어넘는, 황당할 만큼 발랄한 상상력의 공간이었다. 그러나 그 상상의 공간은 현실의 결핍을 현실 바깥에서 찾으려 한 한계로 드러나기도 했다는 점에서 양날의 칼이었다. 이번 단편집에서는 작가의 상상력이 보다 견고해지고 현실에 발을 붙인 양상으로 변모했다. 이는 작가의 말에서도 엿볼 수 있듯 "신기하고 놀라운 이야기를 좋아하던" 작가가 "평범한 일상의 이야기들에 귀기울"인 결과물이다. 덕분에 고단하고 서글픈 현실을 명랑 쾌활하게 그려낼 줄 알았던 작가의 유머는 나아가 어두움 속에서 밝음을, 밝음 속에서 어두움을 찾아내는 균형감을 갖게 되었다.

어쩌다 다양한 초콜릿이 들어있는 상자를 선물 받을 때가 있다. 한 가지 맛으로 일관한 상자보다 다양한 맛이 들어있는 상자가 더 좋은 이유는 이것저것 입맛 따라 고를 수 있기 때문이기도 하고, 기대하지 않았던 초콜릿이 환상적인 맛일 때도 있기 때문이다. 『복수의 여신』은 최근에 받은 초콜릿 상자 중 가장 신나는 상자였다. 카카오 함량이 높아 쓰지만 깊은 맛이 나는 초콜릿도 있고, 달콤하게 살살 녹는 밀크초콜릿도 있고, 그 두 가지 맛을 다 느낄 수 있는 오묘한 맛의 초콜릿도 있었다. 어떤 것을 먼저 먹을지, 어떤 것을 더 맛있다고 느낄지는 독자 각자의 몫이다.

『어린이와 문학』 2012년 12월호

따스한 위로와 든든한 용기

칭찬받거나 주목받고 싶은 마음은 본능이다. 과유불급이라고 이 역시 지나치면 문제가 되겠으나, 사랑받고 싶은 마음을 누가 허투루 여길 수 있을까. 사랑받고 싶은 마음은 어쩌면 생존의 영역이다. 태어나서 죽을 때까지 '인정 투쟁' 속에서 살아가는 인간의 역사가 이를 증명한다. 그러니 존중받고 싶은 마음, 인정받고 싶은 마음은 미숙하거나 유치하지 않다. 싸잡아 '관종'이라고 비하할 일이 아니거니와, 유치하다고 몰아붙일 일도 아니다.

사람살이에서 인정받고 사랑하는 일이 중요한 만큼, 그간 우리 동화는 이런 아이들의 마음에 꾸준한 관심을 보여왔다. 『받은 편지함』(우리교육, 2005) 『니가 어때서 그카노』(사계절, 2006) 『할아버지의 방』(미세기, 2012) 『혼자 되었을 때 보이는 것』(미세기, 2015)과 같은 작품에서 꾸준히 관계(상호인정)를 통해 성장하는 아이들을 이야기해 온 작가 남찬숙이 이번에는 할머니들의 이야기로 돌아왔다.

『일층 친구들』(놀궁리, 2019)은 층간소음 문제로 아파트를 떠나 주택으로 이사하게 된 준희네 집에 갑자기 두 할머니가 함께 살게 되면서 시작된다. 두 할머니와 함께 사는 것에 별문제가 없을 거라 생각하는 준희와 달리 엄마는 할머니들을 잘 살피고 무슨 일이 있으면 바로 엄마에게 말하라며 신신당부를 한다. 할머니들은 외모부터 성격, 취향까지 겹치는 게 하나도 없다. 화려하진 않지만 세련된 외할머니는 복지관에서 배우는 것도 많고 합창단 활동도 한다. 반면 화려하지만 세련과는 거리가 먼 친할머니는 화투를 치고 밭일을 하는 게 좋다.

이렇게 다른 할머니들이 한집, 같은 방에 살게 되었으니 갈등이 생기는 것은 당연하다. 할머니의 부추부침개 사건으로 시작된 작은 불화는 외할머니의 합창 대회 일로 걷잡을 수 없이 커진다. 거기에 고모의 이혼 문제까지 겹쳐지는데, 여기서부터 이 작품의 매력이 드러난다. 이 정도 갈등이면 두 할머니가 유일하게 함께 보는 막장 드라마 같은 전개가 펼쳐질 법한데 『일층 친구들』은 누구도 쉽게 악인으로 만들지 않고 시종 흥분하지 않는 미덕을 보인다. 고모의 이혼을 둘러싼 에피소드에서 할머니가 보여주는 말과 행동은 어찌 보면 답답하달 수 있지만 작가는 할머니를 구시대의 화신으로 몰아붙이지 않는다. 그래서 할머니는 당신의 삶 속에서 최선을 다한, 커다란 꽃다발을 받아 마땅할 인생으로 가족과 독자의 뇌리에 남는다.

할머니들이 주인공인 이 이야기는 나에게 새로운 버전의 여성 서사로 읽혔다. 두 할머니의 굴곡진 삶이나 그 뒤를 잇는 고모의 오늘은, 쉽지만은 않은 여성의 삶을 보여준다. 그러나 고모의 독립을 위해 선뜻 손을 내미는 외할머니의 모습이나 엄마가 행복하게 살기 바란다는 고모 딸 지현, 그리고 말없이 이를 지지하는 가족들의 모습은 기존 소설에서 쉽사리 찾을 수 없던 약자들의 아름다운 연대다. 작가는 아무도 쉽게 비난하지 않는 동시에 누구도 쉽게 동정하지 않는다. 덕분에 이해와 공감 위에서 연대하는 여성들의 이야기는 잔잔한 감동으로 남는다.

이렇게만 보면 온통 할머니들 이야기인 것 같지만 소설의 다른 한 축은 준희와 그 친구들의 이야기다. 준희가 친구들에게 할머니들 이야기를 하면서 일면식도 없는 친구들과 할머니는 서로에게 좋은 참조점이 되어준다. 할머니들이 "서로 다른 것은 다른 것대로 인정하고 함께할 수 있는 것들은 함께하면서" 잘 지내는 것처럼, 준희와 친구들도 싸우고 난 후 할머니들을 교과서 삼아 갈등을 지혜롭게 극복한다. 이른바 "따로 또 같이"인 셈인데 진리는 단순하다는 말처럼 이 작품은 복잡한 문제를 단순하게, 그렇지만 실천적으로 해결한다.

또 한부모가정을 둘러싼 준희와 민주의 에피소드는 사회적 약자와 그들을 위한 복지를 대하는 우리 사회의 부끄러운 민낯을 가감 없이 보여준다. 어른들이 부끄러움을 모르고 툭툭 던진 말들이 아이들에게 어떻게 전달되었는지, 그 말이 또다른 아이들의 생살을 어떻게 찢고 상처를 냈는지 소설은 소란스럽지 않지만 뜨겁게 그려낸다. "그냥 아무 생각 없이 하는 말"은 늘 우리 생각보다 훨씬 큰 상처를 남긴다. 그리고 준희의 눈물이 보여준 것처럼, 자신의 잘못을 깨달은 용기 있는 자의 진심 어린 사과만이 상처에 다시 새살이 돋게 할 수 있다.

소설을 다 읽고 난 후 나는 정성스러운 백숙 한 그릇을 대접받은 것처럼 든든했다. 준희 외할머니가 고모를 위해 준비한 백숙. 생각이 달라도, 그래서 치졸하게 싸웠어도, 해야 할 일은 하는 것. 진짜 어른이란 이런 것이구나, 라는 생각에 절로 고개를 주억거린 장면이었다. 그리고 믿음직한 준희와 친구들에게도 많은 것을 배웠다. 할머니들에게 '따로 또 같이'의 미학을 배우고 실천하는 멋짐이라니! 잘못을 깨달았을 때 진심으로 사과

할 줄 아는 용기라니! 아마도 살아가면서 종종 나는 비겁해지고 위축될 것이다. 그때마다 할머니들과 준희 그리고 친구들을 생각하면서 용기를 내보려고 한다. 독자들에게도 이 책이 따스한 위로와 든든한 용기가 되어주리라 믿는다.

『일층 친구들』 2019년

아이들을 피해자로 그리지 않는 이야기

　한 리서치 기관의 조사에 의하면 2006년 이후 2011년 현재까지 강력 사건 발생 비율 중 살인이나 강도는 그 수치가 크게 변하지 않은 데 비해, 강간이나 성추행 등 성폭력 관련 사건의 발생 비율은 두 배 가까이 증가했다고 한다. 이 중 어린이나 유아를 상대로 한 성폭력 사건이 전체의 약 40퍼센트를 차지한다고 하니, '아이를 밖에 내보낼 수 없다'는 부모들의 항변은 정당하고 절실하다. 그렇다고 아이를 온실 속의 화초로 키울 수만도 없는 노릇이니, 그야말로 진퇴양난이다. 현실이 이러하니 우리 아동청소년문학에서도 성폭력은 이미 중요한 소재 중 하나가 되었다.

　그간 성폭력을 다룬 작품들은 현실 앞에서 무력하게 좌절하거나, 책임 소재를 명확히 하고 피해자의 상처를 보듬어주는 데 주로 초점을 맞추었다. 아무리 그것이 '있는 그대로의 현실'이라 해도 전자가 갖는 한계는 명확하거니와, 후자 역시 개척기의 작품으로서 갖는 의의에도 불구하고 '피해자'의 위치를 강조하다 보니 서사에 필연적인 오류가 생기기도 했다. 피해와 가해의 이분법이 작품 전체를 관통하거나 주제 구현을 위해 인물을 지나치게 대상화하면 주인공인 아이들이 무기력하게 그려진다.

『안녕, 그림자』(이은정, 창비, 2011)는 성폭력에 노출된 우리 아이들의 모습을 그리고 있지만, 아이들끼리의 '연대'를 통해 새로운 가능성을 보여주었다는 점에서 주목할 만하다. 통상적으로 아이들은 어른에 비해 여러 면에서 취약할 수밖에 없다. 그래서 어린이의 힘으로 직접 해결하기 어려운 문제나 심각한 갈등을 겪고 있는 경우 어른이 문제 해결에 도움을 주기도 한다. 일반적인 문제들도 그러할진대 성폭력의 경우 '어른(가해) vs 어린이(피해)' 구도는 아이들을 꼼짝없이 올무에 가둬 절망의 구렁텅이로 밀어넣기 십상이다. 성폭력에 관한 한 아이들은 문제 해결의 주체가 되지 못하고 온전하게 '피해자'로만 다뤄졌다. 문학은 이런 현실을 반영하고 고발하는 역할을 했으나, 낭만과 거짓 화해로 윤색되지 않으면 그야말로 '현실'에 먹혀버리는 암담한 결말로 마무리되는 것이 저간의 실정이었다. 그런데 『안녕, 그림자』는 '현실'의 규율을 벗어나지 않으면서도 절망적이지 않을 수 있다는 가능성을 보여주었다. 이것은 성폭력이라는 자극적인 소재에 접근하는 방식과 구성의 새로움에서 기인한다.

『안녕, 그림자』는 크게 두 개의 이야기로 이루어져 있다. 작가는 '성폭력'이라는 자극적인 소재를 '친구 관계'라는 외피로 감싸 안음으로써 성폭력이라는 괴물과 맨몸으로 맞서는 위험을 지혜롭게 피해간다. '뭐야, 또 왕따야!' 싶으리만큼 전형적으로 시작한 이야기는 슬그머니 "친절한 책방" 아저씨의 연쇄 성추행이라는 핵심으로 옮아간다. 그리고 독자는 주인공 정윤이와 "그림자"인 왕따 혜미의 연합이 아동 성폭력의 연속적인 고리를 끊어내는 데 큰 역할을 하는 모습을 지켜본다. 문제를 해결하는 데 있어 핵심적인 역할을 한 정윤이의 용기는 친구 혜미가 곁에 있어줬기 때문에 가능했다. 또 '내 고통과 두려움을 알고 이해해 주는 친구' 혜미의 존재는 정윤이가 성폭력에 노출된 피해자들이 갖는 자기모멸감과 분노, 그리고 절망에서 벗어날 수 있게 한다. 나아가 더이상 똑같은 피해자가 나오지 않도록 위험을 무릅쓰고 '행동'하게 만든다. 그렇게 만든 고발장은 서사를 따라 함께 마음 졸이던 독자의 마음을 단박에 시원하게 만든다. 아쉽게도 PC 게임 사이트에서 만난 또다른 피해자와의 연합에는 실패했고 동네에 고발장을 모두 돌리지도 못했지만, 아이들이 자신을 덮친 거대한 폭력에 맞서 스스로의 힘과 지혜로 싸운다는 점은 유사한 소재의 기존 이야기와 비교할 때 확실히 특기할 만하다.

'친구와 함께 자신에게 닥친 공포와 두려움에 맞서는 아이'라는 설정은 이 작품을 피해자의 고발문학에 그치지 않게 했다. 그런데 아이러니하게 이 작품의 발목을 잡는 것 역시 그 지점에 있다. 아이들의 연대로 어른의 부당한 폭력에 저항하는 이야기는 분명히 새로운 카타르시스를 주었다. 그러나 꼭 왕따 이야기가 나왔어야 했는가에 대해서는 끝까지 고개를 갸웃거리게 되었다. 왕따가 아니었어도 친구의 의미를 돌아보게 하거나, 친구 사이의 연대를 충분히 불러일으킬 수 있지 않았을까? 그렇다면 왕따는 오히려 모자란 것만 못하는 사족은 아니었을까?

마지막으로 고통스러운 시간을 잘 통과해 세상과 마주선 두 아이에게 작은 위로와 뜨거운 격려를 보낸다. 정윤아, 혜미야, 힘내!

『어린이와 문학』 2011년 10월호

천천히, 서로 한 걸음씩

톨스토이의 단편 「사람은 무엇으로 사는가」는 신의 명을 어겨 벌거숭이로 세상에 떨어진 천사가 신이 준 세 가지 질문의 해답을 찾는 과정을 담고 있다. 신이 천사에게 준 세 가지 질문은 다음과 같다. 사람 안에 있는 것은 무엇인가? 사람에게 주어지지 않은 것은 무엇인가? 사람은 무엇으로 사는가? 김송순의 신작 동화 『반반 고로케』(놀궁리, 2021)는 오래전에 읽은 톨스토이의 단편을 다시 생각나게 했다. 이 책을 읽으며 자연스레 세 가지 질문이 떠올랐다. 사람을 자라게 하는 것은 무엇인가? 사람은 언제까지 자라는가? 사람은 무엇으로 사는가?

『반반 고로케』는 4학년 민우의 성장기다. 민우에게는 두 가지 난제가 있다. 하나는 한글을 자유롭게 읽고 쓰지 못해 학교에서 놀림거리가 된 것이고, 다른 하나는 새 아빠를 가족으로 받아들일 수 없다는 것이다. 겉보기에 전혀 다른 과제인 두 문제는 기실 하나의 사건에서 비롯했다. 3년 전 민우의 아빠가 교통사고로 민우의 곁을 떠났다는 사실. 민우에게 한글을 가르쳐주고 오토바이를 태워주던 아빠가 갑자기 돌아가신 후, 민우의 시간은 멈춰버렸다. 문제는 민우의 시계가 멈춰도 세상의 시계는 돌아간다는 점이다. 한글을 읽고 쓰지 못하는 것은 어느새 묵과할 수 없는 문제가 되었고, 엄마는 "이상하게 생긴 아저씨"랑 결혼을 한단다. 민우는 어떻게 해야 할까?

수많은 소설과 동화의 주인공에게는 고난과 과제가 주어진다. 이것은 양날의 칼과 같아 현명하게 해결하면 득이 되지만 굴복하면 독이 된다. 우리네 삶도 이와 같은지라 독자는 주인공이 어떻게 문제를 해결하는지, 얼마나 현실적인 해결인지를 주목해서 보기 마련이다. 『반반 고로케』는 이 과정을 설득력 있게 보여준다.

우선 이사드 아저씨를 아빠로 인정할 수 없는 민우의 마음은 수많은 단계를 거치며 서서히 누그러든다. 이야기에서 마치 물과 불처럼 겉도는 두 사람이 처음으로 가까워지는 계기는 달리기다. 민우는 마라톤선수였던 아빠를 닮아 잘 달리지만 아빠에게 미처 숨쉬는 방법까지 배우지는 못했다. 그래서 화나고 두려울 때마다 시작되는 민우의 달리기는 오래 지속되지 못한다. 그런 민우에게 숨쉬는 법을 알려준 사람이 이사드 아저씨다. 알다시피 인생은 단거리가 아니다. 숨을 안 쉬고 달릴 수는 없다. 아저씨가 가르쳐준 숨쉬기는 포기하지 않고 오래 달릴 수 있는 방법이자, 싸우면서도 사랑하며 함께 살아가는 방법인 셈이다.

민우는 아저씨를 통해 비로소 제대로 달릴 수 있게 되지만, 두 사람은 단번에 친해지지는 않는다. 엄마의 수술이라는 극한의 상황에서도 두 사람은 딱 한 걸음만 나아간다. 『반반 고로케』는 극적인 사건 하나로 모든 문제를 해결하려 들지 않는다. 이를테면 아저씨가 웃지 않아서 무섭고 불만이던 민우는 어느새 "나도 아저씨 앞에서 한 번도 웃지 않았다"는 것을 깨닫는다. 기울어진 천칭은 이렇게 천천히 균형점을 향해 나아간다.

이토록 더디고 끈덕지게 이어지는 두 사람의 줄다리기가 바로 이 작품의 백미다. 민우는 아저씨가 자기 걱정을 하고 맛있는 차를 끓여줬어도 금방 가족이 되는 건 아니라며 버틴다. 엄마도 모르는 민우의 마음을 알아주지만 모두 민우에게 맞추지 않는 건 아저씨도 마찬가지다. 민우는 아저씨의 콧수염과 이상한 옷차림도 싫고, 햄이 들어간 고로케는 안 된다는 아저씨 말도 싫다. 아저씨 역시 대번에 콧수염을 깎거나 햄고로케를 먹으려고 시도하지 않는다. 민우가 입을 꼭 다문 채 학교 갈 준비를 하면, 아저씨도 입을 꾹 다문 채 공장에 갈 준비를 한다.

이런 방식의 재현은 다문화를 소재로 한 우리 아동문학의 구태를 일정 부분 극복했다는 점에서 의미가 있다. 다문화를 소재로 하는 작품들이 다문화 주체의 고유성이나 가능성 대신 불가능성과 부족함을 모사하는 데 급급한 반면에 이 작품은 이사드라는 인물을 통해 이슬람 문화권의 고유함을, 그들의 존엄을 그리고 있어서 반갑다. 이사드 아저씨가 돼지고기를 먹지 않는 것은 우리가 외국에 나가도 김치를 찾아 먹는 것과 같다. 한국인이 김치를 먹는다는 이유만으로 배척받지 않아야 하는 것처럼, 그들 또한 고유의 식문화와 종교로 차별받지 않아야 마땅하다.

한 사람이 다른 사람에게 모두 맞춰야 할 이유는 없다. 또 누군가가 우리에게 속절없이 맞추고 동화되는 모습을 그리는 것은 문학의 몫이 아니다. 민우가 토라지면 아저씨도 무뚝뚝하고, 민우가 실수할 때 아저씨도 실수한다. 마찬가지로 민우가 한 뼘 성장할 때 아저씨도 더 깊고 성숙한 어른이 된다. 이런 과정 속에서 민우는 남을, 무엇보다 자신을 참는 법을 배운다.

아저씨와의 관계에서 자신과 타인을 지켜보는 법을 배운 민우는 학교생활에서도 달라진 모습을 보인다. '아빠가 계셨더라면……' '아빠가 안

계셔서······'를 내세우며 늘 도망 다니기 바빴던 민우는 달아나고 싶은 마음과 싸우면서 나머지공부 시간을 버텨낸다. 또 자신을 놀리는 병훈이와 주먹다짐을 하고 난 다음에도 울고 싶은 마음, 포기하고 도망가고 싶은 마음과 싸우면서 애써 스스로를 변호한다. 더디더라도 주인공 스스로 부딪히면서 전진하는 모습을 차분하게 그려낸 덕분에 민우가 성취한 작은 승리들은 독자에게 충분한 참조점이 된다.

한 번에 모든 문제를 해결할 수는 없지만, 새로운 한 걸음은 반드시 그 다음 걸음으로 이어지기 마련이다. 민우와 아저씨는 한 걸음 한 걸음 천천히 서로를 향해 나아간다. 이제 민우는 그동안 못 본 척, 못 들은 척했던 엄마와 아저씨를 보고 듣는다. 아저씨도 마찬가지다. "아빠는 집에서 웃지 않"는다던 아저씨는 민우를 보고 웃고, 고로케 만드는 법을 배운다. 민우가 좋아하는 햄 있는 고로케와 아저씨 자신을 위한 햄 없는 고로케. 민우네 식구가 모여 반반 고로케를 먹는 마지막 장면은 따뜻하다. 그리고 민우를 위해 잘랐던 수염을 다시 수북하게 기른 이사드 아저씨가 민우를 오토바이에 태우고 달리는 마지막 삽화는 더할 나위 없이 흐뭇하다.

『반반 고로케』는 민우를 통해 말한다. 사람은 기다림과 사랑으로 자란다고. 『반반 고로케』는 이사드 아저씨를 통해 말한다. 사람은 평생 자란다고. 어른들도 여전히 자라고 있으며 그래야만 한다고. 『반반 고로케』는 모든 등장인물을 통해 말한다. 사람은 또다른 사람에게 기대어 산다고.

『반반 고로케』 2021년

고독이 준 선물

언젠가부터 혼자 있는 것은 끔찍한 일이 되어버렸다. 대학생들조차 혼자 밥을 먹느니 굶거나 아무도 모르게 화장실에서 삼각김밥이나 샌드위치로 때운다니, 이 정도면 혼자는 거의 재앙에 가깝다. 어른들도 이러할진대 아이들에게 혼자가 된다는 것은 공포다.『혼자 되었을 때 보이는 것』(남찬숙, 미세기, 2015)은 "많은 아이 가운데 혼자 밥을 먹고, 혼자 도서관에 가고, 혼자 화장실에 가고, 쉬는 시간에도 함께 수다를 떨 아이가 한 명도 없어 혼자 지내야" 하는 아이의 이야기다. 외톨이, 그러니까 숱한 '왕따' 이야기 중 하나이고, 미리 말하자면 결말도 안온한 편이다. 그런데도 다 읽고 나면 뭔가 다르다는 생각이 든다. 왜일까?

5학년 시원이는 눈병 때문에 열흘 동안 학교에 가지 못했다. 가뜩이나 불편하고 속상한데 그사이 유일한 단짝 친구인 혜진이마저 시원이를 떠났다. 혜진이는 말 그대로 '유일한' 친구였기 때문에 시원이는 완벽히 혼자가 된다. 시원이는 세상에서 가장 끔찍한 일에서 벗어나기 위해 몸부림친다. 자존심을 굽히고 이것저것 할 수 있는 일들을 해보지만 아무 소용이 없다. 사촌언니에게 혼자라도 당당하게 지내라는 조언을 받고 나서야 비로소 시원이는 버려지고 남겨진 혼자가 아니라 스스로 선택한 혼자가 되기로 결심한다.

진짜 이야기는 여기서부터다. 타의에 의한 시작이었지만 영어 캠프에 가지 않고 학교에 남는 것을 선택한 순간, 시원이는 고독이라는 인간 성숙의 '숭고한 조건'을 만난다. 혼자라는 조건이 준 고독한 시간은 시원이를 새로운 세계로 안내한다. 고독은 옆에 있었지만 한 번도 보지 못했던 민지를 볼 수 있게 했고, 민지를 통해 시원이는 자신을 돌아볼 시간을 갖게 된다. 부모님의 사랑이나 피아노학원에 다니는 것 등 당연하게 여겼던 것들이 당연하지 않을 수 있다는 사실을 깨닫고, 내가 아닌 남의 입장에서 생각해 보는 어려운 일도 할 수 있게 된다. 고독은 시원이를 훌쩍 자라게 해 시원이는 더이상 예전의 시원이가 아니다.

일반적으로 외톨이를 소재로 하는 동화는 '혼자'라는 상황을 문제적으로 인식하고 문제 해결을 향해 직선으로 달려간다. 이런 종류의 서사에는 질문이 없다. 반복되는 문제와 유사한 해결만 있을 뿐. 그런 이야기들은 독자의 마음을 움직이거나 생각을 바꾸지는 못한다. 반면 이 작품은 우리에게 새로운 질문을 던진다. 외톨이는 정말 나쁘기만 한가? 혼자인 것은 불쌍하고 부끄러운가? 좋은 질문은 힘이 있다. 그것은 정답을 주지는 못하지만 답을 찾는 과정에서 우리의 감은 눈을 뜨게 하고 종종 감추어진 자신을 만나게 한다. 문학은 그런 것이다. 인생에 정답이 없는데 인생을 말하는 문학에 어찌 정답이 있을까.

그렇다고 이 작품이 유사한 소재를 다룬 다른 작품들이나 작가 자신의 작품 세계에서 정점을 찍은 이야기냐 하면, 그렇지는 않다. 이야기의 결말이나 인물을 둘러싼 갈등이 해소되는 방식은 다소 상투적이며, 주동

인물과 반동인물의 구성과 갈등, 해결 양상은 작가의 첫 작품인 『괴상한 녀석』(창비, 2000)과 여러모로 겹친다. 그러나 『괴상한 녀석』에서 중산층의 허위의식을 고발하는 데 기능적으로 동원된 엄마의 형상이 아이와 함께 변화하고 성장하는 모습으로 바뀐 점, 주인공에게 깨달음을 주기 위해 민지나 성현이의 결핍을 필요 이상으로 강조하거나 시혜자의 시선으로 보지 않는 점은 이 작가의 15년이 어떠한 시간이었는지를 보여준다.

지그문트 바우만은 『고독을 잃어버린 시간』(동녘, 2012)에서 "외로움은 고독을 누릴 수 있는 기회이며 고독은 사람들로 하여금 생각하고, 반성하며, 창조할 수 있게 하고, 나아가 인간끼리의 의사소통에 의미와 기반을 마련해 주는, 인간을 인간답게 하는 숭고한 조건"이라고 했다. 이 작품은 우리 동화에서는 드물게 고독의 가치와 의미에 주목했다. 고독은 때로 선물이며, 그것은 '혼자 되었을 때 보이는 것'이다. 고독의 가치와 의미를 발견하고 싶은 외톨이들은 한번 읽어보면 좋겠다.

『창비어린이』 2015년 봄호

보이지 않는 것을 보고,
들리지 않는 것을 듣는 이야기

　어떤 상황에서도 어린이문학은 절망이 아닌 희망의 손을 잡는다. 이는 어린이문학의 주인이자 궁극의 목적인 '어린이'라는 존재에서 비롯한다. 신비하게도 어린이는 전쟁의 포화 속에서도 웃고, 어떻게든 모여서 놀며 희망을 짓는다. 이 희망은 정답을 찾는 어른의 눈에는 보이지 않는다. 어린이문학의 희망은 어린이라는 존재에서 우주와 하늘의 가능성을 발견하고 그것을 이 땅으로 끌고 내려와 현실화하는 지난한 작업을 통해 만들어진다. 보이지 않는 것을 보고, 들리지 않는 것을 듣는 이야기. 그것이 어린이문학이다.

　이경혜의 『사도사우루스』(바람의아이들, 2014)는 노래하는 공룡 이야기다. 아기 공룡 수와는 귀를 가지고 태어났다. 어떤 공룡도 몸 바깥에 귀 같은 건 달려있지 않지만 수와의 엄마는 호들갑을 떠는 대신 "그럴 수도 있다"고 순하게 생각한다. 다른 공룡들도 수와의 귀를, 그 다름을 유별남이 아닌 고유함으로 인식한다. 통상적으로 '다른 것은 틀린 것이 아니다'라는 주제를 말하는 리얼리즘 작품들은 '다름'을 특별히 비참하게 그리고 필요 이상으로 자세하게 묘사하는 서사 전략을 택한다. 이런 방식의 현실 재현은 도무지 문학답지 않다. 반면 『사도사우루스』가 다름을 이야 기하는 방식은 무지개 공룡이라는 존재만큼이나 순하고 아름답다.

안으로 들어가 보이지 않는 귀를 가진 모두와 달리, 몸 바깥에 귀가 달린 수와는 확실히 다른 존재이지만 사도의 세계에서 그 낯섦은 특별히 나쁘지도 각별히 좋지도 않다. 이 작품에서 수와의 귀는 상징적이다. 그 자체로 낯선 '고유함'이다. 이경혜는 수와의 귀를 통해 달라서 '할 수 없음'이 아니라 그래서 '할 수 있음'의 세계를 보여준다. 수와는 남들이 없는 귀를 가지고 있어서 남들이 들을 수 없는 소리를 듣고, 그 소리를 따라 노래를 만든다. 이 노래는 "매우 아름다워서 다른 공룡들의 마음을 건드"린다. 노래를 듣고 누구는 첫사랑을 떠올리며 마음이 바르르 떨리는 경험을 하고, 누구는 하얀 꽃잎들을 먹는 기분을, 누구는 호수에 발을 담그고 참방거리는 느낌을 얻는다. 빨강 아주머니는 지난해 괴물 공룡에게 물려 죽은 작은 애를 떠올리며 태어나 처음으로 눈물을 흘린다. 공룡들은 생전 처음 들은 "노래"라는 것을 통해 자신들의 느낌을 나누고 공유한다. 그야말로 '느낌의 공동체'[44]가 탄생한 것이다.

이 장면은 중요하다. 무지개 공룡들은 수와의 노래를 계기로 자신을, 그리고 서로를 향한 오묘한 감정(사랑)의 파장을 느낀다. "이상하게 심장 옆이 떨리고, 뭐라 말할 수는 없어도 온몸이 아득하면서 찌릿찌릿한 기분"을 '발견'하고 그 느낌을 공유하는 순간, 그들은 새로운 공동체로 '탄생'한다. 이 경험은 후에 수와가 타르보사우루스의 공격에 발이 묶였을 때 무지개 공룡들이 연대하여 타르보를 물리치고, 새로운 세상의 도래를 희망하는 거대한 가능성의 공동체로 재탄생하는 결말을 예비한다. 이렇

---

44 『느낌의 공동체』(신형철, 문학동네, 2011)에서 제목과 개념을 빌려왔다.

듯 아동 서사에서 장편이 추구하는 총체성, 즉 희망은 눈앞에 존재하는 현실을 단순히 반영하는 방식으로는 가능하지 않다. 그것은 우리 현실에서 잘 보이지 않는, 그러나 어딘가에 반드시 존재하는 가능성이며, 아직 도래하지 않았으나 반드시 찾아올 현재 속의 미래이다.

이런 미래는 선언으로 획득되지 않는다. 선언으로 형상화된 미래는 허상이다. 그것은 낭만적 윤색이 불러온 해피엔딩(보통 어른이 개입된 회개와 변화로 봉합되는 갈등)과 다를 바 없으며, 이게 가짜라는 사실을 가장 먼저 눈치채는 것은 독자다. 그러므로 과정의 현실성 없이는 결말의 현실성도 없다. 『사도사우루스』는 결말에서 폭발적으로 발현되는 미래에 현실성을 부여하기 위해 꼼꼼한 과정을 쌓아올린다. 예컨대 작가는 수와의 여행을 '낯선 존재'인 수와가 세상의 또다른 낯선 존재들을 만나고 인지하는 과정으로 그린다. 이 여행은 단순한 모험이 아니다. 수와가 여행 중에 만나는 대상에는 무서운 괴물도 있지만 수와에게 처음으로 행복하다는 느낌을 알게 해준 바다 소리도 있다. 이렇게 이경혜는 수와(의 귀)나 수와를 둘러싼 현실을 탁월한 균형감으로 재현한다. 작품에서 낯선(다른) 것이 늘 나쁘거나 틀린 게 아니라는 사실은 설명되지 않고 상황으로 만들어져 서사 속에 녹아든다.

수와의 입장에서 육식 공룡은 괴물이다. 육식 공룡은 상징이 아닌 실제의 차원에서 초식 공룡을 먹는다. 이 극한의 타자(성)는 그 자체로 공포지만, 도망가지 않고 타자의 얼굴을 마주한 끝에 수와는 자신의 틀을 깨고 새로운 인식에 도달한다. 수와는 고기를 먹는 일과 풀을 먹는 일은 선악의 문제가 아니며, 시루의 타자성(육식)은 시루의 고유함이라는 사실을 이해하게 된다. 존재의 근원에 자리한 어쩔 수 없는 차이를 수와는 "슬프게" 받아들이는데, 여기서 핵심은 타자가 끝까지 자신의 자리를 고수한다는 점이다. 이야기는 아무리 둘이 친구가 되었어도 시루가 풀을 먹고 살거나 수와가 고기를 먹고 살 수 없다는 현실의 규율을 지킴으로써 낭만화의 함정을 피해갈 뿐 아니라 타자를 동일성의 논리로 환원하는 폭력에서도 멀어진다.

그런데 사도섬에는 시루와 같지 않은 타자들도 있다. 타르보사우루스처럼 존재하되 이해할 수도 소통할 수도 없는 타자들 말이다. 여행을 마치고 돌아가는 길에 수와는 타르보사우루스와 맞닥뜨린다. 이전 같으면 포기했겠지만 수와는 이제 여행 전의 수와가 아니다. 수와는 타르보가 들어올 수 없는 동굴에서 버티고, 무지개 공룡들은 수와를 구하기 위해 무리 지어 타르보 앞에 선다. 귀가 예민한 수와는 타르보의 울부짖음 속에서 공포를 읽어내고 노래를 만든다.

타르보가 떨고 있네 타르보가 떨고 있네
한 마리 무지개는 겁나지 않아도 열 마리 무지개는 너무 무서워
타르보가 떤다네 부들부들 떤다네

화를 내는 타르보를 향해 무지개 공룡들은 전진한다. 수와의 노래를 따라 부르면서. 결국 타르보는 도망간다. 무지개 공룡들은 자신들이 울수 있다는 사실, 타자의 기쁨과 슬픔에 공명할 수 있다는 새로운 가능성을 만난다.

포기하지 않고 버티는 일과 연대의 가치를 말하는 이 장면은 최근 어떤 작품이 형상화한 그것보다 빼어나다. 무엇보다 아무도 피를 흘리거나 희생되지 않았고, 한 영웅의 힘이 아닌 모두의 연대와 노래로 거대한 폭력에서 스스로를 구했다는 점은 특히 높이 살 만하다. 괴물과 싸우는 일

은 정치적으로 진보일 수 있으나, 싸우는 과정이 괴물의 방법과 같다면 이미 그 싸움은 진 싸움이다. 괴물과의 싸움에서 이겼을 때 그는 또다른 괴물이 되어있을 터이기 때문이다.

> 이제 수와는 무지개의 노래를 온 세상의 공룡들에게 들려줄 것입니다. (중략) 어쩔 수 없이 서로 잡아먹거나 먹히기도 하지만, 사도라는 섬에 모여 사는 모든 공룡들은 언젠가는 무지개의 노래를 다 듣게 될 것입니다. 혹시 모르지요. 펄럭펄럭 날아다니는 큰 날개의 익룡들이 저 바다 너머 먼 곳의 공룡들에게도 수와의 노래를 전해줄는지도요. 그래서 어느 날, 온 세상의 모든 공룡들이 수와의 노래를 부르며 사는 날이 올는지도요.

이야기의 결말 부분이다. 아무도 무지개에서는 소리가 나지 않는다고 했지만 수와는 무지개에서 바다, 햇살, 바람, 노래, 웃음 등 온 세상의 소리를 듣는다. 이번에는 귀가 아니라 심장으로 듣는다. 그리고 온몸으로 그 소리들을 끌어안아 무지개 노래를 만든다. 이것은 들리지 않는 소리를 듣고, 보이지 않는 얼굴을 보는 행위이다. 그러니 무지개의 노래는 희망의 노래이다. 어쩔 수 없이 먹고 먹히기도 하지만 언젠가, 온 세상의 모든 공룡들이 수와의 무지개 노래를 부르며 사는 그날이 올지도 모른다는 소망. 이것이 현재 속에 숨은 미래의 얼굴이자, 진짜 희망의 얼굴은 아닐까.

이 결말은 선언적 미래나 막연한 낭만이 아니다. 현재 속에 있지만 아직 가시화되지 않은 희망은 수와가 만든 무지개 노래에서, 그리고 수와의 친구들이 그에 화답하는 합창 속에서 잠재된 공동체의 형상으로 나타난다. 무지개 노래를 품고 오는 수와를 기다리며 무지개 공룡들은 하나둘 노래를 부르기 시작한다. 노래를 몰랐던 자들이며, 노래를 듣기만 했던 자들이며, 노래를 따라 부르기만 했던 자들이 이제 그들 자신의 노래를 부른다. 수와의 귀가 우리를 살렸다고, 수와를 구하려고 우리가 나섰다고, 우리가 싸웠다고. 그리고 우리가 타르보사우루스를 물리쳤다고. 귀 달린 보라색 공룡 수와에서 시작된 노래는 우리의 노래로, 우리 모두의 승리로 끝난다. 그리고 마지막 대목에서 모든 공룡은 원을 그리며 합창을 한다. "아무리 생각해도 그것은 놀라운 기적이었으니까" 노래하지 않고는 배겨낼 수가 없다. '잠재된 공동체'라는 기적은 이렇게 현실화된다. 나는 이런 것이 진짜 장편이고 진짜 아동문학이라고 생각한다.

2016년